아름다운 삶,
사랑 그리고 마무리

자유로운 영혼 헬렌 니어링, 그 감동의 기록

# 아름다운 삶,
# 사랑 그리고 마무리

헬렌 니어링 씀 | 이석태 옮김

보리

여기 나오는 사람, 장소, 사건들은 저자가 지어낸 것이 아니다.
실제 사건, 지명, 살아 있거나 죽은 사람들에 대해 기억할 수 있는 한 진실하게 기록한 것이다.

# 차례

# 더 이상 같이 있지 못하는 우리 두 사람

저 가을 산을
어떻게 혼자 넘나
우리 둘이서도
그렇게 힘들었는데.

───

중국, 7세기

한쪽 문이 닫히면 다른 문이 열리고…… 다른 방, 다른 곳에서 다른 사건이 일어난다. 우리 삶에는 열리고 닫히는 많은 문들이 있다. 어떤 문들은 조금 열어 둔 채 떠난다. 다시 돌아올 희망과 포부를 안고. 또 어떤 문들은 쾅 소리를 내며 격렬하게 닫히고 만다. "더 이상은 안 돼!" 하며. 어떤 문들은 "괜찮았어, 하지만 끝난 일이야" 하며 후회 속에서 조용히 닫힌다. 떠남은 다른 곳에 다다르는 것으로 이어진다. 한 문을 닫고서 그 문을 뒤로하고 떠나는 것은, 새로운 전망과 모험, 새로운 가능성과 동기를 일으키는 세계로 들어가는 것을 뜻한다.

53년 동안 함께 살았던 스콧이 만 백 세가 된 지 3주일 뒤에 메인주에 있는 집에서 조용히 숨을 거둔 날 하나의 장이 막을 내렸지만, 내 삶은 아직 끝나지 않았으며 그이와 더불어 계속되고 있다. 그이는 오랫동안 최선의 삶을 살았고, 일부러 음식을 끊음으로써 위엄을 잃지 않은 채 삶을 마쳤다. 나는 느슨하게 그이 손에 마지막까지 쥐어져 있던 고삐를 거두어들이지 않으면 안 되었다.

스콧이 떠났으므로 나 홀로 살 수밖에 없었다. 하지만 나는 외롭지 않았다. 고요한 생활과 고독을 즐겼으며, 걱정해 주는 친구들의 잦은 전화와 방문이 번거롭기까지 했다. 나는 그들이 필요 없었다. 스콧과 같이 살 수 없게 된 마당에 차라리 혼자 있는 것이 좋았다.

아직 해야 할 일이 많이 있었다. 페놉스콧만 둑 위 숲속에 있는 우리 집을 앞으로 어떻게 하면 좋을까? 우리가 70대와 90대에 지은 돌집, 돌로 담을 두른 정원, 온실과 넓은 서재를 보러 아직 많은 사람들이 찾아오고 있다. 나는 스콧이 살아 있을 때 함께 그랬듯이 여전히 많은 방문객들을 반갑게 맞이하고 있다. 나는 이곳을 최선의 삶터로서, 그 사람이 모아 놓은 여러 분야의 자료를 철해 놓은 것과, 마지막 생일을 지내고 그 사람이 간 뒤 내가 모은 많은 사진과 편지를 방문객들이 와서 볼 수 있도록 잘 돌보고 있다. 여기서 사람들은 스콧의 책을 얻을 수도 있고 때로 농장 관리를 도와줄 수도 있다. 스콧은 이 집이 기념관이 아니라 열린 장소이기를 바랐을 것이다. 나 또한 살아 있는 한 그렇게 보존하려고 애쓸 것이다.

나는 운율을 넣어, 우리가 지은 집과 스콧에게 바치는 시를 썼다.

거두어들일 이 누구일까?
우리가 여기, 이 집 이 땅에서 기른 것을.
그대와 나는 잊혀지겠지만
우리의 일과 집은 남으리.

누군가 여기에 오고 가며
누군가 또 그들의 터전으로 삼으리니
우리는 그들을 축복하며 떠나네.
그들이 하는 일에 행복이 함께하기를.

나는 내 삶을 꾸려갈 수 있다. 나는 의기소침해서는 안 된다는 것을 알고 있다. '우리 머리 위로 새가 슬퍼하며 날아다닌다고 해서 우리 머리에 새 둥지를 틀게 할 필요는 없다'는 고대 중국의 격언이 생각난다. 나는 스콧이 아직 여기에 있는 것처럼 살려고 애쓸 것이다. 그이는 우리 집에서 필요한 것은 무엇이든지 만들어 내는 보물 창고였다. 그이와 함께 있으면 모든 것이 안정되었다. 이제 나 혼자가 되었으니 내 스스로 모든 일, 모든 사람과 마주해야 한다. 새뮤얼 존슨은 1780년에 아내와 사별한 친구에게 보낸 편지에서 연민을 담아 다음과 같이 썼다.

"부부 중 한 사람이 상대방을 잃는 것은 피할 수 없는 일입니다. 오랫동안 사랑한 아내를 잃고 뒤에 남은 사람은 희망과 걱정, 관심사를 같이했던 유일한 존재가, 그리고 많은 고락을 나누며 지나온 날들을 함께 돌아보고 앞날을 함께 그려 본 유일한 반려자가 떨어져 나갔음을 봅니다. 삶의 연속성이 상처받고, 감정의 안정이 멈추며, 외부의 자극으로 새로운 국면으로 들어갈 때까지 삶의 흐름이 중단되고 움직임이 둔해집니다. 그 중단된 시간은 끔찍합니다."

스콧이 떠난 뒤 몇 달은 내 정신에서 축복받은 공백의 시기였다. 친구들은 내가 규칙을 지키면서 겉으로 보아 명랑하게 모든 일상 활동을 해 나가려 했다고 말하지만, 아마도 내게서 어떤 거리감과 관심이 옅어짐을 느꼈을 것이다. 나는 찾아오는 친구들을 맞이하기는 했지만, 관심을 기울이지는 않았다.

C. S. 루이스는 《헤아려 본 슬픔 A Grief Observed》에서 이렇게 썼다.

"잃음은 우리가 경험하는 사랑에 뒤따라오기 마련인 한 부분이다. 결혼이 구혼에 뒤따르듯, 가을이 여름 뒤에 오듯, 사별은 결혼에 이어서 온다. 잃는다는 것은 단절이 아니라 또 하나의 다른 국면이며, 춤의 중단이 아니라 그다음 차례이다. 사랑하는 사람이 여기에 있을 때 그 사람 손에 이끌려 우리는 앞으로 나온다. 그러고 나서 그 사람 모습이 보이지 않게 되었는데도 여전히 우리는 앞에 남아 있도록 배워야 하는 것이 이 춤의 슬픈 장면이다."

나는 나보다 스물한 살이 많은 스콧이 먼저 갈 가능성이 많다고는 알고 있었지만, 거의 그 생각은 하지 못하고 지내 왔다. 스콧은 매우 건강하고 힘차게 활동했으며 삶에 충실했으므로, 언제나 그렇게 살아갈 것만 같았다. 나는 무대 밖으로 사라진 그이의 모습을 상상할 수 없었다. 하지만 이제 때가 되었고, 그 사람은 눈에 보이는 세계에서 떠나갔다. 이제 그이는 더 이상 농장에서 일하지 않고, 트럭 안으로 해초를 던져 넣지 않는다. 저녁마다 벽난로 옆에서 함께 소리 내어 책을 읽을 수도 없고, 여행도 떠나지 못하며, 책을 쓰거나 세상사에 대해 설득력 있는 논평도 하지 못한다. 그이는 나보다 조금 앞서 우리의 조화로운 관계 밖으로 떠나갔다.

내게 주어진 남은 시간 동안 물건을 정리하고 집안일, 책, 원고, 농장에 관한 일들을 적절하게 결정하여 정리한 뒤 나 또한 홀로 떠날 것이다. 나는 언제라도 떠날 준비가 되어 있다. 사실 이제 떠난다고 해서 결코 이르다고는 할 수 없다. 나는 특별히 운이 좋은 만족스러운 삶을 살아왔으며, 이제 나날이 되풀이되는 자질구레한 일에서 빠르게 떨어져 나가고 있다. 만일 저 반짝이는 바다가 가라앉게 된다면, 나는 기쁘게 내 몸을 그 속에 잠글 것이다. 그리고 저 너머 도달한 곳에 내가 해야 할 일이 더 있다면, 나는 잠깐 숨을 쉬고 주위를 돌아본 뒤에 기꺼이 그 일과 맞닥뜨릴 준비가 되어 있다.

나는 앞으로 남은 삶의 열쇠가 내 손에 쥐어져 있다는 사실을 알고 있다. 이제 나는 우리가 가기로 마음먹으면 언제라도 갈 수 있으며 평화롭고 고요한 가운데 위엄을 지키며 죽을 수 있다는 것을 알고 있다. 스콧이 그랬듯이 음식 먹는 일을 멈출 수 있다. 죽음이 우리의 목적이라 한다면, 음식은 우리를 육체에 매이게 하는 미끼요 독이다. 육체에 음식물 공급을 멈추면, 육체는 기울어져 죽음에 이른다. 죽음은 삶의 모험을 끝내는 것이 아니다. 그것은 다만 육체가 끝나는 것일 뿐이다.

간디는 제자에게 보낸 편지에 이렇게 썼다.

"사물을 관찰하고 탐구하면 할수록 헤어짐에서 오는 슬픔이 아마도 가장 큰 망상이라고 나는 점점 확신하게 되었습니다. 그것이 망상이라는 사실을 깨달으면 자유롭게 됩니다. 우리가 친구들을 사랑하게 되는 것은 그들 속에서 우리가 보는 실체 때문인데도, 우리는 잠깐 동안 그 실체를 덮고 있던 껍데기가 사라지는 것을 한탄합니다. 실체의 죽음, 실체와 이별하는 일은 없습니다. 진실한 우정은 겉껍질이 사라진 뒤에도 그 실체를 만나고 지켜갑니다."

삶과 죽음에 대한 깊은 생각은 1세기에 티아나의 아폴로니우스가 남긴 기록에서도 발견된다.

"겉으로 보이는 모양 말고는 어떤 것도 죽지 않는다. 본질에서 자연계로 건너가는 것은 탄생이요, 자연계에서 본질로 돌아가는 것은 죽음처럼 보일 뿐이다. 실제로 창조되거나 사멸하는 것은 아무 것도 없으며, 다만 눈에 보이거나 안 보이게 될 뿐이다."

스콧은 언젠가 죽은 뒤의 삶의 가능성에 대한 친구의 질문에 이렇게 답장을 쓴 일이 있다.

"나는 다르게 묻고 싶네. 사람은 그가 속해 있는 우주와 계속해서 관계를 유지해 가는가? 내가 이르게 된 결론은 삶이 본질에서 아주 다른 경험의 영역으로 옮겨 간다는 것일세. 삶은 단순한 것이 아니라 복합적인 것이고, 그 복합적인 것의 하나는 삶이 길거나 짧은 지속 기간을 갖는 여러 조각들로 나누어진다는 것이네. 그리고 어떤 조각의 삶이든 이 땅에서 우리 삶을 이어가도록 해 주는 몸의 기관보다는 영속적이라네."

우리 삶에는 너무 많은 '나'가 있다. 저마다의 인격은 우리의 본체가 아니라 우리가 걸치고 있는 무엇이다. 우리 몸은 우리가 아니다. 우리 몸을 사용하고 있는 것이 우리다. 우리 생각 또한 우리가 아니다. 우리 생각에 지침을 주는 것이 우리다. 우리의 감정은 우리가 아니며 우리 감정을 느끼는 것이 우리다. 우리는 가치 있거나 또는 한탄할 만한 인격으로 세상을 좋게 만들기도 하고 망칠 수도 있다.

우주는 너무 광대해서 낱낱의 인격과 맺는 관계를 초월해 있다. 살면서 우리가 할 수 있는 가장 위대한 일은 우리 자신의 작은 자아 속에서가 아니라 우리 삶이 전체와 연관되어 있음을 깨닫고 그 속에서 우리의 삶을 꾸려 가는 것이다.

40년쯤 전 남쪽 버몬트주에서 살 적에 여러 친구들과 식탁에 둘러

앉아 있을 때 있었던 일이 생각난다. 점심 식사를 하고 있었는데, 어느 훌륭한 여성이 세계를 돌아다니면서 한 평화 사업에 대해 꽤 많은 얘기를 했다. 나는 그 이야기에서 끊임없이 나오는 일인칭 대명사가 귀에 거슬렸다. 그래서 한 가지 모험스런 제안을 했다.

"하루 종일, 아니면 한 시간, 아니 지금 같은 식사 시간만이라도 '나'라는 말을 하지 않고 지낼 수가 있을까요?"

모인 사람들은 재미있는 실험이 될 거라고 동의했다. 우리들은 그 자리에서 곧바로 시험해 보기로 했다. 이 문제에 어떤 식으로 접근하면 좋을까 생각하느라고 방 안이 조용해졌다. 간단한 생각을 표현하는데도 한참 생각해야 했고 문장을 다시 짜야 했다. 그러나 끊임없이 '나'라는 말이 끼어들어 성공할 수 없었으며, 말을 하다가도 규칙 위반이라는 외침으로 중단되곤 했다. 자꾸만 다시 시작하지 않을 수 없었고, 그러다보니 서로가 자연스런 대화를 이어 나가기가 여간 어렵지 않았다.

"이 게임은 도무지 안 되겠네요! 이런 식으론 얘기가 끝을 보지 못하겠어요." 마침내 이것을 게임이라고 부른 한 참석자가 그만하자고 말했다. 나는 이 기억할 만한 식사 모임에서 우리가 나날의 대화에서 얼마나 자기중심으로 되어 있는지, 우리 삶 속에 얼마나 많은 '나'가 있는지 배우는 기회가 되었을 것이라 믿는다. 여러분 스스로도 대화 속에서 일인칭을 빼고 말할 수 있는지, 또 얼마나 오랫동안 그렇게 할 수 있는지 실험해 볼 것을 권한다. 여러분은 말문이 막힐 것이다. 그렇게 되기 마련이다.

도대체 이 '나'는 무엇이며 누구일까? 우리는 우리 몸을 '나의 것'이라고 부른다. 우리는 우리 몸 속에서 살지만 몸이 곧 우리는 아니다.

우리 삶에서 내내 확대되고 중심을 이루는 이 '나'는 무엇이며 누구일까? 우리는 삶이라는 하나의 통일체를 이루는 부분들이다. 유일한 실재는 전체성oneness이지만, 대부분의 사람들에게 가장 중요한 것은 개체로서의 자의식이다. 몇몇 사람들만이 그 자의식에 눈을 돌리지 않거나 무관심하다. 우리는 과연 자기중심self-centered에서 벗어날 수 있을까? 우리의 세계에서 어떻게 이 자기중심주의를 뿌리 뽑을 수 있을까?

이제 나 자신도 똑같은 문제에 부딪히고 있음을 알고 있다. 회고록의 저자로서 수많은 일인칭 대명사를 어떻게 피할 수 있을까? 최선의 삶을 살고, 배우고, 사랑하고, 마감하는 것에 관한 이 이야기를 쓰면서 계속되는 '나', '나', '나' 일인칭 단수 대명사를 어떻게 이야기의 뒷전으로 밀어 넣을 수 있을까?

인도에서 태어난 철학자이자 강연자인 지두 크리슈나무르티는 말년에 한 강연에서 경탄할 만하게 비인칭으로 말했다. 그 자신 또는 자신의 경험을 얘기할 때 '나'라는 말 대신에 '연사'가 이런 일을 했다거나 '연사'가 이런 생각을 했다고 말했다.

스콧은 자기 책이나 강연에서 '나'라는 말을 드물게 썼고, 보통 대화에서도 되도록 적게 쓰려고 애를 써서 나중에는 거의 쓰지 않게 되었으며 대화 전체에서 공동체 성격을 띠게 되었다. 그 사람은 자기를 중심에 두는 사람이 아니었다. 그이는 자기 손으로 땅을 파고 흙을 퍼내어 수천 번 외바퀴 수레에 담아 농장으로 나르며 만든 연못도 언제나 '우리 연못'이라고 불렀다. 농장도 대부분 그가 심고 가꾸었지만 언제나 '우리 농장'이라고 불렀다. 나와 마찬가지로 그 사람도 온갖 수고를 다 해 지은 집인데도 그의 집이나 우리 집이 아닌 '헬렌의 집'이라고 불렀다. 나는 개체적 자아를 넘어 생각하는 그런 사람들 속에서 살았으면 한다.

스콧이나 나도 우리 책 속에서 우리의 내면 생활에 대해서는 쓰지 않았다. 우리 둘 다 대부분 대중의 눈에 드러난 삶을 살긴 했어도 눈에 띄지 않는 사람으로 있기를 더 좋아했다. 스콧이 자서전을 쓰리라고 기대할 수는 없었다. 그 사람은 자서전이 지나치게 자기중심이라고 생각했기 때문에, 자서전을 쓰도록 설득하기 위해서는 대변혁을 겪은 한 세기에 걸쳐 그 사람이 살아온 삶의 역사적인 면을 지적하지 않으면 안 되었다. 그이는 정치적 성격을 띤 자서전을 썼다. 나는 무심코 그중 여섯 줄을 보았는데 보면 볼수록 웃음이 터져 나왔다.

이 책을 스콧에게 바치면서 그이에 관한 추억을 더듬어 보니, 우리가 만나기 전의 내 삶의 일부를 말하지 않을 수 없다. 그 시절의 일부는 크리슈나무르티와 관련되기 때문에 그 이야기를 해야겠다. 하지만 내 삶은 50년 넘게 스콧을 중심으로 이루어져 왔으므로 이 책은 스콧에 초점을 맞춘 것이 될 수밖에 없다. 내 삶에서 태양은 오직 하나이다. 크리슈나무르티는 혜성처럼 나타났다가 또 그렇게 떠났으며, 곧 시야 밖으로 사라져 버렸다. 그 사람은 10대에 내 눈을 부시게 하였으나, 잠깐 동안의 에피소드로 그쳤다.

삶은 모든 사람에게 운 좋게 거머쥐거나 잘못 빠지기 쉬운 기회와 함정으로 이루어진 거대한 가능성의 그물망이다. 모든 존재, 모든 행위는 거대한 현시의 부분이다. 모든 생명체는 그 존재의 모든 순간을 통해 자신의 음표, 노래를 더해 주며 이바지한다. 우리는 우리 삶을 꾸려 감으로써 그 표적을 남기는 것이다. 지금부터 백 년 뒤의 세상이 어떻게 되든지 우리들 저마다의 존재 양식, 행위, 생각에 어떤 부분이든 영향을 받을 것이다. 그래서 우리 부모와 형제자매, 내가 그렇게 오랫동안 사랑해 온 남편 스콧 니어링과 나 자신이 함께 또는 따로 새겨 온 표적들이 세상의 모습을 만드는 데 도움을 주고 다른 사람들의 삶, 그리고 아마도 이 책을 읽을 여러분들의 삶에 영향을 미쳐 왔을 것이다.

좀 더 너그럽고 내 중심에서 벗어날 수 있도록 처음에는 이 이야기를 3인칭으로 썼다. 그런데 유능한 편집자들이 권고하기를 독자들과 가까워지고 다정한 느낌을 주기 위해서는 '나에게', '나는'이라는 표현을 쓰는 것이 좋겠다고 했다. 그래서 그렇게 하려고 애썼지만 편안하지가 않았고 주제넘은 듯 여겨졌다. '나'를 적어 넣을 때마다 마음이 불편했다. 나는 끊임없이 계속되는 '나'를 싫어하며, '나'와 상관없이 남은 여생(이 책을 쓰는 동안을 포함하여)을 보내면 행복하겠다. 그래서 전문가의 충고를 따르지 않고 헬렌과 스콧의 이야기를 '그 사람' 또는 '그들'이라는 시점으로 거리를 두고 쓰기를 고집했다. 그리고 이렇게 하는 것이 마침내 장애에 부딪쳐 '나'를 쓰지 않을 수 없을 때에는 1단 기어와 3단 기어를 왔다갔다 하듯 1인칭을 앞뒤로 옮겨 가며 쓰는 방법을 택했다.

친애하는 독자들이여, 이 책은 이처럼 하찮은 개체성을 넘어서려고 애쓴 뒤의 '우리'와 '나'에 관한 책이다. 내가 때때로 1인칭을 견디지 못하고 '그 사람' 또는 '헬렌'을 쓰기 위해 3단 기어를 넣더라도 여러분들은 참고 이해해 주리라 믿는다.

이 책 속의 열려진 창에 크리슈나무르티와의 짧은 만남이 소개되지만, 이야기의 주된 흐름은 스콧 니어링과 나의 관계, 우리의 닮은꼴 생활에 관한 것이다. 이 책은 스콧과 내가 같이 쓴 다른 책처럼 우리의 육체적, 정신적 공동 작업, 농장 생활, 식생활, 정원 가꾸기 또는 집 짓기에 관한 보고서가 아니다. 이 책은 우리가 반세기 넘게 함께 하고자 애써 온, 최선의 삶을 살고, 그 삶을 사랑하며 우리가 겪은 여러 가지 출발과 떠남에 관한 것이다.

　사실 이 책의 제목 'Loving and Leaving the Good Life'의 첫 단어 'Loving' 다음에 쉼표를 찍어야 한다. 최선의 삶을 사랑하는 것도 중요하지만, 최선의 삶에 들어 있는 그 특유의 변할 수 없는 요소는 바로 사랑이기 때문이다.

# 우리 둘이 처음 만났을 때

평범한 우정 이상이 있었네
우리가 처음 만났을 때 미처 몰랐던.
—

로버트 브리지스, 트리올렛(16), 1873

선생님 손에 이끌려 뉴저지주 리지우드의 스콧 니어링 집에서 열린 어른들 모임에 갔을 때 내 나이 열일곱 살이었다. 내 머리로 이해하기 어려운 정치 이야기를 하던 중이어서 나는 내가 왜 이곳에 오게 되었는지 궁금해하면서 난롯가 옆에 앉아 있었다. 참석자 가운데 나이 어린 사람은 나뿐이었다. 내가 기억하는 한 그 만남이 스콧 니어링과 처음으로 만난 것이었다.

그 뒤 여러 해가 지난 후 스물네 살 때 아버지의 부탁으로 우연히 하게 된 전화 통화가 두 번째 만남을 이루게 했다. 아버지가 회장으로 있는 지역 모임에 스콧 니어링이 나와서 연설해 주도록 부탁하게 했던 것이다(아버지가 뒷날 이때 일을 얼마나 후회했던가). 전화 통화에서 그 사람은 오래 전에 대화에 끼어들지 않고 구경만 하고 있었던 여자아이를 기억해 냈다.

유니테리언* 교회 모임에서 강연해 주기로 승락한 뒤 스콧은 그 동안 내가 어떤 일을 해 왔는지 물어보았다. 나는 유럽에서 바이올린을 공부한 일과 인도 여행, 호주에서 보낸 시간에 대해 말해 주었다. 우리는 얼마 동안 전화로 얘기했다. 나는 그 사람의 목소리가 좋았다. 따뜻하고 힘이 있었으며 친근한 느낌을 주었다. 그 주말에 그 사람이 다시 전화를 걸어 뉴욕 북부로 가는 심부름길에 같이 드라이브를 하자고 요청해 온 것을 보면 그쪽에서도 무엇인가 끌리는 것이 있었음에 틀림없다. 그 동행길에서 우리는 다채로운 가을빛을 즐길 수 있었다. 스콧의 목소리를 듣자 마자 나는 새로 사귄 젊은 남자와의 멋진 데이트 약속을 취소하고 같이 가기로 했다. 그 주말이 모든 일의 시작이었다.

우리가 같이 간 북부 지방의 드라이브길에서 나는 이 박식한 교수와 근사하고 지적인 대화를 준비하고 있었으나, 그 사람은 이론을 펴는 대신 질문을 했다. 그이는 어떤 면에서 앞날이 창창한 젊은 사람에게 인생에 관한 질문을 던지고 자료를 제공해 주는 사려 깊은 아저씨 같은 분위기를 주었다. 친절하고 형식에 얽매이지 않은 말투, 꾸밈없는 수수함이 좋았다. 그 사람은 도대체 무슨 체하는 것이 없었다. 심지어 "정령을 믿어요?" 하고 묻기까지 했다. 나는 그 사람의 호기심 많은 눈을 마주 대하면서 이 사람은 대체 어떤 사람일까 궁금해졌다. "네, 항상 믿어 왔어요" 대답하고는 "당신은요?" 하고 되물었다. 그러고 나서 우리는 초자연 현상과 무당에 관한 이야기로 옮겨 갔는데, 그 사람은 관심을 보이면서 더 알고 싶다고 말했다.

우리는 채식주의에 대해 얘기했는데, 그 사람 역시 도살한 짐승의

* 옮긴이 주 – 유니테리언: 삼위일체설을 부정하고 신의 단일성을 주장하는 그리스도교의 한 분파

고기를 먹지 않는다는 말을 듣고 기뻤다. 그 사람은 평화주의자이고 사람, 새, 짐승을 죽이는 것을 좋아하지 않는다고 말했다. 내가 가장 끌린 점이 바로 이 부분이었다. 나는 그이가 채식주의자가 아니었더라면 함께하지 못했을 것이라 생각한다.

나는 그 사람이 분명히 지적이고 생각이 깊으며, 유머가 있고 솔직한 것을 확인하고 그에 호응했다. 그 사람은 참으로 분별 있고 확고하며, 균형 잡힌 훌륭한 품성을 지니고 있었다. 이 모든 것을 나는 우리의 첫 여행에서 느꼈으며, 그 사람에게 끌렸다.

그날 저녁 우리는 시골길을 걸었다. 부드러운 9월의 달빛이 비치는 밤이었다. 나무가 우거지고 풀들이 무성한 길을 지나 타는 듯한 단풍이 줄지어 있는 언덕길을 올라갔다. 우리가 멈춰 서야 할 교차로에 이르게 되었을 때 그 사람은 오르막길과 내리막길 가운데 어느 쪽을 택하고 싶으냐고 물었다.

나는 오르막길을 택했다. 그리고는 갑자기 몸을 돌려 그 사람에게 키스했다. 나는 그 순간이 내 인생에서 진정한 갈림길이었음을 깨달았던 것이 틀림없다. 우리의 길이 높게 되어 있든 낮게 되어 있든 거기서부터 우리는 함께 여행했다.

이것은 내게는 정말 놀라운 방향 전환이었다. 우리는 드문드문 만났지만, 나는 그이에게 확신과 신뢰와 존경을 전해 주었다. 그 사람은 너무나 진지하고 진실하며 감동을 주는 사람이어서 나는 동류의식을 느꼈고 자극을 받았다. 그때나 지금이나 이 사람이 내 삶에 좋은 영향을 미쳤고 미칠 것이며, 내가 많은 것을 배우리라는 데에 조금도 의심이 없었다. 내가 그 뺨에 처음 키스했을 때 그 사람의 느낌이 어땠을까?

나 또한 미리 계획했다 싶을 정도로 당돌했거나 아니면 유달리 순수하고 진지했다. 내 쪽에서는 그것이 앞으로 함께할 삶에 대한 첫 표시였다. 그것은 첫눈에 반하는 사랑은 아닐지 몰라도 다른 사람의 존재를 크나큰 가치와 인격체로 받아들이는 발견이었다. 그 사람은 내 삶에서 가장 소중하고 바람직한 평생의 반려자가 되려는 참이었다.

나는 스콧에게서 가장 높은 목표에 따라 살려는 신념과, 헌신하려는 마음, 삶의 방향이 몸에 배어 있으며 전체의 복지 수준을 높이려는 주된 목표에서 벗어나지 않으려는 인간성을 발견했다. 그 사람은 일상생활에서 진리를 추구하고 그에 따라 살려고 노력하는 하나의 전형이었다. 첫눈에 나는 그 사람에게서 이러한 훌륭한 자질을 알아차렸다. 또한 무거운 주제에 대해서는 지나치다 싶을 만큼 진지하면서도 유쾌한 웃음과 반짝이는 눈을 가진 순수한 인간애를 느낄 수 있었다.

그 사람은 소문거리와 잡담을 혐오했으며, 속되거나 사소한 일을 멀리했다. 헨리 데이비드 소로와 마찬가지로 그 또한 '무력하게 사회의 저속함 속으로 휩쓸려 들어가지 않으려' 했다. 보통 그 사람이 하려는 말 뒤에는 웃음을 머금게 하는 면이 숨어 있지만 결코 가볍거나 말이 많은 사람이 아니었다. 도로시 톰슨은 러시아혁명 10주년 기념식에 참석하기 위해 모스크바에 가 있을 때 남편 싱클레어 루이스에게 보낸 편지에서 "스콧에게 교육받느라고 지쳤어요" 하며 푸념을 늘어놓은 뒤, "하지만 가끔 그렇듯이 그 사람이 웃음을 띠면 그 진지함을 용서해 주게 되지요"라고 썼다.

나는 그 사람의 흔들림 없는 선함, 지식, 지혜, 친절함과 사려 깊음을 알아차리고 받아들였다. 여기 내가 신뢰할 수 있는 한 사람이 있으니, 그이는 자기가 어디로 가는지 알고 있으며, 스스로 헌신하기로 작정한 목표를 말과 삶에서 최대한 실현하려고 애쓰고 있었다. 나 또한 올바른 일을 추구할 필요를 느끼고 있었으며, 주변의 일상적인 삶의 사소함을 넘는 이상에 나 자신을 던지고 싶었다. 스스로 그렇게 되리라고 믿는 특별한 존재로서, 단순히 되풀이될 뿐인 일상을 넘어선 삶의 열정을 가질 수 있었으면 했다. 나는 멀리 진리에 대한 비전을 가지고 있었고, 구도자와 동료 의식을 느꼈다. 그런데 여기 그런 길 위에 있는, 형제이자 동료로서 내가 배울 수 있고, 도울 수도 있는 사람이 있었다.

우리가 함께한 삶에 대해서 무어라 말할 수 있을까? 우선 우리의 배경과 우리의 인격을 이루는 데 도움을 준 동력, 외부 요인과 내부 요인에 대해 말해야 한다. 스콧의 경우 그 대부분은 80대에 쓴 자서전 《스콧 니어링 자서전 The Making of a Radical》에 나와 있다. 여기서는 슬쩍 훑어볼 뿐인 그 사람의 이력이 거기에 자세히 쓰여 있다. 이 책은 수많은 논문과 저서, 두 권의 전기—이 책 맨 뒤에 목록이 있다—에서 볼 수 있는 스콧의 정치 생활과 사회생활의 측면보다 개인으로서 그이의 삶을 되돌아보는 글이 될 것이다.

이 책은 스콧의 전기나 자서전이 아니고 내가 알고 있는 그 사람의 존재에 대한 헌사이다. 나는 원칙에 충실하고, 타협하지 않으며, 지적인 변혁가의 면모와 아울러 꾸밈없고 친절하며 현명한 남편으로서 스콧의 삶을 있는 그대로 드러내 보이고 싶다. 아울러 평화롭고 스스로 준비해서 맞이한 그이의 마지막을 나누고 싶다.

먼저 우리가 만나기 전에 있었던 몇몇 주목할 만한 일화들을 나누고, 그러고 나서 우리의 공동생활을 얘기하기로 하자.

# 가장 바람직한 사람 스콧

스콧에 대해 우리가 알고 있는 것은 그 사람이 무지한
대학 총장 때문에 학교에서 쫓겨났으며,
분별 없는 몇몇 정치가들 때문에 선동죄로 몰려
감옥에 가게 되었다는 것이다. 우리의 삼류 문명은
그 사람이 지닌 참된 가치와 불굴의 헌신성을 모르고 있다.

———

H. L. 멩켄, 아메리칸 머큐리, 1929

아주 어린 시절부터 스콧은 자기보다 가난한 사람들에게 관심과 동정을 보였다. 상류층의 아들로 태어난 그 사람은 많이 가지면 가질수록 자기보다 못한 사람들에게 점점 더 많은 빚을 지는 느낌을 받았다. 한때 할아버지가 경영하는 펜실베이니아 지방의 광산에서 일한 적이 있는데, 노동력의 일부를 메우기 위해 고용된 핀란드와 헝가리 이민 출신 광부들 속에서 가난을 목격했다. 그 환경을 속속들이 살피고 거기에서 얻은 지식으로 스콧은 대학교수가 되자 노동문제에 대해, 노동자와 고용주 사이의 엄청난 급여 차이와 생활 조건의 차이에 대해 글을 쓰고 강연을 하기 시작했다. 20대였던 1905년 초기에 스콧은 자유주의적 개혁에 관한 공개 강연을 했는데, 이것이 그 사람이 한 사회봉사의 시작이었다.

스콧은 초기 강연에서 이렇게 말했다.

"경제학 공부를 시작하기 전부터 나는 근대사회에 생겨난 부자와 가난한 사람들 사이의 엄청난 불평등에 충격을 받았습니다. 부자는 부와 여가, 헤아릴 수 없이 많은 기회를 누립니다. 가난한 사람들은 불행, 과로, 지저분한 환경에 짓눌립니다. 부자는 기회의 천국에서 살고 있는 반면 가난한 사람들은 불행의 지옥에 빠져 있으며, 부자의 천국은 가난한 사람들의 지옥을 딛고 있습니다. 나는 그것들을 연구하기 전부터 이러한 상황에 충격을 받고 있었지만, 막상 주의 깊게 검토를 해 보니 정말 놀라지 않을 수 없었습니다. 나는 가난에 대해 들었고, 불행과 악이 존재한다고 믿었지만, 이러한 것들이 그 지역의 모든 마을과 도시를 지배한다는 것은 모르고 있었습니다. 능력과 재능의 싹이 눌려 있었습니다. 진보의 가능성과 함께 폭넓은 기회가 마련될 수 있고, 투표소에 같이 가서 10년 안에 상황을 개혁할 수 있는데도 가난한 사람들은 그 사실을 모르고 있었습니다."

펜실베이니아주 정미소와 공장에서 일하는 아이들의 노동 상황에 대한 조사는 스콧에게 커다란 충격을 주었다. 그 사람은 여가와 학식이 있는 교육자로서 세상에 빚을 지고 있다고 느꼈고 그것을 말해야만 했다. 스콧은 입법과 여론으로 아동노동의 폐해를 줄이거나 없애기 위한 길을 찾고 있는 펜실베이니아 아동노동위원회에 참여했다.

스콧이 이 문제를 공론화하자, 특히 그 사람이 가르치고 있던 펜실베이니아 대학의 이사이자 저명한 펜실베이니아 사람인 조지 W. 페퍼와 레버링 존스의 심기를 불편하게 하였다. 그들은 이단적 의견을 내보이며 반대파로 나선 이 젊은 교수를 자기들 권위에 대한 장애물로 결정하여 1915년 6월 16일 즉결 처분하듯 대학에서 내쫓았다.

스콧이 9년 동안 몸담았던 교수직에서 갑자기 해직된 사건은 학계를 넘어 커다란 반향을 일으켰다. 언론, 학생회, 교수 들이 들고일어나 스콧을 옹호했다. 한 학생은 "그분은 대학이 교수에게 기대하는 의무를 진정으로 실천한 몇 안 되는 사람 가운데 하나이며, 대학인들을 생각하게 만들었다. 내 생각으로 이런 일을 할 수 있는 교수는 천금의 가치가 있는 소중한 사람이다"라고 항의했다. 한 동료 교수는 "여기 학장과 교수들이 재임용을 추천했으며, 그들이 보건대 업무 처리 능력, 성실성, 효과 있는 교수법과 학교에 대한 충실성에서 평균을 훨씬 뛰어넘는 한 교수가 있다. 이사회가 미리 알리지도 않고 학기가 끝날 무렵 그의 교수직을 박탈한 것은 합법성이 의심스럽다. 아니 그것은 의심할 여지없이 관례에 어긋나고 부당한 것이다"라고 썼다. 사이먼 패튼은 경제학 부문에서 스콧의 탁월함을 이렇게 증언한다. "내 생각에 니어링 박사를 잃는 것은 최고의 재질과 능력을 갖추고 있으며 가장 많은 대중의 인기를 얻고, 대학인으로서 선과 도덕에 최대의 노력을 기울여 온 사람을 대학이 잃는 것이다."

이사회는 완고했다. 필라델피아에서 스콧의 장래는 끝났다. 그 사람은 지나치게 자유롭고 공개적으로 기존 제도와 권력을 비판함으로써 추방되었다. 펜실베이니아 대학에서 해직된 뒤, 이 나라의 주요 기관 어디에서도 그 사람에게 일자리를 주려고 하지 않았다. 작은 도시에 세워진 겉보기에 꽤 자유주의적인 털리도 대학에서 1916년에 교수직을 제안했다.

스콧은 아내와 두 어린 아들을 데리고 오하이오주로 가서 전쟁의 먹

구름이 낄 때까지 짧게 2년 동안 정치학 교수이자 예술과학대 학장으로 일했다. 제1차세계대전이 유럽에서 시작되고 있었는데, 스콧은 전쟁에 반대하는 생각을 강하게 가지고 있었다. 폭력과 무력 충돌이 생명과 사회의 부를 끔찍하게 손상시키며, 사회 변화를 가져오는 방안 가운데 가장 값비싼 대가를 치루는 것이라고 보았다. 전쟁이란 '문명국가들이 조직적으로 저지르는 파괴와 대량 학살이자, 제국주의 국가들끼리 벌이는 힘겨루기'라고 보았다. 그 사람은 당연히 글을 쓰고 강연에 나섰다.

나라가 전쟁에 휩쓸리지 않도록 하겠다고 공언한 윌슨 대통령 하의 미국이 영국 편이 되어 참전하자, 스콧 니어링은 털리도의 애국자들에게 환영받지 못하는 존재가 되었다. 1917년이 되자 그 사람은 털리도의 고등교육기관에서 더 이상 있을 수가 없게 됐다. 스콧의 평판은 이제 산산조각이 나 버렸으며, 40세도 채 안 되었는데 다시는 미국의 학교에서는 가르칠 수 없는 처지가 되었다. 이 시기의 생활에 대해 스콧은 다음과 같은 쓰라린 기록을 남기고 있다.

"사람은 대중의 생활 습관, 도덕 기준을 따라야 하는가, 아니면 자신의 규범을 만들어 가야 하는가? 자신의 규범에 따라 살고 그것을 지키면서 그에 반대되는 사회에 대항하여 거슬러 나아갈 것인가? 아니면 무저항의 길을 따를 것인가? 지난 교수 생활 11년은 최고의 시간들이었으며, 가장 행복하고 값진 순간들이었다. 그 시간들은 인간적인 친교와 아울러 든든한 연대의 끈을 맺게 해 준 나날들이었다. 돌이켜 보면 너무나 만족스러운 시간들이어서 나는 고통스럽게 생각하지 않으며 조금의 후회도 없다. 그러나 내가 무엇보다 더 잘 이해하고 그래서 더 사랑한 그 세계의 문은 닫혔으며, 영원히 열리는 일이 없을 거라고 생각한다."

1922년 《뉴욕 콜 New York Call》지에 기고한 글에서 스콧은 이렇게 썼다.

"이상적인 삶은 어떤 대가를 치르기 마련이다. …… 그 이상이 관례에서 멀어질수록, 더 비싼 대가를 치르게 된다. …… 당신의 이상이 정신적으로 활발하게 움직이며, 정직하고 진리에 따라 살고자 하면, 그 이상을 이루기 위해 의식주마저 희생할 수 있다."

《뉴욕 콜》지의 또 다른 기고문에서는 이렇게 썼다.

"혼자 떨어져 사는 은둔자가 반드시 순교자이어야 할 필요는 없다. 그는 삶의 이런 방식과 저런 방식 중에서 선택한 삶의 방식, 그 자신의 길을 따라가면서 거기에서 통행료를 내는 것이다."

스콧의 자료철에 들어 있는 카드 가운데 손으로 쓴 기록 하나를 여기 인용한다.

"대다수 사람들은 창조와 개혁에 대해 언제나 조심스럽고 망설이며, 현상을 유지하고 싶어 한다. 따라서 개혁자, 이미 알려진 길을 벗어나가는 사람은 언제나 소수일 수밖에 없고 끊임없는 반대와 비난, 질시의 대상이 된다. 그것은 창조적 사고와 행위에 따르는 희열에 대해 그가 치러야 하는 대가의 일부이다."

빈센트 반 고흐는 동생 테오에게 보낸 편지에서 다음과 같이 썼다.

"여러 해 동안 해 온 고용살이를 그만둔 이유 가운데 하나는, 자기 패거리에게 일자리를 주는 신사들과 내가 다른 생각을 가지고 있기 때문이다."

스콧은 자기 신념을 따름으로써 치러야 하는 대가에 대해 아주 잘 알고 있었다. 그 사람은 교수직, 곧 날마다 학생들을 만나 그들의 생각과 삶의 방향을 돕는 일을 잃어버린 것을 몹시 아쉬워했다. 청중들을 상대로 하는 강연은 결코 그 허전함을 메우지 못했다. 캐나다의 교육자 데이비드 스즈키는 1987년에 쓴 책 《변형 Metamorphosis》에서 다음과 같이 말하고 있다.

"강연에는 친밀감이 없다. 생각을 나눈다기보다는 일종의 공연이다. …… 사상을 주고받는 것, 열린 토론과 관용은 대학 생활의 초석이다. …… 대학 과정은 단순히 정보를 전달하고 받아들이는 것 이상이다. 그것은 가르치는 사람의 인격을 구체화한다. 그 속에는 교수의 학식, 연구 성과와 성찰의 정수가 들어 있다. 강의실에서 교수를 만날 때마다 학생들은 순수하게 개인의 선물이라 할 사상을 나누어 받는다."

스콧은 늘 헌신과 봉사, 책임 있는 삶을 살려고 했고 자기를 과시하거나 크게 드러내 보이는 생활은 피해 왔기 때문에, 해직되었다고 해서 심한 혼란을 겪지는 않았다. 페리클레스는 테르모필레 전투에서 패배했다는 소식을 듣고 이런 질문을 받았다. "페리클레스, 당신은 그 소식을 듣고서도 어떻게 그렇게 담담합니까? 정말로 아무렇지 않은 겁니까?" "아니오, 아무렇지 않은 게 아닙니다." 페리클레스가 대답했다. "만약 내가 일생을 두고 추구해 온 삶의 지침이 역경 속에서 아무런 쓸모가 없다면 무슨 소용이 있겠습니까? 나는 한순간도 평정을 잃지 않으려고 노력해 왔는데 이제 흔들리면 나는 헛수고를 한 셈입니다."

스콧은 청중 수가 수백 수천에서 열두어 명까지 줄어드는 것을 보았다. 독자층도 끊어져 거의 없어졌다. 그 사람은 평정을 유지했으며, 흔들림 없이 일했다. 이름과 명성은 희미해졌지만, 그 사람은 실망하지 않고 창조하는 작업을 계속했다.

스콧의 자료철 속에 있는 종이쪽지에 다음과 같이 연필로 쓴 메모가 두 개 있다.

"(1908년 10월 20일) 속된 삶―악마에게 영혼을 팔아 성공하고 유명해진다. 양심을 지키는 삶―소명에 따라 행동하고 두려움이 없으며 정의롭게 된다. 성공은 부러움의 대상이 되고 유명함은 사람들의 기억 속에 남는 반면, 정의로움은 영원한 진리의 반석이 된다."

대중에게 널리 읽힌 《에브리바디스 매거진 Everybody's Magazine》에서 따온 이 구절은 그 사람의 좌우명 가운데 하나였던 것처럼 보이는데, 초기 수십 년 동안 좌우명 맨 앞머리에 되풀이해서 썼다.

1911년 자기 앞으로 쓴 비슷한 내용의 이런 기록도 있다.

"네가 일을 시작할 때 다음 한 가지를 분명히 해야 할 것이다. 곧 사람은 경제적인 상품이 아니라 사회적으로 중요한 존재라는 것이다. 그러면 현실 문제는 이 사실을 어떻게 증명하느냐이다."

다음은 같은 시기에 쓴 좌우명이다.

"간소하고 질서 있는 생활을 할 것. 미리 계획을 세울 것. 일관성을 유지할 것. 꼭 필요하지 않은 일을 멀리할 것. 되도록 마음이 흐트러지지 않도록 할 것. 그날그날 자연과 사람 사이의 가치 있는 만남을 이루어 가고, 노동으로 생계를 세울 것. 자료를 모으고 체계를 세울 것. 연구에 온 힘을 쏟고 방향성을 지킬 것. 쓰고 강연하며 가르칠 것. 계급투쟁 운동과 긴밀한 접촉을 유지할 것. 원초적이고 우주적인 힘에 대한 이해를 넓힐 것. 계속해서 배우고 익혀 점차 통일되고, 원만하며, 균형 잡힌 인격체를 완성할 것."

스콧은 빅토리아 시대의 페미니스트이자 작가이며 개혁주의자인 올리브 슈라이너의 사상에서 큰 영향을 받았는데, 그 회고록 가운데 다음과 같은 구절이 있다.

"지적인 완성에 도움이 되는 것을 얻기 위해서는 반드시 일정한 값을 치러야 한다는 교훈을 젊은 시절에 마음에 새겨 두는 것은 유익한 일이라고 생각한다. 이런 생각을 품은 사람은 그의 세대에서는 결코 성공하기 어렵다. 하지만 홀로 된다고 해서 후회하는 법이 없다."

1917년 스콧은 '내 삶의 전환점'이라 하면서 다음과 같이 썼다.

1. 나는 사회주의자, 평화주의자, 채식주의자가 되겠다.
2. 나는 사교춤과 야회복을 포기하며 이것들로 대표되는 생활을 멀리하겠다.
3. 나는 대중의 인기를 얻으려 애쓰는 성공적인 강연자 노릇을 포기하겠다. 윌리엄 하드가 나에게 말했다. "당신에게 필요한 것은 그럴듯한 이야기로 시작해서 두세 가지 그럴듯한 보기를 들어 주제를 설명한 다음, 극적인 몸짓을 써서 끝내는 것이다. 사람들은 더 많은 것을 기대하며 돌아오기 마련이다."
4. 나는 사회복지, 공동의 가치, 공동선을 드높이는 일에 헌신하겠다.

스콧이 쓴 글에 다음 위인들을 모범으로 들고 있는 것이 눈에 띈다.

톨스토이와 자기 포기
소크라테스와 이성의 법칙
소로와 간소한 생활

마르크스, 엥겔스와 착취에 대한 저항

간디와 비폭력

부처와 무애

빅토르 위고와 인도주의

예수와 사회봉사

공자와 중도

리처드 버크와 우주 의식

월트 휘트먼과 자연주의

에드워드 벨러미와 유토피아

올리브 슈라이너와 풍자

스콧은 자주 로버트 루이스 스티븐슨의 다음과 같은 말을 인용하곤 했다.

"희망을 가지고 여행하는 것이 목적지에 도착하는 것보다 나으며, 가장 위대한 성공은 일하는 것이다."

카드에 기록되어 있는 아래 문장은 인용 표시가 없는 걸로 보아서 스콧 자신의 생각일지 모르겠다.

만약 당신의 삶이 실패로 끝나지 않았다면, 당신은 더 높이 올라가지 못했을 것이다. (여기서 스콧은 허버트 조지 웰스의 말을 인용하여 덧붙였다. "그렇다, 내가 성취해야 할 것이 바로 실패였다.")

군중보다 한 발짝 앞으로 나가면 지도자가 된다. 두 발짝 앞서면 방해꾼이 된다. 세 발짝 나가면 미친 사람으로 의심을 받는다.

자신의 가치 기준을 세우고, 스스로 판단한 데 따른 결과를 참는 사람들은 그런 자기 선택에 책임을 진다.

이 글을 썼을 때 스콧은 34세였다. 그 사람은 매우 건강했으며, 거의 어느 곳 어떤 모임의 학생들에게도 직업적인 교수로서 가르칠 준비와 열의를 가지고 있었다. 하지만 그 사람은 '스스로 자립하고 다른 사람들의 삶을 돕는다'는 그 나름의 생활철학을 펼쳐 보일 기회를 빼앗겼다.

스콧은 학계에서 떨어져 나왔으며, 그 경력은 쓸모없게 되었다. 그 사람에게는 부양가족으로 아내와 아들 둘이 있었다. 1908년 초기까지 스콧은 12권의 책을 썼는데, 모두 이름 있는 출판사에서 펴냈으며, 공립학교 교과서로도 쓰였다. 이제 이 책들은 시장과 학교 서가에서 거두어들여졌다. 더 이상 이 책들에서 오는 인세 수입은 없었다. 젊은 전직 교수에게는 어려운 시기였다. 창창하고 부족함이 없고 운이 좋으며 흥미로워 보이던 앞으로의 생활이 모호해졌다.

뒤에 《데일리 워커 Daily Worker》지가 신랄하게 평한 것처럼 운명, 자신의 성품, 행동이 손을 잡아 그 사람을 '역사의 쓰레기 더미' 속에 던져 넣었다. 그이는 수련을 거친 데다가 타고난 능력으로 교수직이 적성에 잘 맞았기에 평생 교수로 지낼 수도 있었으련만, 제도권에서 그런 투사 같은 교육자는 설 땅이 없었다. 이런 홀로서기 시절에, 스콧은 '평화와 민주주의를 위한 국민회의'라는 단체를 조직하고 지도하는 데 도움을 주었는데, 전국에 회원이 80만 명에 이르렀다. 이 단체는 본래 미국의 참전을 막을 목적으로 시작되었는데, 1917년 4월 미국이 참전한 후에는 그 목표를 바꾸어 전투가 아닌 평화협정을 촉구했다.

1917년 《거대한 광기 The Great Madness》라는 책을 썼는데, 여기서 스콧은 겉으로 내세우는 이상주의가 아니라 상업주의가 전쟁의 원인과 목표라고 분석했다. 이 과감한 주장으로 정부는 그 사람을 군대 소집과 모병을 방해했다는 죄목을 걸어 연방 법원에 기소했다. 국내외 신문들이 이 사건을 보도했다. 스콧은 연방 대배심 앞에서 자신의 소책자를 근거로 한 문장 한 문장 자기 생각을 펴 나가면서 자신의 사건을 변호했다. 배심원들은 정당하게 심리하여 반역죄에 무죄 평결을 내려 그 사람을 석방했으나, 책을 출판하고 돌린 랜드 스쿨 출판사에는 벌금을 물렸다. (배심원에게 한 스콧의 연설문을 포함한 모든 소송기록이 1917년 랜드 스쿨 출판사에서 나왔다. 배심원에게 한 스콧의 연설문은《스콧 니어링의 독자 A Scott Nearing Reader》─스티븐 셔먼이 편집하고 헬렌 니어링이 서문을 썼으며 뮤첸이 스케어크로우 출판사에서 펴냈다─에 다시 실렸다.)

무죄 석방된 날, 스콧은 법정을 나가 복도에 있는 전화로 어머니에게 자기가 감옥에 가지 않게 되었다고 알렸다. (당시 법원은 전쟁 반대자에게 24년 형을 선고했다.) 한 방청객이 강한 아일랜드 억양으로 그 사람에게 말했다. "이런 말씀을 드려도 좋을지 모르겠습니다만, 선생님 같은 분들이 안 계셨더라면, 저희 같은 사람들은 쇠고랑을 찰 수밖에 없을 거라는 것을 잘 알고 있습니다."

석방은 되었지만, 스콧의 이름은 이제 말썽쟁이로 전국에 알려지고 평판이 나빠져서 더 이상 어디에서고 가르칠 희망이 없게 되었다. 너무나 거리낌 없이 생각을 드러냈기 때문에 기성 제도에 위협이 되었다. 대학에서 가르칠 수 없었기 때문에, 스콧은 순회강연을 나서서 가르치려고 했다. 그 사람은 어디서든 요청하면 강연을 받아들였다. 강연료를 주지 않아도 가려고 했고, 스스로 비용을 부담하는 일도 잦았다. 그 사람은 돈을 위해 말하지 않았으며, 가르치기 위해 말했다. 그의 강연은 언제나 사실에 바탕을 둔 실천에 대한 것이었다. 《스콧 니어링 자서전》에서 그 사람은 이렇게 썼다.

1917~1918년 전쟁이 시작되자, 나는 강연 속에 일부러 어떤 식으로든 가벼운 내용이나 우스갯소리를 넣는 것을 그만두었다. 나는 '청중에게 재미를 주는 성공적인 강연자'이기를 멈추었다. 나는 연단에 올라가 될 수 있는 한 분명한 방법으로 내 자료를 보여 주고 내가 해야 할 말을 했으며, 그렇게 되도록 노력했다. 나는 더 이상 청중과 강연 후원 단체의 환심을 사려고 하지 않았다. 강연을 할 때마다 먼저 나는 스스로에게 말했다. '이것이 마지막 강연일지 모른다.' 그러고 나서 앞으로 나가 결과가 어찌되든 하고 싶은 말을 했다. 곳곳에서 첫 번째 강연이 마지막이 되었다. 예를 들면 뉴욕의 쿠퍼 노동조합에서 열린 강연에서 전쟁과 혁명에 대해 청중을 흥분시키는 말을 했다. 조합은 두 번 다시 나를 초청하지 않았다.

해가 감에 따라 스콧은 계속 써 나갔지만, 더 이상 유명 출판사나 상업성 있는 출판사를 찾지 못하고, 중소 출판업자에게 맡기거나 자기 돈으로 책을 만들어 자기가 배포해야 했다. 더 이상 잡지 기고나 서평을 받지 못했고 책이 서점에 진열되는 일도 없었다. 여론의 악영향으로 유력한 세 일간지인 《뉴욕 타임스 The New York Times》, 《크리스천 사이언스 모니터 Chistian Science Monitor》, 《데일리 워커》 지가 그 사람의 책에 대한 유료 광고를 거절했다.

스콧은 오직 혼자였으며, 최악의 상황에 있었다. 어떤 학교, 어떤 모임, 어떤 단체와 기관도 그 사람을 필요로 하지 않았으며 또한 아무도 그이가 그리는 상을 만족시키지 못했다. 이윽고 그 사람은 아내와 가족에게서도 떨어져 나왔다. 가족 관계가 깨지자, 모든 재산을 가족에게 넘겨주고 약간의 현금과 생명보험 증권만을 가진 채 새 생활을 시작했다. 그 사람은 완전히 혼자가 되었다.

내가 스콧을 만났을 때, 그이는 삶의 맨 밑바닥에 있었다.

# 자유로운 영혼 헬렌

더 많은 자연물들이 당신을 닮아
그렇게 신성한 자연 상태 그대로 자유롭기를.

———

1921년 헬렌의 학생 시절 노트에서

나는 1904년 매우 좋은 가정에서 태어났다. 우리 부모는 지식인이었으며, 뉴저지주 리지우드의 작은 마을에서 자유롭고 교육에 관련된 모든 단체의 지도자이거나 회원이었다. 나와 알렉 오빠, 여동생 앨리스는 안락하고 모든 가능성이 열려 있는 화목한 가정에서 자랐다. 1909년 우리 집을 찾아온 저명한 스리랑카 사람 지나라자다사가 방문록에 남긴 글에서 보듯 모든 것이 조화로웠다.

"저는 부모 처지에서 보면 이 아이들이 부럽고, 아이들로서는 이런 부모를 갖게 된 것이 부러우며, 나무로 지은 이 단층집이 부럽습니다."

네덜란드계인 우리 어머니 마리아 오브린Maria Obreen은 화가로서 네덜란드에서 컸는데, 삼촌이 암스테르담에 있는 유명한 릭스 국립박물관의 관장이었다. 어머니는 박물관 뒤에 있는 집에 살면서, 원할 때는 언제든지 결작품과 작업실을 보러 갈 수 있었다. 우리 아버지 프랭크 노드Frank Knothe는 학문에 관심이 많은 성공한 뉴욕 사업가였다. 아버지는 문학에 관심이 많았고, 멋진 테너 음성을 가진 음악 애호가였다.

마리아는 20대 초인 1896년에 구혼자 세 명을 피해 암스테르담에서 미국으로 가는 배를 탔는데, 되도록 그 셋 가운데 결혼할 사람을 정하려고 했다. 마리아는 신세계에 도착하자마자 곧 뉴욕의 어느 모임에서 프랭크 노드를 만났고, 프랭크는 아름답고 젊은 네덜란드 여성과 사랑에 빠졌다.

이때쯤 파스텔로 그린, 덩굴손 모양의 우아한 금발에 차분하게 눈을 내리뜬 모습을 한 마리아의 초상화가, 지금 메인주에 있는 우리 집에 걸려 있다. 두 사람은 버크셔로 함께 자전거를 타고 가면서 친해졌다. 마리아는 그 전의 구혼자들이 아닌 잘생긴 미국인 남편과 함께 네덜란드로 신혼여행을 왔다.

젊은 부부는 서로 같은 이상, 정신과 영혼을 소중히 여기는 인생관을 가지고 있었는데, 이는 1890년대 사람들의 보통 수준을 넘어서는 것이었다. 두 사람은 그 시대의 '히피'였다. 건강을 위해서나 같은 동물로서 형제의 몸을 먹지 않으려는 윤리적인 이유로 두 사람 모두 채식주의자였다. 그 시대 미국인이 거의 하지 않던 명상을 했던 두 사람은 합리적인 가능성으로서 환생을 믿었으며 영적인 실험을 했다. 관습을 따르지 않았으며 정통이 아닌 생각에 열려 있었던 두 사람은 신지학회 Theosophical Society 회원이었고, 바로 그 회의 지역 모임에서 만났던 것이다.

신지학은 종교가 아니다. 종교, 피부색, 성, 계급 또는 신념에 차별을 두지 않는 우주적 형제애로 설명되는 신지학은 모든 종교의 밑바탕에 흐르는 고대의 지혜와 철학에 관계가 있다. 불교, 힌두교, 마호메트교, 유대교, 조로아스터교와 기독교에 내재해 있는 심원한 부분을 통합

헬렌이 네 살일 때 가족사진, 1908.

하고자 하는데, 모든 종교는 저마다 진리로 향하는 길로서 어떤 종교도 그 모두를 포괄하고 있지는 못하기 때문이다. 신지학은 삶에 지성을 부여하는 철학을 제공하며, 도덕적 진리일뿐만 아니라 함께 평화롭게 살아가는 실천 방안이기도 한 윤리 규범을 제시해 준다. 마리아와 프랭크 노드가 그렇듯이 신지학회는 종파를 넘어선 구도자들로 구성된 세계 조직체이다.

두 사람은 뉴욕에 살림을 차렸으나, 셋째 아이가 태어나자 더 쾌적하고 건강한 환경에서 아이들을 키울 생각으로 뉴저지주 교외로 이사해 거기서 아이들이 다 자랄 때까지 머물렀다. 그 교외 집터에는 잔디와 소나무 숲이 있었으며, 널따란 정원도 있었다. 가족이 설계한 동인도식 단층 목조집이 넓은 땅 위에 세워졌다. 널찍한 베란다가 있었고, 나무를 댄 천장과 벽난로, 독서실이 있었다. 그리고 장식용으로 동양의 양탄자를 깔고 일본 판화를 걸었으며 편안한 공간이 되게 했다.

젊은 부부는 교외의 작은 마을에서는 보기 드문 사람들이었다. 음악과 예술, 문학을 즐기고 사랑했으며 사회봉사 활동에도 관심을 가졌던 두 사람은, 지역 조직에도 참여했고 박애주의를 실천하느라 시간과 돈을 들였다. 두 사람은 마을 사업에 관심이 많고 도움이 되는 참여자로 받아들여졌다. 아버지는 유니테리언 남성 클럽의 지역교육이사회 회장이자 오르페우스 클럽 남성 합창단의 대표였고, 어머니는 리지우드 여성 클럽의 회장이었다. 그 밖에도 아버지는 지역 적십자사의 책임자였고, 어머니는 동물학대방지협회의 책임자로도 일했다. 어린 시절부터 나는 사회적으로 의미 있는 삶, 사회운동에 연관된 삶의 가능성을 생각해 왔다.

노드 가족은 그때 커다란 농장을 경작하여 여기에서 비료를 쓰지 않은 신선하고 건강에 좋은 양식을 얻었는데, 이것은 그 마을에서 아주 별난 일이었다. 20세기 초에 거의 모든 미국인들은 채소가 없는 고기와 녹말뿐인 식사에 의문을 갖지 않았으며, 익숙하고 좋아하는 것들로 위를 채웠고, 이성으로 판단하고 문제를 제기하는 것과 윤리 같은 것은 철학자에게 맡겼다. 자기들이 잡아먹는 동물들의 권리는 거의 논의하지 않았다. 효소나 비타민, 칼로리는 중요하게 고려되지 않았고 음식은 음식으로 그만이었다. 그 이상 어떤 질문도 제기하지 않았다.

프랭크와 마리아는 달걀과 우유는 식단에 넣었지만 아이들에게 고기나 생선은 먹지 못하게 했다. 모든 먹을거리는 될 수 있는 한 집에서 길렀다. 농장은 관리인인 필립이 돌보았는데, 날마다 싱싱한 과일과 채소를 식탁에 올려 주었다. 통밀빵을 굽고 흑설탕과 현미만을 썼는데, 이 또한 그 시절에는 별난 것이었다. 이 식사법을 그대로 따른 아이는 나 하나뿐이었다. 다른 형제들은 자주 벗어났으며, 뒤에 가서 완전히 보통의 식사 규칙을 따르게 되었다.

내 오빠와 여동생은 거의 모든 면에서 이웃 사람들의 습관에 그대로 따르는 편이었다. 형제들은 나와 달리 쉽게 채식주의자가 되지 못했으며, 우리 부모가 지니고 있는 문학과 음악, 신비주의에 기우는 성향과 지적인 소양을 물려받지 못했다. 맏이인 알렉은 꼬마 때 모형 비행기를 만들 정도로 손재주가 뛰어났는데, 그처럼 보기 드문 기계공학 능력을 발전시켜 남미에서 유능한 조종사가 되었으며, 나중에는 플로리다주에 비행 학교를 가지게 되었다. 동생 앨리스는 태평스럽고 붙임성 있는 아이여서, 깊은 관심을 보이는 부모님 주위를 맴돌며 사는 데 만족했다. 인테리어 장식에 상당한 재능을 타고났으며 얼굴이 예뻤고 자기가 만든 멋진 옷을 맵시 있게 입었던 앨리스는 일찍 마음 맞는 남편과 결혼하여 변함없이 행복하게 살고 있다. 동생네는 뉴저지, 버몬트, 플로리다에 집을 여러 채 지었는데, 모두 동생이 꾸민 것들이었다. 앨리스 부부는 아이들과 손주들을 두고서, 풍요롭고 안락한 보통의 미국 생활을 누리고 있다.

우리 셋은 잘 지냈으나, 식구들 일 말고는 공통점이 별로 없었다. 형제들은 나를 늘 책만 읽는 괴짜로 여겼으며, 나는 기계나 모양을 내는 데는 관심이 없었다. 그 뒤 내 정치적 견해와 인습에 따르지 않는 행동들이 형제들과 거리를 두게 했다. 우리가 일치한 것 가운데 하나는 어머니에 대한 커다란 존경심과 고마워하는 마음이었다. 어머니는 가정의 조화를 이루는 중심이었다. 아버지는 시에서 하는 사업 문제로 얼마쯤 우리에게서 떨어져 있었으나, 조언자요 모범으로서 모든 바람직한 것들을 친절히 제공해 주는 사람이었다.

유모와 어머니에게서 끊임없이 보살핌을 받던 일, 제대로 읽기 전부터 책 속에 빠져 있던 일, 앨리스와 종이 인형을 가지고 놀던 일, 인형보다 더 좋아한 장난감 곰을 애지중지하던 일 말고는 어린 시절 기억이 별로 없다. 왜 더 기억을 못 하는 걸까? 계절과 세월이 작은 아이를 스쳐 지나갔다. 아버지와 함께 피리로 노래를 부르던 해 질 녘, 가스등이 켜진 할머니의 뉴욕 아파트 3층 계단을 오르던 일, 길 건너 이웃 사람들에게 진분홍 스웨터를 자랑하던 일, 그리고 그 많은 고양이들에 대한 짧은 일화들 말고는 떠오르는 것이 없다.

그때 나는 누구였으며, 무엇을 하고 있었고, 또 무엇을 하려고 했을까? 겉보기에 나는 주변 생활에 만족하는 온순한 아이였으나 이웃 아이들이 모두 모여들어 우리 집에서 하는 숨바꼭질, 술래잡기, 크리켓 놀이에 끼어들었고 롤러스케이트를 타고 다녔으며, 겨울에는 물을 부어 얼린 테니스장에서 스케이트를 탔다.

1909년 2월 23일 내 다섯 번째 생일날 아버지는 《아이들의 시간 The Children's Hours》 1907년 판에 실린 '생각하는 시' 모음을 '사랑하는 딸'에게 선물했다. 이 일로 나는 문학을 알게 되었으며, 관심을 갖게 되었다. 그 시대 아이들이 보던 대중잡지인 《성 니콜라스 St. Nicholas》와 12권 짜리 《지식의 책 The Book of Knowledge》이 나와 오빠, 동생이 낡을 때까지 되풀이해서 읽은 책들이었다.

훌륭한 바이올리니스트인 사촌이 네덜란드에서 건너와 내가 아직 어린 아이일 때 일 년 동안 우리 집에 머물렀다. 사촌이 선물로 작은 바이올린을 주었는데, 나는 곧잘 켜게 되었다. 이 일은 아버지에게 큰 기쁨을 주었는데, 아버지는 자신이 가지 못한 음악인의 길을 장차 내가 가려는 것으로 생각했다. 마침 이웃에 뛰어난 교사가 있어서 나는 10대 시절에 지역 연주회를 열기에 이르러 진짜 장래를 내다보게 되었다.

내가 열세 살이 되자 부모는 나를 책에서 떼어 내려고 뉴햄프셔주에 있는 소년단 캠프에 보냈다. 거기서 내가 몹시 바뀐 모습을 보고 정거장에서 만난 어머니는 "얘가 딴 애가 되었어요" 하고 말했다. 식구들과 떨어지게 되자 나는 내 자신의 개성을 발전시켰다. 다른 여자애들이 뚝방에서 시시덕거리며 어울리는 동안 나는 몇 번이고 혼자 카누를 저어 호수로 나갔다. 나는 내가 웃고 떠드는 모임보다 말 없는 나무와 돌을 더 좋아하는 것을 알았다. 나는 혼자였으나 결코 외롭지 않았다.

캠프에서 나는 그림 그리기를 배웠으며, 시를 쓰고, 바이올린을 열중해서 켜는 한편 노래곡을 짓기도 했다.

캠프에 있는 동안 식견 있는 카운셀러 두 사람이 내게 아일랜드 소설가인 던세니 경의 작품들, 앨저넌 블랙우드의 공상 소설과 월터 데라메어의 시를 소개해 주었다. 그 작품들은 이미 로버트 브라우닝의 시에 눈떠 관심을 가지고 있는 나에게 이상야릇한 공상의 재미를 더해 주었다. 나는 그 나이에 사람들의 손금을 보고, 손가락의 길이, 손바닥에 있는 선의 깊이와 위치로 성격을 알아맞히는 일같은 나만의 관심 분야들을 발전시켜 나갔다. 나는 필적을 공부했고, 유명인들 것이 아니라도 자필 원고를 모았다. 나는 일찍부터 사전을 활용하여 끊임없이 말의 어원과 파생어를 찾아보았다. 나는 놀라울 만큼 탐구에 몰두했으며, 내가 발견한 세계를 그냥 그대로 받아들이지는 않았다.

내게는 걸상이 다리가 넷 달린 괴상한 물건으로 보일 수도 있었다. 인간은 퍼덕이는 더듬이 두 개와 코가 가운데 있는 섬뜩한 얼굴, 정상인 모습으로 받아들일 수 없는 모양을 띄고 있을 수 있다. 나는 공상 과학 소설이 있다는 것을 알기 전부터 공상 과학의 세계 속에 살았다. 세상 전체가 기적이었으며 놀라워서 어느 것도 당연한 것으로 받아들일 수 없었다. 끊임없이 경외심이 생겨 커져 갔다. 그때 내가 했던 생각이 뒷날 아인슈타인이 한 다음과 같은 말과 일치했다.

"우리가 경험할 수 있는 가장 아름다운 것 가운데 하나는 신비로움이다. …… 그것은 모든 진실한 과학과 예술의 원천이다. 더 이상 경탄하지 않는 사람은 죽은 거나 마찬가지다."

가족들은, 말이 없고 사춘기를 앞둔 연약한 성품에서 생기 넘치고

리지우드에서 고등학교 다닐 때의 헬렌, 1920.

활발한 모습으로 변한 나를 보고 놀랐으며, 가족들 눈에는 내가 엉뚱하고 별난 행동을 하는 것으로 보였다. 같은 동네에 사는 헬렌이라는 이름을 가진 애들 두 명과 구별하여 '시스Sis-아가씨'라고 했던 옛 어린 시절의 애칭은, 성 노드Knothe를 따서, 또 한편으로는 내 별남 때문에 '넛티Knutty-살짝 머리가 돈 아이'로 바뀌었다. 학급 친구들은 나를 괴상하게 생각했다. 나는 채식주의자였는데, 부모님이 채식주의자인데다 나 또한 동물을 사랑해서 동물을 잡아먹는 것을 거부했기 때문이다. 나는 많은 반려동물, 그중에서도 고양이를 여러 마리 기르고 있었는데, 고양이의 털, 꼬리, 쫑긋한 귀, 길다란 수염과 산딸기 모양의 발을 좋아했다. 나는 학생회 간부였지만, 혼자 있고 싶을 때면 여러 날 내처 결석을 했으며, 그때마다 교장 선생님께 모두 보고되었다. 나는 외로운 독서광에다 음악 소녀였지만, 꽤 기운이 있는 편이어서, 야구를 하고, 달리기도 잘했고 스케이트를 즐겼다. 영어는 내가 가장 좋아하는 과목이었다. 학교에서 브라우닝의 시, 그 가운데 세 편을 암송한 일이 떠오른다. 〈실패한 지도자 The Lost Leader〉에서 "그가 남긴 한 줌의 은화, 그 웃옷에 꽂아야 할 리본을 위해……"라는 구절이 생각난다.

내 삶의 첫 열여섯 해는 걱정 없고 무사태평이었다. 나는 수월하게 학교를 다녔고 별 어려움이 없었으며 공부 때문에 받는 부담도 많지 않았다. 부모님의 커다란 서재를 이용하여 학과 공부 말고도 폭넓은 독서를 했는데, 베이컨의 에세이에서 시작하여 셰익스피어를 거쳐 랠프 월도 에머슨과 윌리엄 제임스의 철학, 로버트 루이스 스티븐슨의 소설, 그리고 동시대 작가들의 작품까지 두루 읽었다. 나는 부모님이 보는 문학잡지, 저널, 신문들에서 수많은 시와 그림과 이야기들을 수집하여 스크랩북을 만들었다. 어린 시절과 청년기에 모은 이 두툼한 자료들 가운데 얼마쯤은 지금도 내 서재에 있다.

어린애 티를 조금 벗어난 때부터 나는 내가 읽은 것 가운데 그럴듯한 구절과 적절한 인용문을 베끼고 밑줄을 쳤으며, 나중에는 자료용 카드에 옮겨 적었다. 이 습관은 일생 동안 계속되어, 그 뒤 연구와 집필에 유용하게 쓰였다. 내 일기와 많은 스크랩북에는 그 나이의 어린 10대로서는 조금 지나치다 싶을 만치 심각한 항목이 들어 있다. 꽤 일찍부터 나는 우주에는 힘과 목적이 있다고 느꼈으며, 왜 우리가 여기에 있고, 그 의미는 무엇인지 궁금하게 생각했다. 그리고 늘 올바르게 살고 그런 일에 기여하고자 하는 깊은 열망을 가지고 있었다. 내가 초기에 모은 글들 가운데 저자가 확실하지는 않지만 그때의 내 생각을 보여 주는 몇 가지를 여기에 인용한다. 어디서 옮겼는지 출처가 있는 글은 마지막뿐인데, 휘트먼의 《풀잎 Leaves of Grass》 1855년 판 서문이다.


인생은 당신이 배우는 대로 형성되는 학교이다.

당신의 현재 생활은 책 속의 한 장에 지나지 않는다.
당신은 지나간 장들을 썼고, 뒤의 장들을 써 나갈 것이다.
당신이 당신 자신의 저자이다.
사람이 자기 조국을 사랑하는 것은 자연스러운 일이다.
그러나 왜 국경에서 멈추는가?
모든 사람이 볼 수 있도록 당신의 사상을 하늘 위에
불로 새겨 놓은 것처럼 그렇게 사고하라.
진실로 그렇게 하라.

온 세상이 단 하나의 귀만으로 당신의 말을 들으려고 하는 듯이
그렇게 말하라. 진실로 그렇게 하라.

당신의 모든 행위가 당신의 머리 위로 되돌아오는 것처럼 행동하라.
진실로 그렇게 하라.

당신의 신이 존재를 확인받기 위해 당신을 필요로 하듯이 살아라.
진실로 그렇게 하라.

땅과 태양과 동물들을 사랑하라, 부를 경멸하라,
원하는 모든 이에게 자선을 베풀라,
어리석고 제정신이 아닌 일에 맞서라,
당신의 수입과 노동을 다른 사람을 위한 일에 돌려라,
신에 대하여 논쟁하지 말라,
사람들에게는 참고 너그럽게 대하라,
당신이 모르는 것, 알 수 없는 것 또는
사람 수가 많든 적든 그들에게 머리를 숙여라,
지식은 갖추지 못했으나 당신을 감동시키는 사람들,
젊은이들, 가족의 어머니들과 함께 가라,
자유롭게 살면서 당신 생애의 모든 해, 모든 계절,
산과 들에 있는 이 나뭇잎들을 음미하라,
학교, 교회, 책에서 들은 모든 것을 다시 검토하라,
당신의 영혼을 모욕하는 것은 무엇이든지 멀리하라……

마침내 나는 스스로 뭔가를 쓰는 모험을 시작했는데, 처음에는 내
가 다니는 고등학교의 학교신문 '화살'의 우스갯소리 편집을 맡았다가,

뒤에 문예란의 편집인이 되었다.

한편으로 나는 바이올린을 계속했다. 주마다 레슨을 받고 규칙 있게 연습하면서 주된 관심을 음악에 두었다. 학교와 교회에서 연주했고, 아버지의 아름다운 목소리에 맞춰 반주했다. 우리는 같이 음악을 즐겼다. 아버지는 젊은 시절에 피아노를 배울 기회를 갖지 못했으나, 음악을 매우 좋아했고, 내 연주 또한 훌륭해서 아버지는 전자피아노 녹음을 할 때 나를 데리고 갔으며, 종종 내 방에서 쇼팽의 〈야상곡〉이나 베토벤의 아다지오, 루빈스타인의 〈바장조의 멜로디〉를 들려주어 나를 재우곤 했다. 나는 밤중에 오랫동안 그 연주를 듣곤 하던 것을 기억한다. 아버지가 나를 낳았다면, 책과 음악이 나를 기른 셈이며, 나는 평생 이들에 대한 사랑을 잃지 않았다.

열여섯 살이 되어 고등학교를 졸업하게 되자 부모님은 내게 보스턴 음악학교나 바사 대학에 가고 싶은지 아니면 유럽에서 음악을 공부하고 싶은지 물었다. 그때 내 또래 여자애들 가운데 혼자서 외국에서 살거나 외국 여행을 하는 경우가 드물었지만, 나는 망설이지 않고 유럽행을 택했다.

열일곱 살이 된 1921년 7월 2일, 나는 지나간 시절을 뒤로하고 어머니와 함께 린뎀호를 타고 바다를 건넜다. 학교를 졸업한 지 2주일 만이었다. 우리는 로테르담에서 내렸으며, 드넓은 삶이 새롭게 내 앞에 펼쳐져 있었다.

유럽에 가자 곧 어머니는 파리에 있는 국제 신지학회에 나를 데리고 갔다. 저명한 영국 여성인 애니 베산트 여사가 회장으로 협회를 이끌고 있었다. 여사는 미국 강연 여행에서 우리 부모를 알게 되었으며, 리지우드의 요람에서 나를 보고 이제 다시 만난 것이다.

협회 연사 가운데 인도 청년인 지두 크리슈나무르티가 있었는데, 베산트 여사가 앞으로 올 세계 교사의 매개자로 발탁해 세상에 소개한 사람이었다. 크리슈나무르티 자신이 '교사'로 선언되지는 않았지만, 신지학회 회원들은 예수의 몸이 그리스도에게 쓰였다고 보듯이 크리슈나무르티의 몸 또한 '교사'의 몸처럼 대했다. 그때 그 사람은 수줍음기가 남아 있는 청년으로서 강연했다. 마르고 보통 키의 인도인으로 피부색이 거무스레한 크리슈나무르티는 윤기가 흐르는 검은 머리칼에, 매부리코, 진한 쌍꺼풀눈, 민감해 보이는 입의 준수한 용모였다. 그 사람이 했던 말에 대한 기억은 거의 없고 대신, 환하게 밝힌 무대 위에서 호리호리하고 검은 피부에 잘생긴 모습의 남자가 머뭇거리는 듯이 하던 강연 장면이 떠오른다. 당연한 얘기지만, 멀리서 연단을 바라보는 데 머물지 않고 따로 그 사람을 다시 만나거나 그 말을 듣고 싶은 마음은 내게 물론 없었다. 어머니가 미국으로 돌아가기 전에, 베산트 여사는 내가 암스테르담의 암스테르데이크 76번지에 있는 신지학회 본부 건물에서 몇 해 동안 살면서 공부할 수 있도록 특별히 허락해 주었다.

새로운 환경과 말에 익숙해지자, 나는 마음을 가다듬고 날마다 바이올린을 연습했으며, 빌럼 멩엘베르흐의 콘세르트헤바우 오케스트라 수석 연주자이자 네덜란드 제일의 바이올린 교수자인 루이스 지메르만에게 교습받는 행운을 누렸다. 내게 재능이 있는 것은 분명했다. 훌륭한 직업 연주자가 될 수 있을 것인가? 그것은 이제 내게 달려 있었다.

크리슈나무르티, 1924.

헬렌, 1924.

# 젊은 시절의 크리슈나무르티

사랑은 자신에게서 흘러나와서 돌아가는 법이 없다.
그것은 실패하든 성공하든 탐험을 계속한다.

—

H. G. 웰스, 처음과 마지막 일, 1908

크리슈나무르티와 관계된 부분은 스콧과 함께 산 그 뒷부분과 너무 멀리 떨어져 있어서 떠올리기가 쉽지 않다. 그것은 때때로 나를 하늘 높이 들어 올렸다 쾅 소리와 함께 땅으로 떨어뜨리곤 하는 마무리되지 않은 사건에 관한 이야기이다. 그러나 몇 해 동안 이어진 에피소드였긴 해도, 스콧을 만날 때까지 내 사람됨에 영향을 미친 건 사실이므로 그 일은 삶, 배움, 사랑, 그리고 떠남에 관한 이 이야기에 포함되어야 한다.

나는 자신의 일은 자기 테두리 밖으로 내보내지 않는, 꽤 개인주의 성향을 지닌 사람이다. 나는 개인사에 대해서는 말할 게 별로 없다. 내 기억들과 생각들은 모두 나 개인의 것들로서 다른 사람에게 쉽게 얘기할 수 없는 것들이다. 크리슈나무르티에 관한 질문을 받는다 해도, 나는 전에 그 사람과 가깝게 알고 지내던 것에 대해 이것저것 말하고 싶은 마음이 없으며, 내가 그 이야기를 직접 쓰거나 남이 알게 하리라고는 결코 생각하지 않았다. 우리가 친밀한 관계를 유지했던 시절에 대해 질문을 받을 때, 나는 보통 이렇게 대답한다. "그 사람은 특별한 사람이었으며, 그 사람을 알게 된 것을 특권이라고 생각한다."

그 뒤 완벽한 동반자를 만나 훨씬 강렬하고 더 오랫동안 지속된 사랑으로 바뀌었는데, 이미 오래전에 지나가 버린 사랑에 대해 이야기할 까닭이나 필요가 어디 있겠는가? 첫사랑은 열정적이고, 억제할 수 없으며 영원히 계속될 것 같았다. 그 사랑은 영원히 변치 않겠다는 헌신의 언약들로 가득 차 6년 동안 이어지다가, 냉랭한 관계로 가라앉았더니 마침내 무관심이 되었다. 비할 데 없이 훌륭하게 시작된 우리 관계는 지속될 때에는 사랑이 있었으나, 냉담함으로 끝났다.

크리슈나무르티가 죽었으므로 그 스스로 이의를 제기하거나 부인할 수 없는 마당에, 이미 오래전에 지나가 버린—어쩌면 그 사람의 마음과 기억 속에서 지워졌을—일들을 끄집어내어 다시 말하는 것이 옳은 일일까? 하지만 그 일들은 그 사람이 내게 보낸 수십 통의 편지와 메모들 속에 남아 있다. 나는 이제 그것에 대해 말하고자 한다. 그 까닭은 그 사람이 의심할 여지없이 내 삶에 영향을 미쳤고, 다른 사람들의 회상기나 소설 따위 출판물들에 그려진 우리 관계가 적절치 않거나 사실과 다르게 묘사되어 있기 때문이다.

크리슈나무르티가 나를 처음 만났을 때, 그 사람은 가식이 없고 순진하고 순수하였으며 정열로 끓어오르는 새로운 감정에 압도되어 있었다. 그 사람이 개인 간의 애정을 비판하고 대수롭지 않은 것으로 말하게 된 뒷날 그를 따르게 된 사람들은 그 무렵 이 갸날픈 여자애에게 품었던 그 사람의 강렬한 감정을 알면 놀랄 것이다. 오늘날 크리슈나무르티를 지도자로 모시며 따르고 있는 사람들은 이제까지 알려지지 않은 초창

기의 사랑과 애정을 알게 되어 환영할지 모른다. 이와 같은 젊은 시절의 사랑은 그 생애에서 매우 짧은 부분을 이루긴 해도 흥미로운 것이어서, 이미 알려진 그 사람의 인생 역정에 보태어질 만한 것일 수도 있다.

1920년대에 내게 보낸 그 사람의 편지들은 아직 높은 곳으로 오르기 전의 몇몇 시기들과 그 시절에 크리슈나무르티가 품었던 상상과 꿈들을 보여 준다. 때로는 10쪽에서 12쪽이나 되는 긴 편지들은 자기가 한 일에 대한 소식을 알리는 것보다는 순진하고 반복되는 갈망과 사모로 넘쳐 있었다. 그 편지들은 뒷날 지구 전체에 걸쳐 수많은 사람들에게 중요한 의미를 지니게 된 사람이 젊은 시절에 썼다는 이유만으로 가치가 있을지 모르겠다. 크리슈나무르티가 이 일이 공개되는 것을 원했을까? 언젠가 그 사람은 내게 그 편지들을 태워 버려 달라고 요청했다. 내가 몹시 슬퍼하자, 크리슈나는 "그 편지들을 보관하십시오. 그것들은 당신 것입니다. 내 사랑은 그 편지들과 함께 있습니다" 하고 말했다. 그보다 훨씬 뒤인 1937년, 《신에 대한 모험 God Is My Adventure》으로 출판된, 롬 란다우와 가진 인터뷰에서 그는 분명하게 자신의 어떤 부분이든 공개되어도 괜찮다는 말을 했다. "내 생활에서 사적인 것은 없습니다. 모든 사람이 저마다 관심대로 무엇이든 들을 수 있습니다. 당신은 무엇이든, 말을 돌릴 필요 없이 가장 비밀스런 질문도 물을 수 있습니다." 이어서 다음과 같이 말했다. "당신은 이제 막 내 개인의 애정 문제를 물었습니다. 내 대답은 나는 더 이상 그런 것을 알지 못한다는 것입니다. 개인적인 사랑은 내게는 더 이상 존재하지 않습니다."

어떤 뜻에서는, 그 모든 경험이 개인을 넘어선 것이었다. 그 사람의 사랑과 편지를 받은 사람이 누구인가는 중요하지 않고 특별한 의미가

네델란드 오먼에서 헬렌과 크리슈나무르티, 1924.

없는 것이었다. 같은 때, 같은 장소에 다른 소녀 또는 다른 젊은 여성이 나타났더라도 같은 대접을 받고, 같은 촉매제 노릇을 했을지 모른다. 크리슈나무르티는 그때 필요한 대상을 기다리고 있었다.

《한여름 밤의 꿈》에서 요정의 여왕 티타니아는 당나귀 머리를 가진 시골뜨기에게 마음을 빼앗기게 된다. 마법에 걸려 있었기 때문에 처음 보는 사람 누구든지 사랑하지 않을 수 없었다. 크리슈나무르티가 네덜란드에서 나를 처음 만났을 때 어떤 마법이 진행 중이었던 것일까? 그 사람은 준비를 하고 출현을 기다리고 있었다. 사랑과 이해를 찾고 있었던 크리슈나는, 그것을 발견했다.

〔여기서 '나'를 3인칭으로 바꾼다.〕

네덜란드에서 바이올린 공부를 본격으로 시작하기에 앞서, 헬렌은 네덜란드 북쪽 오먼에 있는 '이상을 실천하는 사람들' 캠프로 가서 유럽에서 맞는 첫 여름을 보냈다. 더 나은 세계에 대한 이상과 희망, 포부를 서로 얘기하고 실천하기 위해 젊은이들이 유럽 곳곳에서 베흐트 강가로 모였다. 그 젊은이들은 초기 히피족들이었는데, 헬렌은 만족스러울 정도로 이 모임에 잘 적응했고, 이 새롭고 중요한 교류에 삶의 문을 활짝 열었다.

크리슈나무르티는 그때 오먼을 방문하여 에르데 성에 머무르고 있었는데, 그 근처 땅을 대부분 소유하고 있는 필립 반 팔란트 남작의 초대를 받았다. 남작은 열렬하고 헌신적인 신지학회 회원으로서, 자기의 광대한 장원을 바람직하게 쓰일 수 있는 데 내놓고 싶어 했다. 남작은 국제 보이스카우트 운동에 그것을 넘기려고 했으나, '세계 교사'로 예정된 크리슈나무르티의 사명을 듣고, 크리슈나무르티를 위해 국제 캠프가 열릴 수 있도록 그 땅을 내놓기로 결정했다.

남작은 크리슈나를 차에 태우고 네덜란드 구경을 시켜 주었다. 그러다 오면 캠프 가까이에서 스웨덴 사람과 달리기 시합을 해서 이긴 헬렌을 보았다. 헬렌은 서명장을 가져와 이 두 저명한 방문객에게 서명을 부탁했다. 남작은 헬렌을 성에 초대해 식사를 같이 하도록 했는데, 헬렌은 거기서 남작의 모친이 다이아몬드가 박혀 있는 목걸이를 거는 것을 도와주었다. 젊은 두 사람은 처음 만난 때부터 서로에게 끌렸다. 크리슈나는 네덜란드에 머무는 그 주일에 헬렌과 교제를 계속했다.

크리슈나*는 이 생기 넘치는 소녀에게 매혹되어 그 주가 다 가기 전에 수줍고 머뭇거리는 말로 사랑을 고백했다. 그때 크리슈나는 아홉 살이 위였지만, 매우 수수하며 숫기 없고 소년티를 띠고 있는 청년이었다. 이미《스승의 발 아래 At the Feet of the Master》라는 작은 책을 써 명성을 얻었는데, 아직 세계적인 인물로 떠오르지는 않았지만 그 이름이 알려지기 시작하고 있었다.

헬렌과 크리슈나는 산책과 이야기를 즐겼으며, 같이 자전거를 타고 황무지와 관목이 우거진 들판을 돌아다니기도 하고, 남작의 롤스로이스를 타고 에르데 지방의 우거진 소나무 숲을 돌아다녔다. 둘은 같이 웃고, 우스갯소리를 하며 서로에게 몰두했다.

그 주일의 마지막 날 두 사람은 같이 모래언덕 위에 있었다. 크리슈

---

* 뒤에 크리슈나를 찬미하는 사람들이 존칭으로 '지(ji)'를 붙여 '크리슈나지'가 되었다. 헬렌이 만났을 때는 '크리슈나'로만 불렸다.

나는 말할 용기를 얻기 위해 손수건으로 얼굴을 가렸다. 그 사람은 짧은 시간이었지만 헬렌이 이제 자기가 사랑하는 세 사람, 곧 자기가 앰마라고 부르는 애니 베산트 여사, 결핵 초기 증세로 스위스에서 앓고 있지 않았더라면 같이 네덜란드로 왔을 동생 니티아, 두 형제가 인도를 떠난 뒤 후원자로서 오랫동안 가깝게 지내 온 오랜 영국 친구 에밀리 루텐스 부인과의 관계 속에 들어왔다고 말했다.

헬렌은 크리슈나를 무척 좋아했다. 어떻게 그렇지 않을 수 있으랴? 외모는 나무랄 데가 없었으며, 소년티가 남아 있긴 했지만 그 사람의 생각과 감정은 고상하고, 태도는 진지했다. 그러나 그렇게 짧은 기간에 크리슈나를 압도한 강렬한 감정이 헬렌 쪽에서는 더 느리게 일어났다. 우정보다는 훨씬 더 따뜻한 감정을 느꼈지만, 그 사람의 충동적 사랑에는 미치지 못하는 것이었다.

크리슈나는 유별나지도 않고 외모도 평범하기 그지없는 여학생을 만나 첫눈에 사랑에 빠졌다. 그 사람이 네덜란드에서 그 8월의 오후에 표현하고자 했던 감정은 낭만적인 여름날의 사랑보다는 더 큰 어떤 것이었다. 헬렌은 그 사람이 자기를 선택한 데 대해, 그리고 그 사랑이 믿을 수 없을 정도로 범상치 않음을 알고 놀랐다. 그쪽에서는 이 신기한 감정의 홍수 같은 힘에 압도당했다. 열일곱 살 먹은 미국 소녀에 대한 이 놀랄 만한 열정이 일어날 때까지 스물여섯 살이 되도록 그 사람은 사랑에 빠져 본 일이 없었던 것이다.

네덜란드에서 크리슈나의 시간이 끝났다. 몬테사노에 있는 병든 동생에게 갔다가 영국을 거쳐 그해 말까지 인도로 돌아가야만 했다. 두 사람의 사랑은 어떻게 될 것인가? 언제 다시 만날 것인가? 크리슈나는 떠나는 열차 안에서 처음으로 헬렌에게 편지를 썼다.

"한 주일 전만 해도 당신을 몰랐는데, 이제는 마치 여러 해 동안 알아온 것같이 느껴지니 얼마나 신기한 일인가요. …… 나는 언제나 당신을 생각하고 있습니다. 내게 오면은 온통 당신 생각으로 꽉 차 있으며, 나는 다시 우리가 거기에 있었으면 하고 간절히 바랍니다."

몬테사노에서는 이렇게 썼다.

"두 편지가 기다리고 있었습니다. 둘 다 모두 내가 간절히 원하는 사람, 바로 당신의 편지였습니다. 나는 너무 좋아서 거의 소리를 지를 뻔했습니다. 걱정하지 마십시오. 동생과 코드 씨가 거기 있었기 때문에 그렇게 하지는 못했습니다. 나는 자신을 억제했으며 어린아이처럼 행동하지는 않았습니다."

스위스에서 영국으로 갔다가 인도로 가는 긴 항해에 앞서 크리슈나는 다시 한번 네덜란드로 가는 여행을 마련했다. 그 사이에 많은 편지들이 영국해협을 건너 둘 사이를 오고 갔다. 크리슈나는 무엇보다 헬렌을 만나기 위해 암스테르담으로 돌아왔는데, 인도 옷과 축음기 선물—〈거지 오페라〉 속에서 마이라 헤스가 연주한 클라비코드 곡과 길버트와 설리반의 몇몇 희가극 작품들이었는데, 모두 그 사람이 가장 좋아하는 것들이었다—을 가져왔다. 또 책의 여백에 '이상하고, 이상하다'라는 말을 쓴 《이상한 나라의 앨리스》 구판본과 결코 헬렌을 잊을 수 없을 거라는 헌사를 붙인 《옥스포드 영시선집》을 가져왔다.

암스테르담에 머물면서 크리슈나는 한 차례 강연을 했는데, 공들여 길게 쓴 강연 노트를 헬렌에게 건네주었다. 그 사람은 그때 대중 앞에서 열렬한 어조로 말하는 것을 좋아하지 않았으며 대개는 준비한 원고를 그대로 읽는 편이었다. 수없이 많은 강연을 거친 뒤인 말년에는 한마디 메모도 없이 연단에 올라가 한 번에 여러 시간 동안 강연할 수 있었다.

이 마지막 방문에서 암스테르담을 떠나기 전에 크리슈나는 헬렌에게 앞으로의 생활에 관한 지침을 써 주었다. 여기에 그 사람이 권유한 내용을 옮긴다.

당신은 위대해져야 합니다. 그것이 당신에게 권력과 쾌락을 가져다주기 때문이 아니라, 본디 그렇게 되는 것이 올바른 일이기 때문입니다. 당신은 크건 작건 모든 일에서 위대하고 훌륭해져야 합니다. 왜냐하면 당신에 대한 내 사랑이 이루 말할 수 없이 크고, 순수하고 고귀하기 때문입니다. 위대한 사랑은 언제나 당신 안에 있는 위대하고 순수한 근원을 이끌어 냅니다. 내가 진실로 사랑하는 친구들이 자기가 맡은 모든 일에서 완벽해지기를 바랍니다.

당신은 당신 몸을 당신의 양심과 마찬가지로 깨끗하고 순수하게 지켜야 합니다. 몸의 진화는 당신의 더 높은 자아의 발전만큼 중요합니다. 몸의 아름다움은 당신의 더 높은 자아가 늘 더 높은 아름다움을 추구하고 있듯이 매우 중요합니다. 당신의 몸을 잘 보살피십시오. 깨끗한 음식, 충분하지만 지나치지 않은 것, 손과 발, 이와 머리칼을 깨끗이 하고, 잠을 충분히 자야 합니다. 아침마다 20분 정도 운동을 하십시오.

당신의 사랑하는 친구 말고는 그 누구의 영향도 받지 마십시오.

당신의 모든 친구들은 정신과 몸이 순수해야 합니다.

비록 좋은 것이라 해도 다른 사람의 영향을 받는 것은 바람직하지 않습니다. 당신 스스로 당신의 의지와 생각을 발전시켜야 되기 때문입니다.

우울해하지 마십시오. 마음이 우울해지면 당신 방으로 돌아가 이겨 내십시오. 우울함을 보이지 마십시오. 상처를 입더라도 언제나 밝은 표정을 지으십시오.

그 누구도 당신과 당신의 이상 사이에 끼어들지 않도록 하십시오.

당신은 바이올린을 훌륭하게 연주해야 합니다. 당신은 위대하고, 위대해져야 하므로 바이올린 연주도 훌륭하게 해내야 합니다. 날마다 규칙 있게 연습하십시오. 분명히 당신은 자신이 좋아하는 무엇이든지 할 수 있는 의지를 가지고 있습니다. 그것을 헛되이 쓰지 마십시오.

언제나 정숙한 옷차림을 하십시오.


인도로 떠나면서 마지막으로 그는 애정의 글을 남겨 놓았다.


사랑하는 헬렌,
내 온 마음과 영혼으로 그리고 영원히 당신을 사랑합니다.
신의 가호가 있기를

1921년 11월 14일, 암스테르담에서
크리슈나


두 사람은 서로 편지 쓰기를 약속했고, 이어서 둘 사이에 6년 동안 많은 편지가 오고 갔다. 그의 편지는 소녀에게 깊은 연정을 느끼는 청년이 쏟아 내는 순수하고 열정이 넘치는 것이었다.

"당신에 대한 나의 헌신은 영원히 계속될 것이며 그것이 내가 지금 당신의 모습이 어떠하고, 무슨 생각을 하고 있으며 무엇을 하고 있는지에 대해 끝없이 관심을 가지고 있는 이유입니다. 당신을 영원히 사랑합니다."

그리고 또 이런 편지도 있다.

"그 누구도 향기를 맡지 못한 꽃처럼 새로워지고, 먹이를 찾는 매처럼 주의력을 키우십시오. 행복하고 의연하십시오. 그것이 곧 이루 말할 수 없이 저를 행복하게 하는 것입니다. 당신은 모르겠지만 말입니다."

그 사람이 인도에서 처음 쓴 편지는 1921년 12월 4일자였는데 이렇게 시작되었다.

"친애하는 헬렌, 아디야르에서 제가 쓰는 첫 편지는 당연히 당신에게 보내는 것입니다."

그 사람은 베산트 여사와 뭄바이에 도착했을 때 떠들썩하고 화환에 둘러싸인 정경을 이렇게 그렸다.

"악수와 절과 환한 웃음, 사진 촬영, 환영 인사 그 모든 것이 제 도착을 기념하는 것들이었습니다. 저는 될 수 있는 한 인도 옷을 입었습니다. 멋진 터번이 제 머리 위에 씌워졌는데, 저는 어떻게 쓰는지 잊고 있었습니다."

첸나이에서는 이렇게 써 보냈다.

"수많은 군중들이 차를 향해 꽃을 던졌습니다. 나는 얼굴을 붉히고 어쩔 줄 모르는 감정을 느끼며 차 안에 앉아 있었습니다. 그 사람들이 너무 많은 것을 기대했기 때문에 저는 그것을 채워 줄 수 없음을 느끼고 있었던 것입니다."

헬렌은 아디야르에서 쓴 베산트 여사의 편지를 받았다.

나는 당신과 크리슈나 사이에 이어져 있는 어떤 끈을 알고 있습니다. 그 사람은 당신에게 무한히 도움을 줄 수 있겠지만, 보통 사람의 눈으로 보아 그 애정은 상당한 고통을 가져올 수 있습니다. 크리슈나는 해야 할 일이 많은데 이 때문에 물리적으로 당신과 꽤 거리를 둘지 모릅니다. 말하자면 세계가 그 사람을 필요로 하기 때문에 그는 어느 누구에게도 속할 수 없는 것입니다. 잘 알 수는 없지만, 그를 도울 뿐 방해하지 않을 만큼 당신은 충분히 성숙했고 힘이 있겠지요? 때로는 매우 힘든 일이겠지만 크리슈나에 대한 당신의 사랑을 그가 제 길을 가도록 돕는 사랑으로 승화시키고, 높은 곳에 있는 그의 존재 가까이까지 당신의 삶을 드높이도록 해 보십시오. 신께서 축복을 내려 당신을 도와주고, 강하게 해 주길 빕니다.

사랑을 보내며
애니 베산트

이 당시 헬렌은 어떤 일, 어떤 생각을 하고 무엇을 읽고 있었을까? 물론 바이올린이 가장 먼저였다. 신지학회 본부 도서관에서 날마다 몇 시간씩 연습했다. 도서관 벽을 따라 줄지어 있는 서가의 책들은 헬렌을 매혹시켰다. 헬렌은 음계와 화음을 연습하면서 긴 방을 왔다 갔다 하며 책 제목을 보고 저녁 음악회에 가지 않는 날 밤에 읽을 책을 마음속에 담아 두었다. 목요일 저녁과 일요일 오후면 콘세르트헤바우 악단의 관현악 연주회에 참석해 행복한 마음으로 모차르트, 말러, 바흐, 베토벤과 브람스의 위대한 교향곡을 배우는 데 빠져들었다. 헬렌이 주로 읽은 것은 우주의 생성에 관한 신지학회 저서와 요가, 철학에 관한 것들이었다. 또래 친구는 없었지만, 같은 건물에 사는 나이 든 사람들과 친하게 지냈는데, 그 사람들이 영어를 매우 잘해 몇 달이 지나지 않아 네덜란드 말을 배우게 되었다.

헬렌은 유럽에서 사는 것을 좋아했으며 가족과 친구들에게 편지 쓸

때 말고는 고향과 리지우드 생각은 거의 하지 않고 지냈다. 생활은 바라던 대로였다. 멀리 크리슈나에 대한 사랑이 있었고, 갈수록 음악이 능숙해지는 한편 관심의 영역도 넓어지고 있었다. 헬렌은 기회를 잡고 싶은 열망에 차 있었으며, 자기에게 주어진 여건에 감사했다.

그 시절 가장 행복한 일은 삼 층에 있는 방 아래로 가파른 계단을 뛸듯이 내려와 우편함에서 크리슈나의 편지를 찾는 일이었다. 열정에 가득 찬 그 편지가 소녀에게 어떤 의미를 주었을까? 거의 70년 동안 세계를 돌아다니며 살아왔는데도 그 많은 편지를 그대로 간직해 온 걸 보면 그것들을 소중하게 생각한 것이 틀림없다. 1921년에 암스테르담으로 부쳐 온, 훼손되기 쉬운 첫 번째 편지조차 아직 보존하고 있다.

헬렌이 쓴 편지 가운데 그때 쓴 것들로 보이는 편지는 남아 있지 않으나, 많지 않았을 것이다. 그 편지들은 틀림없이 애정 어린 것이었을 테고, 꾸밈이 없고, 또한 미숙했으리라. 사랑을 한다고 했으나, 사랑이 무엇인지 알았겠는가? 헬렌은 마음을 쏟긴 했지만, 나이 어리고 순진한 소녀로서는 놀랍도록 초연했다. 헬렌은 그 일이 특별한 것임을 알고 있었고 또한 그렇게 받아들이는 것처럼 보였으나, 신기할 정도로 결과에 대해서는 연연해하지 않았다. 헬렌에게 무엇인가 모자람이 있어서 그랬던 것일까? 아마도 어느 정도는 그랬을 테지만, 한편 헬렌은 자기의 앞날과 크리슈나의 미래를 깨닫고 있었으며, 자기 짝이 될 수 없는 사람에게는 마음을 완전히 주지 않았던 것인지도 모른다.

그때 크리슈나가 마음을 쏟았던 것은 분명했다. 하지만 두 사람의 애정이 어떤 형태로든 열매를 맺을 수 있었을까? 거기에는 배경도, 자라야 할 미래도 거의 없었다. 그 사람은 세계 교사로 지목되었고, 새로운 장면, 새로운 사람들과 그 앞에 항상 주어지기 마련인 새로운 목표들 때문에 끊임없이 여행을 해야 했다. 그러니 헬렌이 할 수 있는 일이라고 해야 시중드는 여자나 뒤에서 지켜보는 구경꾼 이상이 될 수 있었겠는가? 결혼은 꿈에도 생각할 수 없었고, 이야깃거리도 될 수 없었다. 헬렌은 크리슈나를 위해서 그런 존재로 머물러야만 하고 그것으로 족했다. 둘은 현재에 살고 있었으며, 헬렌은 그에 만족했다. 헬렌 쪽에서 볼 때 그 사랑은 인간적이고, 서로 밀착되어 소유하는 사랑이라기보다는 필요할 때 지원하고 돕는 역할이었다. 크리슈나가 전화하면, 헬렌은 응답했다. 헬렌은 당시 크리슈나가 원한 모든 것이었으며, 그 사람이 주는 모든 것이 헬렌을 만족시켰다. 크리슈나의 사랑은 그 자신에게서 나왔고 모자람이 없는 것이었다.

네덜란드에서 헬렌은 바이올린 공부를 계속했다. 꾸준히 연주회에 출연했고, 신지학회 모임과 아울러 뮤지컬에도 관여했다. 1922년 겨울 헬렌은 뛰어난 아일랜드 바이올리니스트인 메리 디킨슨-우너가 작은 독주회에서 연주한다는 소식을 들었다. 그 연주와 곡 해석에 감동을 받은 헬렌은 우너 부인이 살고 있는 비엔나에 가서 같이 바이올린 공부를 할 수 있는지 물어보았다. 실제로 다가오는 여름에 비엔나에서 국제 신지학회 모임이 열릴 예정이어서, 암스테르담 본부에서 저명인사들이 이 모임을 준비하기 위해 일찍 비엔나로 떠날 예정이었다. 헬렌은 2월에 그 사람들과 함께 가서 비엔나 교외 노이발데그에 있는 우너 부인의 집에 자리 잡았다. 그리고 즉시 이 새로운 선생의 지도 아래 공부의 속도를 높였고 실내악 쪽에 비중을 두는 새로운 음악 경험을 쌓게 되었다.

베토벤, 바흐, 모차르트의 수정같이 맑은 곡들, 브람스의 모든 곡,

말러의 감각적인 기조의 곡들, 본 윌리엄스의 우아한 멜로디들, 독특한 관점을 보여 주고 갑작스럽게 변화하는 버르토크와 쇼스타코비치의 곡들, 울림이 뛰어난 브리튼의 곡들이 뒤에 헬렌이 좋아하는 작곡가 명단에 포함되었다. 학생 시절에 헬렌은 오페라와 엔리코 카루소를 좋아해 음악을 시작했는데, 고교 시절 상금으로 카루소의 〈팔리아치〉 악보를 샀다. 네덜란드에서 헬렌은 오페라 곡들이 청소년기의 취향으로 생각하고, 멩엘베르흐의 지휘 아래 있는 콘세르트헤바우 악단의 연주회에 계속 참석하여 음악 재능에 깊이를 더해 갔다. 헬렌은 빠르게 음악 공부에 진척을 보이기 시작했고, 음악 공부는 완벽해지고 균형이 잡혀 가고 있었으며 직업 음악인으로서 유망한 것처럼 보였다. 신지학회와 크리슈나무르티가 그 중간에 있었다.

1923년 7월 비엔나에서 국제 신지학회 모임이 열렸다. 크리슈나와 그의 동생 니티아, 에밀리 루티엔스 부인과 그 딸들과 친구들, 그 밖에 젊은 사람들이 왔다. 그들은 헬렌이 음악 연습을 잠시 중단하고 함께 시간을 보냈으면 했다. 회의에서 독주 몇 곡과 바흐의 이중주곡을 메리 디킨슨-우너와 함께 연주한 뒤, 헬렌은 노이발데그를 떠나 일행과 함께 티롤 지방의 고지대 마을인 에르발트로 가서 멋진 산들로 둘러싸인 곳에 별장을 하나 빌려 거기서 여름의 나머지 기간을 보냈다.

에르발트에서 헬렌은 음악을 계속해야 할지 아니면 일생 동안 크리슈나와 그 수행자들을 따라다녀야 할지에 관해 중대한 결정을 해야 했다. 그것은 헬렌의 신념과 존재의 핵심에 관한 문제였다. 음악으로 충분한 것인가? 그쪽으로 재능을 발달시켜 일생을 보내는 것이 목표였는가? 혹 직업으로 성공한다 해도, 이것이 목표의 전부로서 완전한 성취를 이루었다고 할 수 있겠는가? 만일 크리슈나가 말한 대로 단 한 번뿐인 삶에서 바이올린이 목적이 아니라면, 영적인 길과 신지학회가 헬렌 자신의 진실하고 깊은 곳에서 우러나오는, 영속적인 관심사일까?

크리슈나는 세상에는 훌륭한 바이올린 연주자가 많이 있지만 그것을 뛰어넘어 자기와 함께 일해 달라고 강조했다. 크리슈나는 헬렌이 유럽과 미국의 영향권을 벗어나 자기와 함께 인도로 갔다가 호주의 시드니로 가기를 원했다. 모스만 너머 매너에는 찰스 리드비터가 살고 있었는데 그이는 크리슈나의 초기에 큰 영향을 미쳤고 그의 특별함을 처음으로 발견한 사람이었다. 리드비터는 그 이름이 가리키는 것처럼 시드니 지역의 지도자였는데 거기에 참여하는 젊은이들 대부분이 고상한 삶을 살고 싶은 열망에 가득 차 있었고, '과업'을 준비하고 있었다. 그모임은 오늘날 영적 회합이라고 하는 것이었다. 헬렌은 베산트 여사에게 조언을 얻고자 편지를 썼고 몇 통의 답장을 받았다.


나는 당신이 왜 음악에만 헌신하고자 하는지 까닭을 모르겠습니다. 당신이 호주-시드니에 가야 할 기회가 생긴다면 그것을 놓치지 말아야 합니다. …… 여러 가지 면에서 나는 시드니 본부에서 얼마 동안 시간을 보내는 것이 당신의 앞날에 유익할 거라고 생각합니다. 당신 내면생활이 성장하는 데 비할 데 없는 도움을 줄 것이고, 장차 같이 일할 당신 또래의 젊은 남녀를 만나게 해 줄 것입니다. …… 그러나 아무도 당신이 어떤 일을 해야 하는지 결정할 수는 없습니다. 그것은 당신 자신의 내면에 있는 감성에 달려 있습니다. 당신은 영적인 생활과 인류를 돕는 일에 충분히 마음을 쏟고, 그 목표를 위해 다른 모든 것을 포기할 수 있습니까? 그것이 진정한 문제입니다. 이 물음에 긍정적인 답을 얻으려면 우리가 물리칠 수 없는 강렬한 열망이 있어야 합니다.

이제 헬렌은 스스로 무엇을 원하는지 거의 의문이 없었다. 삶의 의미와 목적을 배우는 데 헌신하고, 할 수 있는 한 그것을 드러내 보이는 데 기여하고 싶었다. 헬렌은 다음과 같은 신지학의 고귀한 진리에 온 마음으로 동의했다.

"사람의 영혼은 불멸이며, 그 미래는 성장과 영광에 한계가 없다. 생명을 부여하는 원리는 우리 안에 있으며, 우리와 관계없이 그것은 사멸하지 않으며 영원히 자애롭다. 그것은 들리지도 않고 보이지도 않으나 알고자 하는 모든 사람에게 지각되며, 제가끔 자신의 절대적인 입법자로서, 영광과 어둠을 자신에게 나누어 주고, 자신의 삶과, 상과 벌에 관한 준칙을 정한다." — 메이블 콜린스, 하얀 연꽃의 시

이 원칙들을 믿으면서, 헬렌은 어디에서나 살 수 있고 어떤 직업을 가질 수도 있으며 그러면서 목적을 이룰 수 있었다. 그리고 바깥 생활보다 내면생활에 더욱 완전히 헌신한다면, 머지않아 그 목표에 이르러 더욱 의식 있고 효과 있게 자기 몫을 더 잘할 것이었다. 헬렌은 바이올린이 아닌 더 높은 것에 '부름'을 받았다고 믿었다. 어떤 뜻에서 그 선택은 헬렌이 태어나는 순간에, 아니 그 전에 만들어졌는지 모른다. 헬렌은 신지학회 구성원인 가족을 두었고 그래서 일찍이 신비주의에 관심을 갖게 되었다. 선한 업보가 헬렌을 그 가정으로 이끌어 특별한 기회를 주었다. 헬렌은 내면세계를 추구하는 사람들을 만났고 동료로서 받아들여졌다. 왜 그것을 부인하고 버려야 하나? 헬렌은 음악이 자기

에게 전부였던 것과 마찬가지로, 아니 오히려 가장 아름답다고 생각한 음악보다도 더 심오한 지식에 깊이 몸을 떨었다. 헬렌을 가장 감동시킨 것은 눈에 보이는 것에서 변화한 것으로서 무어라 말할 수 없는 삶의 소리, 그 너머의 소식이었다.

헬렌은 에르발트에 머무르면서 크리슈나가 정말로 자기를 필요로 하며 자신에게도 또한 그 사람이 필요하다는 설득을 받았다. 헬렌은 1923년 여름 저녁 시간을 모두 크리슈나와 함께 보내면서 이상스러운 일들을 목격했으며 스스로 그 일을 도왔다.

크리슈나는 정신적인 면과 육체적인 면에서 격렬한 영적 수련 과정을 거치고 있었는데, 헬렌과 니티아만이 그 곁에 있으면서 이 모든 과정에 참여할 수 있었다. 손블릭 빌라에서 저녁을 먹은 뒤 모임의 모든 구성원은 조용히 발코니에 앉아 산을 바라보면서 인도 노래와 만트라를 불렀다. 그럴 때 니티아가 헬렌에게 연락하여 같이 들어가 보면 크리슈나가 이따금 무의식 상태로 들어가 끙끙 앓는 소리를 내며 신음하곤 했는데 등과 머리에 심한 아픔을 느끼고 있는 것처럼 보였다.

방에서 본 크리슈나의 몸은 여러 차례 고통스런 발작을 일으키다가 간간이 헬렌이 마치 어머니인 것처럼 손을 잡거나 몸을 기대 왔다. 그 시간 내내 그 몸은 마치 육체의 근원, 피조물 자체가 고통을 겪고 있는 것처럼 보였고, 여느 날 보는 크리슈나가 아니었다. 목소리가 달랐고 표현 방식이 달랐다. 그것은 다른 존재, 어린아이의 자아인 것처럼 보였으며, 헬렌은 극진한 마음으로 그 존재를 사랑하게 되었다.

크리슈나는 몸 바깥으로 나와 홀로 고통을 견디고 있는 것처럼 보였다. 이 과정이 끝날 때쯤 되면 자신의 울음소리, 신음 소리나 비명조

차 기억을 못 해 어떤 일이 일어났는지 묻기까지 했다. 크리슈나는 척추 밑에 뱀처럼 또아리를 틀고 있던 쿤달리니 에너지가 머리끝까지 타고 올라갔기 때문이라고 확신했다. 그 과정에서 몸이 찢어지는 듯한 고통을 겪었지만 그것은 초월적인 정화의 경험으로 여겨졌다.

아울러 크리슈나가 의식을 회복하는 저녁에는 커다란 평화와 자비의 순간들이 있었는데, 그 사람은 산 너머에서 거룩한 존재들이 나타나 자기와 헬렌, 니티아가 있는 방 안으로 들어오는 것을 알아보고 환영하는 것이었다. 크리슈나는 그들을 장대하고, 고귀하며, 빛나는 존재들이라고 묘사했다. 니티아와 헬렌은 단지 주위에 가득찬 힘과 축복을 느끼는 수준에서 그 존재를 느꼈다.

그 의식은 헬렌이 옆에서 지켜보는 가운데 여름 내내 밤마다 계속되었다. 헬렌은 극도의 고통을 겪고 있는 몸을 부둥켜안고서 고통을 덜어주었다. 뒤에 자신이 목격한 이상한 일에 대한 설명이 있기를 기대하면서 그 몇 달 동안 일기를 계속 썼다.

에르발트에서 보낸 기간에 다른 당혹스러운 경험도 있었다. 정신적으로 고양된 각성의 순간과 우스꽝스러운 것처럼 보이는 순간들이 뒤섞여 있었다. 우스꽝스런 순간들은 다른 때에 느낀 고양된 순간의 거룩함에 대한 반작용인 것 같았다. 거기에 모인 사람들은 크리슈나가 진지한 각성의 순간에서 거칠고 어리석기조차 한 행동으로 옮겨 갈 때, 종종 어린애들처럼 장난스럽고도 흥겨워했다. 크리슈나는 흔히 그런 익살의 주동자 노릇을 했다. 헬렌은 그 사람이 그처럼 빠르게 바뀌는 데 깜짝 놀라곤 했다.

크리슈나는 또 에밀리 부인 딸들과 다른 소녀들과 번갈아 가면서 엄숙한 의식을 갖고자 했다. 헬렌과 다른 사람들은 신부에게 고해성사하러 가듯이 엄숙한 마음으로 크리슈나에게 갔다. 그 사람들은 크리슈나에게 자기들의 문제를 이야기했으며 여러 가지 태도나 행위에 대해 혹독하게 비판을 받았다. 크리슈나는 순간의 가능성에 깊이 파고들도록 촉구했다. 또 저마다가 지나쳐 버린 사건에 대해서도 엄격하게 비판했다.

크리슈나는 그 사람들 가운데 아무도 근본에서 변하지 않는다고 안타까워했다. "여러분이 사랑을 하게 되면 큰 사랑을 느껴야 합니다. 여러분이 슬픔을 느끼면, 그 바닥까지 내려가도록 하십시오" "여러분이 생각하는 모든 것에서 크게 위대해지고 그렇게 느끼십시오" "여러분 자신이 바뀌면 세계를 바꿀 수 있습니다" 하고 강조했다. 크리슈나는 흔히 그 사람들에게 목적이 없고, 또 진지하지 않거나 아니면 너무 진지해서 문제가 되는 세련되지 못한 행동을 꾸짖었다. 크리슈나는 언제나 그 사람들에게 비난할 거리를 가지고 있었으며, 그 시간은 대개 그 사람들의 흐느낌 속에서 끝났다. 크리슈나는 그 사람들의 눈물을 덜어 줌으로써 만족을 느끼는 것처럼 보였고, 그때 크리슈나는 자신이 그 사람들 마음을 움직이고 있음을 알았다.

크리슈나는 자주—헬렌에게는 별로 대수롭지 않은—두려움에 관해서 말했다. 헬렌은 도대체 두려움이라는 말을 몰랐으므로 그 사람이 왜 그렇게 자주 그 말을 꺼내는지 갸우뚱했다. 헬렌은 사랑받지 못할까 봐 두려워하지 않았고, 죽음이나 고독 또는 늙는 것을 두려워하지도 않았다. 왜 그런 것들에 대한 두려움이 이야깃거리가 될까 의문스러웠다.

크리슈나는 날카롭고 준엄하게 꾸짖고 명령했으며, 겁을 먹은 질문이나 고백 또는 인간적인 호소에 야유하듯이 대답했다. 상냥하게 대하거나 변명을 받아 주는 일이 없었다. 지나고 나서 보면, 헬렌에게는 크리슈나가 거의 그 사람들 감정을 휘젓는 데서 격렬한 즐거움을 얻는 것처럼 보였다. 그것은 학대에 가까운 것이었다. 헬렌은 크리슈나와 만나고 나서 어느 누구도—그때 총애를 받고 있던 자신을 포함해서—빛이 나고 밝은 기분이 되어 만족스러워했던 것을 기억할 수 없었다.

크리슈나는 그 사람들에게 맹목적인 추종자가 아닌 그 자신이 되라고 했다. 자신의 힘으로 뻗어 나가 어른이 되었을 때의 미래를 똑바로 보기를 원했다. 크리슈나는 소녀들이 본받을 굳세고 강인하며, 독립적이고 인상적인 여성의 본보기로서 베산트 여사와 자신의 오랜 친구인 메리 로크 박사를 들었다.

에르발트에서 여름 동안 크리슈나와 가깝게 지내면서 헬렌은 음악 전문가로서 경력을 쌓는 일을 과거 일로 여기게 됐고, 크리슈나와 함께하는 미래가 훨씬 중요한 것으로 마음먹게 되었다. 이것은 물론 헬렌의 아버지를 조금도 기쁘게 하지 않았다. 부모님은 헬렌이 음악을 꾸준히 공부해서 성공하기를 원했다. 부모님은 헬렌이 경험의 한 장을 마치고 다른 세계의 문턱에 서 있다는 것을 알아야만 했다. 부모님은 편지를 보내 한결같이 바이올린을 그만두지 말라고 당부했는데 헬렌은 편지로 이런 논쟁 끝에 일단 미국으로 돌아가기로 결심했다. 그리고는 부모에게 자기 결심을 말하고 함께 의논해서, 시드니의 매너에 모인 열망에 가득 찬 청년 모임에 참여하여 다가올 '세계 교사'에게 봉사하는 삶에 헌신하고자 했다.

그러나 불행하게도 헬렌의 부모님은 그런 새로운 목표를 받아들이지 않았다. 부모님은 헬렌이 바이올린을 계속해야 한다고 고집했다. 헬

오스트리아 에르발트에서 헬렌과 크리슈나무르티, 니티아, 1923.

이탈리아 페르지네에서 여름을 보낼 때의 헬렌, 뒷줄 가운데 니티아가 보인다. 1924.

렌은 크리슈나와 함께 의식에 참여하러 오하이에 가고 싶은 마음이 굴뚝같았다. 크리슈나는 헬렌이 다시 오기를 바란다는 내용의 슬픈 편지들을 많이 써서 보냈다. 아버지는 헬렌이 오하이나 시드니에 가는 것을 절대 반대했기 때문에 헬렌은 자기 시간이―자신이 그렇게 사랑하는 새로운 친구들과 자기가 따르지 않을 수 없는 아버지의 말씀 사이에서―사소한 일상사에 낭비된다고 느끼면서 집에 머무를 수밖에 없었다. 몹시 만족스럽지 못한 겨울이 식구들과 함께 집에 머무는 사이에 지나갔다. 옛 친구들과 멋쟁이 남자들을 만나고 지방 연주회와 이웃 교회에서 바이올린을 켰으나, 유럽에서처럼 음악에 마음이 집중되지 않았다.

1924년 봄 크리슈나와 니티아가 뉴욕에서 유럽으로 갈 때, 헬렌은 아버지의 심한 반대를 무릅쓰고 결국 그들과 같은 배를 타고 말았는데 이 결정은 부모를 몹시 상심시켰다. 아버지는 그날 아침 잘 가라는 말도 없이 사무실을 떠나, 그 뒤 '성숙한 여성이 된' 딸을 보고 싶은 마음에 돌아오라고 간청하는 편지를 쓸 때까지 여러 해 동안 연락조차 하지 않았다.

그해 여름 헬렌은 크리슈나, 니티아, 에밀리 부인과 딸 베티와 메리, 그리고 크리슈나의 친구들 몇 명과 함께 이탈리아 북부 페르지네에 있었다. 일행은 계곡과 그 아래 마을이 내려다보이는 높은 언덕 위에 있는 성을 빌렸다. 헬렌과 에밀리 부인은 크리슈나와 니티아가 묵고 있는 성의 정방형 성채 끝에 머물렀다. 나머지 일행은 넓은 건물 본채에서 묵었다. 헬렌은 어두운 성의 누각에서 바이올린을 연습했다.

크리슈나와 헬렌은 일행이 많은 가운데서도 될 수 있는 한 같이 있었다. 메리 루티엔스는 크리슈나의 전기에서 크리슈나가 페르지네에서 헬렌에게 흥미를 잃기 시작했다고 쓰고 있다. 그러나 그 주장이 사실이라면, 어느 날 헬렌이 성채에 있는 크리슈나의 방으로 들어갔을 때 "나는 당신의 몸에서 흘러나오는 물을 마실 수 있습니다" 같은 말을 하지 않았을 것이다. 크리슈나는 전처럼 규칙 있게는 아니지만 심한 고통이 뒤따르는 의식을 계속했다. 헬렌은 할 수 있는 한, 또 크리슈나나 니티아가 원할 때는 언제나 그 의식에 함께했다. 헬렌은 크리슈나의 곁에 누워 있으면서 연인으로서가 아니라 어머니로서 친밀함과 위로를 베풀어 주는 것으로 생각했다.

거의 날마다 크리슈나는 사람들을 모이게 해서는 모범이 될 만한 사람이 되라, 저마다 삶에서 위대함을 성취하라고 훈계했다. 그리고 "직접 인생과 마주치십시오" 하고 거듭 말했다. "특별히 깨어서 느끼고, 늘 모든 도전이나 기회, 모든 암시에 마음의 문을 열고 마주하십시오" 그런 말도 했다. "나는 당신의 거룩한 현존을 마주하고 있습니다. 나는 당신 얼굴의 영광을 보았습니다"라는 '승리자의 찬미'로 널리 알려진, 서정적 시구와 산문의 방식으로 영감에 찬 가르침을 쏟았다. 크리슈나의 순례 생활 10년은 이렇게 시작되고 있었다. 그리고 "길을 고치는 사람이 있었습니다. 그 사람은 나 자신이었습니다. 그 사람이 쥐고 있는 곡괭이도 나 자신이고, 부수고 있는 그 돌 또한 내 일부였으며, 연한 풀잎은 바로 내 존재였고, 그 사람 옆에 있는 나무도 나 자신이었습니다"라는 '길을 고치는 사람' 이야기도 있었다.

행복하고 열정이 넘치는 시기였다. 단지 니티아의 건강이 마음을 편치 못하게 했다. 니티아는 기력이 좋지 않아 배구 시합이나 새로운 일거리에 거의 참여하지 않았다. 일행 모두는 이탈리아의 교외 언덕에서 영감에 가득 찬 시간을 보내고 트리에스테에서 배를 타고 뭄바이로 갔다.

인도에서 처음 겪는 일들은 헬렌에게 새로운 발견이었다. 눈에 보이는 것, 소리, 냄새, 색깔, 거무스레한 사람들, 특이한 억양, 헬렌과 친구들이 머문 아름다운 집들, 집 없이 구걸하며 사는 가난한 거리의 사람들이 다 그랬다. 헬렌은 결코 그런 아름다움과 호화로움 또는 그렇게 지체가 높고 낮은 것이 뒤섞여 있는 삶의 조건들을 보지 못했다. 헬렌은 새로운 느낌과 볼거리에 흠뻑 젖었지만, 오래가지는 못했다. 단지 몇 주일 동안 뭄바이와 이국 분위기의 아디야르, 그리고 첸나이 가까이 있는 국제 신지학회 본부에 머물렀을 뿐, 곧 크리슈나와 베산트 여사는 헬렌을 호주로 되돌려 보냈다.

헬렌은 자기 평생에 가장 꽃다운 나이에 걸맞은 시간을 보냈다. 행복하고 충만한 2년 6개월이었다. 20대 초반이었던 헬렌은 아름답게 펼쳐진 시드니 항구에서 열망에 넘치는 젊은이들과 살았다. 헬렌은 계속해서 교회에서 바이올린 연주를 했으며, 라디오방송으로 사중주를 하기도 했다. 또 파이프오르간 연주를 배워 정규 오르간 연주자를 대신하기도 했다. 헬렌은 리드비터 주교─젊은 사람들은 '형제'라고 불렀다─를 위해 타자를 치고 비서 일을 했으며 매너에서 다른 사람들을 위해 연극 공연과 작은 음악회를 조직하기도 했다. 물론 명상도 했다. 그때 헬렌은 진정으로 충만한 상태에서 살았다. 헬렌은 크리슈나가 권하는 대로 했고, 그 사람이 원하는 곳에 있었으며, 그 바람에 따라 영적 진화를 계속해 갔다.

니티아의 결핵은 점점 나빠지고 있었다. 고통이 더욱 커지고 있었다.

인도보다 기후가 좋은 곳이 낫겠다는 말을 듣고 형제는 캘리포니아주로 가게 되었는데, 얼마 동안 니티아의 상태가 좋아지는 것처럼 보였다.

헬렌이 보기에 니티아는 바이올린으로 치자면 일찍이 연주된 것 가운데 가장 훌륭한 제2바이올린의 전형이었다. 제1바이올린 연주자가 될 자질을 가지고 있었으며, 책을 거의 읽지 않는 크리슈나와는 달리 세련된 마음씨를 가지고 있는 좋은 학생 같은 사람이었다. 하지만 니티아는 자기 능력을 포기하고 빛나는 형의 뒤에 머무는 것으로 만족했다. 니티아는 친절하고 자기 동포들을 가엾게 여기는 따뜻한 마음을 가지고 있었다.

크리슈나는 자비롭고 예의 바르며 어떤 때는 애정을 보이다가 어떤 때는 극단으로 엄격하기도 했다. 그 기준은 쫓아갈 수 없을 정도로 높았다. 크리슈나는 번쩍이는 별이었으며, 사람 같지가 않았다. 반면에 니티아는 놀라울 정도로 인간미가 있었다. 헬렌은 '총아'이자 '크리슈나의 여자'였을 때도 두 형제 사이에 다른 점을 느꼈다. 암스테르담에서 초기에 크리슈나는 니티아의 사진을 헬렌에게 보여 준 일이 있는데, 크리슈나보다 잘 생기지는 않았지만 곧바로 친밀감을 느꼈다. 안타깝게도 니티아는 너무 일찍 죽어서 창창한 앞날을 끝마쳐야 했다.

시드니에서 파견되어 국제회의에 참석하러 인도에 간 1925년, 헬렌과 크리슈나는 아디야르에서 다시 만났다. 크리슈나는 캘리포니아에 니티아를 남겨두고 미국을 떠나 거기로 갔다. 11월 14일 뭄바이 가까이에서 크리슈나는 니티아가 오랫동안 결핵을 앓은 뒤에 오는 독감으로 전날 죽었다는 전보를 배 위에서 받았다. 충격은 컸다. 너무 커서 삶을 뿌리째 흔들 정도였다. 크리슈나는 헬렌에게 이렇게 썼다.

"니티아가 저녁노을 너머로 가 버린 뒤 나무와 별들은 전 같지 않았습니다. 이 생활에서 결코 다시 돌아올 수 없는 어떤 것이 사라져 버린 것입니다."

나중에 크리슈나는 일지에 이렇게 썼다.

"슬픔에서 한 발짝도 나아갈 수 없었다."

크리슈나는 사람이 변해, 나이 들고 냉정해지고 더 억제된 상태로 아디야르에 도착했다. 헬렌과 크리슈나 사이에는 전처럼 애정이 있었으며, 아름다운 아디야르강이 보이는 꼭대기 층 방에서 오후를 날마다 함께 보냈지만, 동생을 잃었다는 사실이 그 사람의 어떤 면을 죽였다. 크리슈나는 이제 남은 일생 동안 가까운 피붙이 없이 지내야 한다는 것을 알았다. 그 사람 안에 있는 무언가가 그를 강철 같은 사람으로 돌아서게 했다.

헬렌이 시드니로 돌아간 후 크리슈나가 본격으로 공인의 삶을 시작하고 공인으로서 인상을 쌓아감에 따라 개인의 애정 문제는 사소한 것이 되어 갔다. 두 사람 사이의 연결 고리는 약해지고 있었다. 크리슈나에게서 편지도 더 이상 자주 날아오지 않았다. 인도, 영국, 미국에서 새로운 물결과 사람들이 크리슈나의 생활 속에 들어왔으며, 헬렌에게도 새로운 일들이 나타났다.

헬렌은 자신의 정신을 발전시키고 있었으며 호주의 사회주의 운동과 만나고 있었다. 헬렌은 모임에 참가하고 사회주의 운동을 하는 친구들과 시드니의 빈민가를 찾았다. 헬렌은 인도에 있는 극단으로 부유한 층과, 크리슈나와 헬렌 그리고 크리슈나의 친구들이 부잣집에서 안락하게 자고 있는 사이에 뭄바이와 콜카타의 뒷골목이나 시궁창과 도랑에서 잠을 자는 집 없는 사람들 사이에서 보았던 깊은 골을 기억했다. 헬렌은 더 이상 크리슈나가 런던과 인도에서 드나들던 계층과 어울리지 않았다. 크리슈나는 상류층 사람들과 사귀었으며, 보잘것없고 가난한 사람들의 집이나 일반 숙박업소에 머무는 일은 아주 드물었다. 그 사람은 잘나가는 사람들과 명망 있고 영향력 있는 사람들에게 둘러싸였다. 이것이 헬렌에게 생각할 거리를 주었다.

크리슈나는 분명 사회 개혁가는 아니며, 이념으로나 현실에서나 대중들과 멀리 떨어져 있었다. 세상에 대한 그 사람의 메시지는 저마다 자기 안에서 변화가 이루어져야 한다는 것이고, 위에서 내려오거나 바깥에서 주어지는 정치적인 행위와 경제개혁으로는 안 된다는 것이다.

저마다 자기 안에서 변화할 때에만 세계는 영구히 영향을 받고 바뀔 수 있다. 크리슈나는 간디가 정치 문제, 인종 분리 문제와 경제 수탈에 열중한 것은 잘못 짚은 것이라고 생각했다. 심지어 간디가 계급투쟁으로 세계를 변화시키려고 한다면서 간디는 길을 잘못 든 '매우 폭력적인 사람'이라고 비난했다.

크리슈나는 변화가 이루어져야 할 부분은 인간의 정신이라고 갈파했다. 그리고 누구든지 언제, 어떤 상황에서든 삶의 정점을 체험하고 존재의 정상에 도달할 수 있으며, 주변 상태와 환경의 영향은 중요하지 않다고 생각하는 듯했다. 크리슈나의 의견은, 외부 조건이나 극심한 빈곤, 기회와 교육의 결핍 문제는 마음의 힘으로 극복할 수 있는 것이었다.

온전한 인격으로 만나는 관계는 헬렌과 크리슈나 사이에 결코 현실에서 이루어질 수 없었다. 어쩌면 둘은 함께 성숙하기에 충분한 시간을 갖지 못했는지 모른다. 두 사람은 6년 동안 제가끔 속해 있는 사회에 머물러 있었으며, 같이 있었던 시간은 고작 몇 개월에 지나지 않았다. 크리슈나의 편지와 헬렌의 답장은 종이 위의 사랑일 뿐이었다. "사랑을 하기 위해 단지 애정 어린 편지만을 쓰는 것은 그림물감 없이 그림을 그리려고 하는 것과 같다. 완전한 관계는 이런 식으로는 거의 이루어질 수 없는 것이다. 크고 영원히 지속되는 관계를 맺기 위해서는 오히려 점진적이고 느린 축적이 있어야 한다." 에드워드 카펜터는 《사랑과 죽음의 드라마 The Drama of Love and Death》에서 이렇게 썼다. 이제 크리슈나의 편지를 읽으면서 헬렌은 그 사람이 자기가 아닌 사랑이라는 것 자체를 사랑한, 반쪽 사랑을 하고 있었던 것으로 생각한다.

헬렌은 크리슈나가 언제, 왜 자기에게 관심을 잃었으며 관계를 멀리했는지, 결코 몰랐다. 그것은 점진적인 것일 수도 있고, 어느 날 더 이상 헬렌이 필요 없다고 생각하고 혼자 지내기로 결정한 데 따른 것이거나, 또는 다른 사람이 그 자리를 대신 차지했는지도 모른다.

그 일은 헬렌이 시드니에서 마지막으로 머무르던 무렵 또는 미국으로 돌아간 지 얼마 안 되어 일어났다. 크리슈나무르티가 미국 여자와 결혼하기로 약속되어 있다는 인도 신문과 미국 신문의 보도를 보고 난처해했을 가능성이나 개연성도 있다. 헬렌은 크리슈나가 미국과 영국에 있는 현명한 원로 지도자들로부터, (사실이 아니므로 당연히) 그렇지 않다고 말하고 사명에 장애가 될 수 있는 관계를 이 기회에 끊거나 적어도 줄이라는 조언을 받았을 것으로 믿었다.

헬렌은, 자기나 다른 누군가를 크리슈나가 필요로 했을 때 거기 있었다. 어떻든 그때 어떤 강력한 무엇이 크리슈나를 사랑에 빠지게 한 것일까? 그때에도 헬렌은 자신이 높은 포부를 품고 있지만 삶의 규모는 그보다 작음을 알고 있었다. 헬렌은 거창한 재능도 없었고, 사람들을 압도하는 미모나 개성도 없었으며, 지적으로 위대하거나 명성도 없었고, 내놓을 만한 재산도 없었다. 한편 크리슈나는 스타 연주자였다. 남성이든, 여성이든 유명하고 부유한 사람들이 그의 삶을 위한 오케스트라를 작곡했다.

사랑이 인간관계의 복합체라면, 헬렌과 크리슈나는 서로의 관계를 불붙게 할 만큼 몸과 마음의 요소를 나누지 못했다. 두 사람은 어느 정도 감정과 정신의 요소만을 나눴다. 둘 사이에는 대륙과 바다가 가로놓여 있었고 그 정도 교류만으로는 사랑의 양식으로 충분하지가 않았다. 크리슈나는 일단 새롭고 신선한 감정으로 끓어올랐지만 헬렌은 겨우 싹이 트는 수준에서 응답했다. 무언가 될 성싶은 게 있었겠는가?

과거에 있었던 긴 고백의 편지들을 감안할 때, 헬렌이 보관하고 있는 크리슈나의 마지막 편지는 더 이상 그럴 수 없을 만큼 밋밋하고 형식뿐인 것이었다. 크리슈나는 뉴욕을 거쳐 유럽으로 가면서 고향에 가까이 있는 헬렌을 보지도 않고 지나갔다.

펜실베이니아, 에딩턴, 새로비아<br>
1936년 6월 11일

친애하는 헬렌,

당신 편지 감사했습니다. 나는 28일 또는 그 전까지 뉴욕에 있을 예정입니다. 우리는 18일 전에 만날 수 있을 것입니다. 나는 그쪽이 당신에게 편하기를 바랍니다. 많은 내용을 쓰지 못해도 당신이 그리 마음 쓰지 않았으면 합니다.

사랑을 보내며<br>
크리슈나

〔여기서 다시 1인칭으로 돌아간다.〕


내가 이 짤막하고 매정한 거절에 웃거나 탄식했던가? 오늘 그 사람이 초기에 쓴 다음과 같은 열렬한 맹세의 편지를 보면 유쾌한 느낌마저 든다.

"사랑하는 헬렌, 내가 쓴 이 모든 것을 당신이 믿어 주기를 간청하고 또 간청합니다. 당신에 대한 내 사랑, 나의 헌신을 의심치 말아 주시기를 바랍니다. 이 모든 열정, 당신에게 빠졌다고도 할 수 있는 것은 모두가 진실이고, 지속적인 것이며, 당신에 대한 나의 헌신도 마찬가지입니다. 그것을 기억해 주십시오, 사랑하는 이여, 당신이 크리슈나를 완전히 잊지 않았다고 나에게 편지를 쓰고 말해 주세요. 당신이 얼마나 오랫동안 나를 기억할지 또는 나와 같은 정도일지 궁금합니다!" (물론 뒤에 나를 잊은 것은 그 사람이었다.)

"나는 당신 아버지와 당신이 계속 신지학회 회원으로 남아 있기를 간절히 바랍니다. 당신이 신지학회를 떠나 다시 크리슈나를 만나는 것을 거절한다면 그것은 사람을 웃기려고 하는 말일 것입니다. 맹세코 그것은 멋진 농담일 터입니다. 어떻든 나는 그런 일이 결코 일어나지 않기를 바랍니다." (그러나 신지학회를 떠난 것은 크리슈나였고, 나를 만나지 않으려 한 것도 그 사람이었다.)

"당신, 나의 연인이여, 내가 무엇을 하고 무슨 생각을 하든 언제나 내 곁에 있어 주십시오. 당신이 나를 잊든 당신이 좋아하는 어떤 것을 하든 나는 나의 헬렌을 사랑할 것입니다. 나는 당신이 언젠가 나에 대해 '이름이 잘 생각나지 않는다. 그 사람을 안 것 같기도 하다. 그런데 크리슈나란 사람은 뭐하는 사람이지?' 하고 말할 때가 올지 궁금합니다." (그러나 그런 일은 내가 아닌 그 사람에게 일어났다.)

여러 해가 지난 뒤 내가 인도의 첸나이에 있는 비지아나가람의 족장인 내 친구 비쉬의 집에 머물고 있을 때, 나는 옛일이 생각나 첸나이에서 강연을 하고 있던 크리슈나에게 한 번 만나고 싶다는 편지를 썼다. 내가 기대한 "사랑하는 헬렌, 다시 당신을 볼 수 있게 되다니 이 얼마나 뜻밖의 즐거움인가요. 같이 점심을 하도록 합시다" 하는 대답은 없었다. 대신 나는 그의 비서한테서 다음과 같은 사무적인 전화를 받았다. "크리슈나무르티 씨는 24일 수요일 오후 3시에 당신을 만날 수 있습니다."

나는 약속된 시간에 방으로 들어갔는데 대여섯 명이 면담을 기다리고 있었다. 그러나 익히 잘 알고 있듯이 내가 줄서서 기다릴 필요가 없었던 시절이 있었다. 이윽고 나는 의자가 두 개 마주 놓여 있는 방으로 안내되었다. 우리가 형식적으로 악수를 나눈 뒤, 크리슈나는 처음 본 듯이 "안녕하세요?" 하고 인사했다. 이야기를 시작하면서 크리슈나는 "인도는 처음이신가요?" 하며 예의 바르게 물었다. 나는 "당신과 손을 맞잡은 것도 처음입니다"라고 대답할 수도 있었지만, 웃으면서 에밀리 부인과 전에도 왔다는 따위 말을 했다. 그는 "아, 그렇지요" 하고 서둘러 말했다. 그리고 나서 우리는 몇 마디 잡담을 했다. 그저 그렇고 그런 대화가 오고 간 뒤, 내게 주어진 시간이 곧 끝났다.

다음 줄에 선 사람은 아름다운 힌두 여성 음악가였는데, 나는 그 여자와 그때 내가 초대된, 곧 있을 음악회에 대해 얘기했다. 이 새로운 만남은 과거에 영원히 나를 사랑할 거라고 맹세했다가 이제는 방 안을 서성대면서 다음 방문객을 초조하게 기다리고 있는 저 쌀쌀한 남자보다 훨씬 더 따뜻하고 친근한 느낌을 주었다. 한 조각 우정의 그림자도 남아 있지 않았다. 그 사람은 벽 위의 파리만큼도 나를 생각하지 않았고 관심을 보이지 않았다.

크리슈나를 따르는 사람들 가운데 과거에 매이지 않는 것이 그의 가르침의 핵심이며 사명의 일부라고 말하는 이들이 있다. 여러분은 보통 사람의 잣대로 크리슈나무르티의 행동을 판단해서는 안된다, 그 사람은 더 존귀하고 독특한 존재로서 다른 사람과는 다르다는 식이다. 하지만 나는 그 사람에게 그 이상의 행위를 기대할 만한 충분한 까닭이 있다고 생각한다.

친절과 배려, 사랑 또한 그 사람 사명의 일부가 되어서는 안 되는가? 나는 뒤에 크리슈나무르티가 관계를 끊은 충실한 남녀 헌신자들 십여 명과 오랫동안 그 사람을 알고 지내온 친구들을 열거할 수 있다. 나는 그의 동생도 오랜 친구들과 헌신자들을 멀리했을지 의심스럽다. 나는 니티아가 형이 신지학회에 등을 돌리고 교사의 직분과 그 지도자들의 후의를 거절하는 것을 보고 깊이 상심한 것을 알고 있다.

크리슈나무르티 또한 다른 사람들, 곧 저마다 가지고 있는 기억과 경험의 총체가 그 사람이라고 보아야 할 다른 사람들과 다를 바 없다. 크리슈나가 어떻게 완전히 그 사람들과 관계를 끊을 수 있을 것인가? 크리슈나가 알게 된 이 사람들 가운데 일찍이 아무도 존재하지 않았더라면, 그 사람은 어떤 사람이 되었을까? 그는 1960년대에 스위스의 자넨에서 이렇게 말한 바 있다.

"추억 없이 우리는 살 수 없습니다. 당신에게 도무지 추억거리가 없다면, 기억상실 상태가 되어 당신이 무엇을 하고 있는지, 당신 이름이 무엇인지, 당신이 어디에서 사는지 모를 것입니다. 추억은 분명히 그 나름으로 가치가 있습니다."

하지만 그는 다른 때 이렇게 말했다.

"추억은 필요하지 않습니다. 나는 과거에 잠겨 있지 않습니다. ……추억은 죽어서 묻힌 것들의 잿더미입니다."

인도에서 한 토론에서는 다음과 같이 말한 것으로 인용되었다.

"어떤 관계를 맺는 일로 돌아올 생각이 결코 없습니다. 정박하는 일 없이 앞으로 나아갈 뿐입니다."

나는 그것을 이해할 수 있고 이해하기도 했다. 삶은 흐르고 변화한다. 초기의 우정이나 사랑이 반드시 지속되는 것은 아니다. 그러나 나는 올더스 헉슬리가 말한 매혹적이고 단순한 다음 고백에 진심으로 동의한다.

"45년의 연구와 공부 뒤에 얻은 다소 당혹스러운 결론으로, 내가 사람들에게 줄 수 있는 최상의 조언은 서로에게 조금 더 친절하라는 것이다."

크리슈나가 청중들을 좋아했을까? 사람들에게 그렇게 단호히 대하는 것이 꼭 필요한 일이었을까? 이것은 내가 바깥 세계에 있을 때뿐만 아니라, 선택된 내부 모임의 구성원이었을 때도 한 생각들이다. 질문에 답하면서 크리슈나는 때때로 오만에 가까운 염증과 멸시를 보였으며 진지한 물음들을 거칠게 무시했다. 오랜 시간 사랑과 이별에 관한 대화를 나누고서, 나는 그 사람이 무안해하는 질문자를 완벽하게 까부수는 것을 보았다. 그 사람은 자신을 다른 사람의 처지에 놓을 수 없는 것일까?

　자기 생각을 시처럼 표현하는 크리슈나무르티의 대화법은 1924년 페르지네에서 처음 선을 보였는데, 그 뒤 "내가 마신 근원의 샘으로 모든 사람을 인도하고 싶다"는 식의 서정성이 여전히 개인의 일기와 노트에서 보이고 있지만, 그 사람의 후기 생활 적어도 공식 발언에서는 차갑게 관념화되어 더 이상 나타나지 않게 되었다. 1961년의 몇 달 동안 자연 속을 산책하면서 얻은 깨달음을 기록했을 때처럼 그 사람의 노트에는 때때로 홍수처럼 밀려온 환희와 무의식 상태의 절정감이 기록되어 있다. 이 구절들은 아름답게 쓰여 그 사람의 가장 고양된 의식을 웅변처럼 표현하는 것이었다.

　내가 보는 바의 밋밋하고 건조한 일상사 한편에는 그 사람이 거의 날마다 생생한 묘사로 토로하는 경이의 감정들이 있었다. 당시 크리슈나가 자연으로부터 받은 축복과 완전한 집중은 인간의 정서나 감정을 훨씬 뛰어넘는 것이었다. 이러한 글들은 다른 때에 크리슈나가 보여 주는 냉정한 태도와 경멸감과는 거리가 먼 것으로, 그 사람의 가장 아름다운 부분을 보여 주는 것이다. 이렇게 해서 그 사람의 내면이 그 약점을 덮어 주고, 어떤 것을 좋아하거나 싫어한다는 성격적으로 약한 부분을 가려 주었다.


　첸나이에서 마지막으로 만난 뒤로 나는 크리슈나의 강연을 들으러 갈 수 있는 도시에 있다 하더라도 그 사람이 어떤 생각을 하고 있는지 알려고 따로 만나 얘기하는 일은 없었다. 겨울 해처럼 그 사람의 강연에는 더 이상 온기라고는 없고 단지 지식만 전달할 뿐이어서 처음에 내가 꿈꾸었던 그 사람의 모습이 아니었다.

크리슈나는 말하기 위해 존재하는 것처럼 보였다. 크리슈나는 교사들과 교사들의 가르침을 비난하고, 권위를 멀리해야 한다고 주장했지만, 스스로 전제군주처럼 연단을 독점한 교사로서 전 세계에 걸쳐 셀 수 없이 많은 사람을 상대로 끊임없이 말했다. 할 수 있는 한 때와 장소를 가리지 않고 세계 곳곳을 여행하면서, 언제나 지금 여기에 있는 삶, 순간순간마다의 각성, 삶의 질 추구, 사소한 목표의 포기, 어떤 조직이나 의식 또는 교리를 통하지 않는 자아실현과 이를 통한 자기 변화에 대해 역설하는 데 생애의 많은 부분을 바쳤다.

30대가 되자 크리슈나는 스승이라는 직함과 그를 위해 마련된 역할을 거절하고, 단순히 철학자 또는 연사로 알려지기를 택했다. 왜 그 사람은 '세계 교사'의 직책을 거부하고 저항했을까? 크리슈나는 평생을 가르치는 데 바쳤다. 피아노를 배우려고 할 때 교사가 반드시 필요할까? 아마도 아닐 것이다. 하지만 교사들의 위대한 지식, 지도, 경험에서 무엇인가 얻는 바가 있을 것이며, 적지 않은 수고와 시간을 덜 수 있다. 만일 '세계 피아노 교사'라는 어떤 사람이 우리에게 와서 모든 피아노 교수들은 우리가 피아노 연주를 배우는 데 장애에 지나지 않는다고 말한다면 어떻겠는가?

필립 와일리는 《마법의 동물 The Magic Animal》에서 이렇게 썼다.

"이 세계가 원하는 사람은 새로운 교리의 상징으로서 새로운 신을 위한 새 건물을 그 위에 지으려는 목표 없이 모든 절, 성당, 교회, 예배당, 신전을 부수려고 하는 우상 파괴자이다."

크리슈나무르티가 이러한 사람이었을까? 그 사람은 인습 타파론자도 우상 파괴자도 아니었던가? 크리슈나는 자기가 거짓된 신념이라고 생각한 것을 부수는데 최선을 다했던 것일까? 헌신하는 사람은 모든 조직을 포기해야 한다는 그 사람 가르침에 따라 그 사람의 삶에 출발점을 주었던 신지학회는 조직이 뒤흔들릴 만큼 회원을 잃는 손실을 입었다.

크리슈나는 환경과 의무에서 완전히 벗어나서 자유로운, '조건 지어지지 않은' 삶을 살라고 외쳤다. 이것이 그 사람이 강조하고 공언한 삶의 방식이었다. 하지만 그 자신은 세속의 친구들에게 둘러싸이고 지원을 받았다. 헌신적인 삶을 살았지만 그 삶은 안장 받침을 댄 것이었다. 물질로 이루어진 이 세상에서 '조건 지어지지 않은' 사람이 누구인가? 값비싼 집의 안락한 침대에서 자며, 아침에 일어나 양치질하고 몸을 씻고 머리를 빗은 뒤 근사한 상점에서 산 좋은 옷을 입는 크리슈나무르티 또한 예외가 아닐 것이다. 그 사람도 우리들처럼 먹어야 했다. 또 병을 앓고 간호를 받기도 하며, 이런 일로 시간을 보내고 또 저런 일을 선택해 왔다. 다른 모든 사람이 그래 왔고 그런 것처럼 그 또한 삶의 순간순간 조건 지어지고 영향을 받아 온 것이다.

크리슈나는 가장 특별한 집과 값비싼 호텔에서 묵었다. 내가 "왜 YMCA나 좀 더 검소한 집에 묵지 않아요?" 하고 물으면, 크리슈나는 "헬렌, 하지만 그 사람들이 청하지 않는답니다. 나는 내가 초대받은 곳에 갑니다"라고 말할 것이다. 나는 가난한 부류의 사람들은 감히 청하지 못할 거라는 사실을 알고 있다. 내가 뒷날 부엌에서 펌프 물을 쓰고 숲속에 있는 화장실을 쓰며 전기도 없이 간소하게 살고 있는 버몬트의 우리 농장 사정을 미리 알려 주고 픽업으로 데리러 갈 수 있다면서 크리슈나를 초대했을 때, 그 사람은 대신 자기에게 어울림 직한 펜실베이니아의 아름다운 집으로 가기를 원했다.

그 무렵부터 크리슈나는 최고 상류층 생활을 하는 것으로 보였고, 후원자들이 쓰는 멋 부리는 듯한 말투와 그 사람들의 옷, 생활 태도를 받아들였다. 정말로 그 사람은 여러 해 동안 만족스러운 상태로 유지되도록 자신의 우아한 옷에 신경을 썼고, 구두에 광택을 냈다. 그리고 고급 차를 좋아했으며 흠 없이 깨끗하도록 했다. 진실로 그 사람은 하인들이나 시중드는 이들에게 예의 바르고 친절했으며, 오하이에 있는 아리야 사원에서 지낸 초기 시절 이따금 허름한 옷을 입고 그 부근에서 일하기도 했지만, 대체로 육체노동에 대해서는 아는 바가 거의 없었고 가난한 사람들과 만나는 일도 드물거나 아예 없었다. 노동자가 그 사람 강연을 듣는 일은 드물었다. 크리슈나무르티는 보통 사람에게 호소력이 별로 없었다.

크리슈나는 성공하고 머리가 좋으며, 외모가 훌륭하고 재능이 있는 사람들을 찬미했다. 그 사람에게는 이름이 널리 알려진 숭배자가 많았다. 크리슈나는 자신의 생애에서 많은 것을 이루었으며 또 그와 같은 거물들과 함께 있으면서 편안할 수 있었다. 아마도 그 사람은 모든 면에서 최고급이었다고 말하는 것이 (질투심에서가 아니라) 공평할 것이다. 크리슈나가 최고급의 사람이었음은 내게도 분명한 사실이며 온전히 받아들인다. 그러나 평생을 가난하고 버림받은 사람들과 보낸 마더 테레사, 간디와 슈바이처도 그러했다.

크리슈나의 성격과 존재는 지금까지 나에게 알 수 없는 어떤 것으로 남아 있다. 나는 얼마 동안 그 사람과 가까이 지낼 수 있었던 것을, 사랑하고 사랑받는 기회를 갖게 되었던 것을 기쁘게 생각하고 고맙게 느낀다. 그것은 내가 놓치고 싶지 않은 드문 기회였으며, 또한 인간관계의 현실 속으로 들어가는 데 교훈이 되었다.

나무의 꼭대기가 언제나 꼭대기로 남아 있는 것은 아니다. 다른 가지들이 점점 더 높이 자란다. 전에 아무것도 없던 곳에서 꽃이 핀다. 나는 크리슈나와 즐거운 여러 해를 보냈다. 다른 사람들이 이제 그 자리를 대신하도록 하자. 내가 주고받았던 것을 다른 사람들도 그렇게 주고받도록 하자.

크리슈나는 내가 무대 밖으로 사라진 뒤에도 많은 여성 친구들을 가졌다. 나는 그 여자들에 대한 소문을 들었고 그 가운데 몇몇은 나도 알고 있는 사이였다. 크리슈나가 그들에게 얼마나 열정을 갖고 가까이 갔는지 모르고 사실 관심도 없었다. 나는 그 관계가 서로에게 다 같이 도움이 되는 좋은 관계가 되었으면 했다.

내가 크리슈나와 함께한 순간은 드물게 순수하며, 깨끗했다. 우리 두 사람은 놀랍게도 생각과 행동에서 순결했다. 우리는 사랑했으나, 서로 비슷하게 육체에 대한 갈망은 없었다. 이상적인 애정 관계를 지키는 것이 우리가 꿈꾸고 생각한 궁극의 것이었다. 에드워드 카펜터는 이렇게 썼다.

"사랑에 빠지면 어떻게 얼마 동안 정신과 심지어 육체까지도 무력하게 되는지 신기한 일이다."

내게 보낸 크리슈나의 편지에는 다음과 같은 구절이 있다.

"사랑하는 헬렌, 오후 인사를 보냅니다. 허락해 준다면 당신의 손에 입을 맞춥니다. 하지만 허락이 없으면, 다만 깊이 머리 숙여 인사를 하겠습니다."

시간이 지나자 크리슈나는 더 이상 나를 필요로 하지 않고 원하지도 않았다. 나는 내가 먼저 앞으로 나서지도 않았고 마지막까지 남아 있지도 않았다. 나는 가능한 곳에서 내가 필요했던 때 봉사했으며, 더 이상 필요하다는 말이 나오지 않을 때 물러섰다. 크리슈나는 앞으로 나아갔고, 나 또한—다른 방향으로—나아갔다. 놀라울 정도로 철학적이며 욕심 없는 상태가 되어 나는 리지우드로 돌아갔으며, 우리 사이의 편지는 차츰 줄어들더니 이윽고 끊어졌다. 나는 더 일상적인 규모와 속도의 세계로 미끄러져 돌아왔고, 한편 크리슈나는 더욱 극적인 역할을 해내기 위해 전진했다.

크리슈나무르티의 가르침이 내게 쓸모없는 것이었던가? 내가 그 메시지를 이해할 만큼 크지 않았던 것인가? 내가 그 사람과 어깨를 견줄 만큼 성숙하지 못했던가? 뒤에 크리슈나를 따르게 된 사람들은 그렇게 생각할지도 모르겠다. 그러나 어떤 한 방향으로 집중되지는 않았더라도 그의 영향력은 다른 방향으로 내게 미쳤다. 아마도 나는 내가 준비된 만큼 소화했을 것이고, 시간이 지남에 따라 나머지 많은 부분이 내 존재의 일부가 되었을 것이다.

크리슈나는, 우리 스스로 자신을 해방시켜야 한다, 저마다 자기 길을 열어 가야 한다고 말했다. 나는 그렇게 되는데 많은 시간이 걸리지 않았다. 유럽과 호주에서 여러 해를 보낸 뒤에 다시 뉴저지의 집에 돌아와 보니 그 사이의 간격이 간단한 것이 아니었다. 어린 시절 친구들과 멀리 떨어져 있었고 새 친구를 찾을 수가 없었다. 교외 생활은 더 이상 매력이 없었다. 나는 바이올린을 연습하고 여러 차례 공개 연주회를 가졌다. 그러나 내 삶에서 무엇인가 채워야 할 것을 기다리는 것처럼 허전했다. 무엇이 무대 뒤에 있었던가? 그때 내게 일어날 수 있는 최상의 사건, 우연한 통화로 나는 스콧 니어링을 만났다. 우리의 관계는 훨씬 건강한 것이었다. 우리는 천천히 분별 있게 그리고 굳건하게 차근차근 시작하여 반세기 넘게 함께 머물렀다.

# 우리 두 사람이 함께

당신과 나는 비밀스러운 길을 발견했습니다.
누구도 우리의 사랑을 막을 수 없고 안 된다고 말할 수 없습니다.
세상 모든 사람들이 우리를 볼 수는 있어도 모를 겁니다.
당신과 내가 함께 감싸 안고 있는 것을.

우리는 동료들이 떠나가는 것을 보고 웃었습니다.
마음에서 마음으로 전해지는 부드러운 환희 속에서.
경계를 지어 놓은 심연이 있다 하더라도,
당신과 나는 이제껏 그것을 알지 못했습니다.
—

A. E., 은밀한 사랑

1928년 우리가 두 번째 만났을 때 스콧 니어링은 마흔다섯이었다. 그 사람은 파란만장한 인생의 한가운데에 있었으며, 지금까지 쌓아 온 찬란한 경력의 맨 밑바닥에 있었다. 그 사람에게는 교사, 저술가, 웅변가로서 자질이 있음이 증명되었다. 20대 중반이었던 나는 학문에서 그 사람의 능력이나 경험과는 거리가 먼, 순진하고 경험이 많지 않으며 어려움을 모르고 지내는 상태였다.

아주 어린 시절부터 거의 미친 듯이 열심히 책을 읽긴 했지만, 내 학력은 고등학교를 졸업한 것이 전부였다. 스콧은 이웃과 나라 전체의 복지 수준을 높이는 데 헌신해 왔지만, 학계 밖으로 쫓거나 사회 활동이나 정치 활동 영역에서 추방됨으로써 생활이 황폐해져 있었다. 내가 그 사람의 삶에 들어왔을 때, 그 사람은 마치 나병 환자처럼 사회에서 고립되어 있었으며, 가족에게도 버림받은 상태였다. 특별한 보호 아래 걱정 없이 태평스럽게 지내 오면서 음악 말고는 이렇다 할 훈련을 받아 본 일이 없었던 나는 스콧이 일찍이 이름을 떨친 현실 생활과 정치 세계에는 거의 아는 것이 없었다. 음악을 좋아하는 내 부르주아적 배경은 이 엄격하고 의지가 굳은 개혁주의자와 어울릴 만한, 또는 그 사람이 내게서 찾아낼 만한 그런 소양을 거의 갖추지 못하고 있었다.

나이절 니컬슨은 《결혼의 초상 Portrait of a Marriage》에서 부모인 비타 색빌-웨스트와 해럴드 니컬슨에 대해 이렇게 썼다.

"결혼하는 남녀는 서로 보완 요소가 되는 밝은 면과 어두운 면을 가지고 있다."

나는 스콧과 내가 서로 다른 점이 많음을 알고 있었다. 스콧이 박학하고 빈틈없으며 잘 연마된 정신을 갖고 있는 반면에 나는 환상적이고 즉흥적이며 학문과는 거리가 멀었다. 그러나 우리는 뭐라 말할 수 없는 끈으로 연결되어 민감함을 공유했다. 그이는 논리적이고 일관성을 유지하는 뇌의 왼쪽 부분이 우세했고, 나는 상상력이 풍부하고 실험을 즐기며 새로움을 좇는 오른쪽 뇌 쪽이 우세했다. 심리학적인 통찰력이 있는 어떤 사람이 뒤에 우리 삶에 대해 이렇게 썼다.

"당신들은 정반대지만 완벽하게 서로를 보완하고 있습니다. 처음에는 한 사람에게 부족한 것을 다른 사람이 가지고 있을 수도 있었습니다. 이제 당신들의 성품은 균등하게 조정되었습니다."

한 나이 든 점성술사가 우리의 사자자리와 물고기자리를 보고 "두 사람 사이에 범상치 않은 끌림이 있습니다. 이 땅 위에는 있지 않은 어떤 것, 마법에 걸린 요정 이야기 같은 어떤 영적인 끌림일지 모르겠습니다" 하고 예언했다. 점성술에 흥미가 있는 사람들을 위해—점성술을 비웃는 사람도 자기 별자리는 알고 있는 것이 보통이다—여기 우리 두 사람의 12궁도 별자리 내용을 요약해 쓴다.

헬렌 노드는 1904년 2월 23일 오전 7시 8분에 태어났다. 별자리는 물고기자리이고 12번궁의 일출 각도는 3도로서, 알 수 없는 일에 폭넓은 관심을 보이며, 수성과 토성 또한 12번궁에 자리 잡음으로써 이 경향을 더해 준다. 금성은 가까운 친구들과 함께 제자리(11번궁)에 있고, 2번궁에 자리 잡은 토성의 달이 몽상에 젖거나 환상에 빠지기 쉬운 성품에 안정과 견고함을 주고 있다. 4번궁의 해왕성과 바로 반대편에 있는 10번궁 중간 부분의 천왕성이 이 사람에게 가족과 다르긴 하지만 상식을 벗어나거나 무모하지 않으면서도 강한 독립성을 주고 있다. 화성과 목성은 양자리와 연결되어 1번궁에 자리 잡고 있는데, 이것이 불가사의하고 미지의 것을 좇는 물고기자리의 편중을 제어하고 어느 정도 기력과 몸의 활력을 보태 준다. 이 사람은 인습에 물들지 않고 충동적이며 독립적인 성품으로서, 넓은 세상에 자신의 작은 발자국을 남길 것처럼 보인다.

스콧 니어링은 1883년 8월 6일 오전 11시 펜실베이니아주 티오가 카운티의 모리스 런에서 태어났으며, 별자리는 사자자리다. 이 사람의 운에 관계되는 별들은 모두 지평선 위에 있고, 대부분이 천궁 바로 가운데에 모여 있다. 이런 두드러진 운성의 배열 덕분으로 천부적인 지도자로 태어났으며, 대통령이 될 수도 있다. 천칭자리가 상승하는 위치에 있어 그 시대의 의식에 정의와 균형을 가져다주는 결단을 강조한다. 상승 위치의 천칭자리, 화성과 토성, 8번궁 쌍둥이자리의 명왕성이 은혜로운 삼각형을 이루어 이 사람에게 아직 밝혀지지 않은 일들에 몰두하고 자기가 발견한 것을 웅변으로 공표할 기회를 준다. 처녀자리의 천왕성과 결합된 달은 모든 면에서 극단으로 질서를 찾는 경향을 띠게 한다. 공익의 상징인 천궁의 가운데에는 게자리에 목성이 보이고 사자자리에 금성, 태양, 수성이 눈에 띈다. 이 모든 것들이 어우러져 대체로 인류의 복지를 위해 자기 영향력을 행사하고자 하는 강한 개성을 낳는다.

융은 이렇게 썼다. "두 개성의 만남은 두 화학물질의 결합과 같다. 반응이 이루어지면, 둘은 변화한다." 우리도 그와 같았다.

우리가 첫 번째 끌린 것은 연인이라기보다는 친구로서 서로를 알고 배우기 위해서였다. 스콧은 폭넓은 인생 경험과 '실제' 세계의 체험에서 내게 가르쳐 줄 것이 많았다. 그 사람은 책상 위에서든, 농장이나 숲에서든, 차를 운전할 때든 보수적이라고까지는 할 수 없어도 세심하고 주의 깊었다. 나로 말하자면 훈련이 되어 있지 않았고, 지나치리만큼 몽상적이며 변덕스러웠다. 나는 점성학, 수상학, 필적학을 기웃거리면서 한곳에 고정되지 않고 여러 분야에 관심을 가지고 있었다. 특별히 어떤 면에 탁월하지 않은 아마추어였고 단지 음악에서만 스콧을 앞섰다.

스콧은 언제나 시간을 딱 맞추어서 일하는 계획성 있는 사람이었는데, 이 일에는 이만한 시간, 저 일에는 저만한 시간을 정해 놓고 있었다. 덤벙덤벙한 내 습성을 생각해 볼 때, 어떻게 내가 그 영역으로 들어가서 그 사람이 하듯이 침대에서 단정하게 옷을 접어 두는 대신 그 사람이 놀랍고도 재미있는 눈길로 보고 있는 가운데 아무렇게나 옷을 벗어딘지면서도 별 말썽 없이 적응해 갔는지 신기했다. "당신은 화장지도 네모반듯하게 접어 쓸 거예요." 언젠가 내가 장난삼아 핀잔을 주듯이 말했더니, 그 사람은 사실이라고 고백했다.

학계에서 고립된 스콧은 내게서 편안함과 동지 의식을 얻었다. 내 가락이 그 사람의 강렬한 독주에 언제나 딱 들어맞지는 않았지만, 우리는 함께 운율을 맞추어 노래를 불렀고 같은 박자로 움직였다. 스콧이 내게 그랬듯이 나도 그 사람의 선율에 적응하면서, 어떻든 우리는 조화를 이루었다. 내 기질은 단조였고, 그 사람은 장조였으나 우리가 함께한 삶은 새로운 화음이 바탕이 된 새롭고 예기치 못한 이중주의 푸가를 만들었다.

그 사람이 일찍이 내게 쓴 글 가운데 가장 뭉클한 구절 하나는 자기 자서전에 '이 일의 반을 한 헬렌에게'라는 헌사를 붙인 것이었다. 이 헌사가 내 존재에 의미를 갖게 했다. 그 사람에게 내 길을 보여 주기 위해서, 내가 사랑하는 세계인 음악을 소개했다. 이것은 그 사람에게는 새로운 세계였다. 바흐에서 브람스를 거쳐 버르토크에 이르기까지 내가 모은 수백 장의 축음기판을 보여 주며 듣도록 했다. 캐슬린 페리어의 깊숙한 콘트랄토 음성의 맑은 음색, 표현력이 풍부한 가곡 성악가 디트리히 피셔-디스카우, 벤자민 브리튼과 쇼스타코비치의 〈전쟁〉 교향곡들과 본 윌리엄스의 〈남극〉 교향곡을 감상하게 되었다. 곡조가 없는 현대음악과 록 음악을 그 사람은 단순히 '두드리고' '소란스러운' 음악으로 보았다. 그 사람은 또 사람들이 베토벤의 교향곡들을 왜 자꾸자꾸 연주하는지 이해하지 못했다.

"당신은 그 곡들을 들었고, 알고 있지 않소. 왜 다른 음악으로 나가지 않는 거요? 왜 당신 자신의 음악을 만들지 않는 거요?"

나는 그이에게 리코더 연주를 가르쳤는데, 그 사람은 이따금 강연 여행길에 리코더를 가지고 갔다. 나는 그 사람이 쓸쓸한 호텔방에서 우리가 함께하던 간단한 플루트 이중주 연주를 준비하면서 굵은 손가락을 더듬거리는 모습을 그려 보는 것을 좋아했다. 아주 드문 일이지만, 한 번은 자신이 연주에 서투르고 음을 잘못짚는 실수를 한 것을 못 견딘 나머지 매우 화가 나 리코더를 불 속으로 던져 버리려고 했다. 내가 우연히 본 러시아에 관한 책에 이런 얘기가 있다.

"레닌은 결코 음악 애호가가 아니었다. 다른 많은 러시아 지식인들처럼 레닌은 음악이 영감을 불러일으켜 행동으로 즉시 이어져야 한다고 느꼈다. 레닌은 언젠가 막심 고리키와 함께 음악회에 참석했다가 '더 이상 앉아 있을 수 없군요' 하며 고리키에게 나가자고 하면서 말했다. '이 음악은 저를 연약하게 만듭니다.'"

스콧은 미리 준비되고 정장을 한 음악회는 지나치게 형식에 매이며 자연스럽지 못하다고 여겼다. 내가 이끌고 가긴 했지만, 마지못해 따라간 것뿐이었다. 메트로폴리탄에서 있은 〈펠레아스와 멜리장드〉의 훌륭한 공연에서 주위 청중들에게 볼 면목이 없게 (코를 골면서) 자고 있는 것을 보고 나는 그 사람을 밖으로 끌고 나와 "두 번 다시 오페라 구경은 하지 맙시다" 하고 다짐했다. 나는 초기에 내 친구들에게서, "아니 어떻게 당신처럼 예술을 좋아하고, 음악적 배경과 신비주의 취향을 가진 사람이, 그런 학자풍의 공산주의자이자 음악과 예술에 대해서는 거의 아는 게 없는 금욕주의자와 일생을 같이하게 되었지요? 그 사람은 당신을 바꿔 놓고 지배하면서 모든 쾌활함을 앗아 갈 것입니다. 당신은 우리가 그렇게 높이 평가하는 당신의 개성을 잃어버리고, 자신과 재능을 망치게 될 것입니다" 하는 말을 자주 듣곤 했다.

나는 늘 어떤 예술도 삶과 비교할 수 없으며, 스콧의 예술은 그 삶에 있다고 대답했다. 나는 스콧이 내가 일찍이 만난 사람 가운데 가장 훌륭한 사람이며 그 이상 좋은 동반자를 선택할 수 없다고 단호하게 말했다.

내 온갖 물음에 해답을 줄 수 있는 현명한 연장자와 사는 것은 끊임없는 즐거움이었다. 그것은 학교 수업과 휴일이 하나로 합쳐진 것이었다. 나는 여러 가지 내 개인의 성질과 습관을 참을성 있게 받아 주고 이해하는 선생을 가졌다. 익명으로 쓰여진《엘리자베스와 독일식 정원 Elizabeth and Her Germen Garden》에는 이런 말이 있다.

"누구든지 남편은 가질 수 있으나 현인을 갖기는 어려운데, 그 둘의 결합은 유익한 만큼 드물다."

스콧의 소박함과 강인함은 에드나 퍼버의 작품《크디 큰 So Big》에서 여주인공이 남자의 청혼을 거절하는 장면에 비유할 수 있다. 그 주인공은 이렇게 말한다.

"언젠가 나는 손에 못이 박힌 대지의 아들과 결혼하겠어요. 나를 차지하는 사람은 손이 억센 이일 것입니다. 당신이 나를 알고 싶으면, 내가 그 손에 난 상처 자국을 좋아한다는 걸 알아 두세요. 땅을 위해 싸운 사람은 그 눈빛과 손에 어떤 느낌이 있을 거예요. 그이가 반드시 성공했어야 할 필요는 없어요. 혹 그렇더라도 …… 그런데 당신은 아무런 표시도 없네요. 표시가 없어요. 당신이 땅을 위해 싸우고 투쟁하고 인내했다면, 그 싸움은 오늘 당신의 얼굴, 당신의 눈, 턱, 손 그리고

서고 걷고 앉고 말하는 데 나타났을 거예요. 당신은 모든 것이 반들반들해요. 나는 울퉁불퉁한 것을 좋아합니다.”

예술의 재능 또한 그 사람의 생활 방식, 규범, 성격에 정직하게 나타날 수 있다. 헨리 해블록 엘리스는 이렇게 썼다.

“진정한 예술가는 그림을 그리거나 색칠하는 사람이 아니다. 오히려 자신의 온 삶에서 모든 생각과 행동을 아름다움에 맞추는 사람이다.”

스콧은 깔끔하고 소박한 생활, 훌륭한 농장 운영, 차곡차곡 쌓은 땔감과 퇴비 더미, 반짝반짝 빛나는 연장들, 꼼꼼하게 정리된 노트, 정성 들여 읽기 쉽게 쓴 원고에서 예술가였다. 나는 스콧이 생활 자체를 예술 작업으로 하고 있다고 느꼈다.

대중들은 스콧의 강인하고 박식한 면과 원칙을 지키는 고집스러움만 알았다. 나에게 스콧은 자기 성품에서 미처 예측하기 어려운 가볍고 민감한 면을 보여 주었다. 우리는 함께 생동감 있는 순간들을 가졌다. 코네티컷주에서 어느 날 창밖을 내다보던 친구가, 우리 둘이 돌담 위를 따라 내가 앞서고 스콧이 재빠르게 쫓아가며 뜀박질하는 광경을 보았다고 했다. 또 어느 따뜻한 봄날 우리는 오스트리아 티롤 지방에 있는 펀패스의 한적한 언덕에서 반바지를 입고 스키를 타고 있었는데 내가 옷을 몽땅 벗고 알몸으로 타자고 제안해서 우리는 커다란 스키화와 스키만을 신은 채 경사면을 따라 달렸다. 지나가던 구경꾼이 있었다면 희한한 광경을 보았겠지만 아무도 주위에 없었다.

로저곶에 사람이 많아지기 전에는 우리는 수영복을 입지 않고 헤엄을 쳤다. 스콧은 수영을 잘했고 우리는 곧잘 메인주의 우리 집 앞에 있는 스피릿만의 차가운 바다에서 수영을 즐겼다. 스콧은 내게 바다에서 하는 재미있는 기술을 가르쳐 주었는데, 발을 앞으로 곧게 펴고 마치 보트 위에 있는 것처럼 앉은 채로 떠서 발장구를 치는 것이었다. 그러면 천천히 움직이며 태양과 대기를 즐길 수 있었다.

우리는 자주 그 사람의 2인승 소형 포드 플리버를 타고 짧은 여행을 떠나 들이나 숲에서 야영을 했다. 우리는 13달러짜리 침낭을 사서 여러 날 동안 밖에서 잠을 잤다. 탄탄한 땅, 탁 트인 대기와 저녁 하늘은 같이 어우러져서 우리 기쁨의 일부가 되었다. 로버트 루이스 스티븐슨* 은 《당나귀와 함께한 세벤 여행 Travels with a Donkey in the Cevennes》에서 이렇게 썼다.

"내가 혼자 사는 데에 흠뻑 빠져 있을 때조차 무언가 이상하게 부족한 것이 있음을 알게 되었다. 나는 별이 빛나고 움직임이 없는 침묵 속에서 누군가 동반자가 있어 내 손이 닿을 수 있는 곳 가까이 누워 있었으면 했다. 왜냐하면 함께 지내는 것이 혼자 사는 것보다 훨씬 평온함을 가져다주며 고독을 완성시키는 것으로 여겨지기 때문이다. 남자가 자연 속에서 사랑하는 여자(혹은 여자가 사랑하는 남자)와 사는 것은 모든 생활 방식 가운데 가장 완전하고 자유로운 삶이다."

학계 동료들에게서 어쩔 수 없이 고립된 그 사람이 어리고 정치에는 까막눈인 여자애와 알게 된 일은 처음에는 틀림없이 일상생활 방식과 부딪치는 일이었을 것이다. 그 사람의 인생은 전환기에 있었다. 이때 그 고독하고 가라앉은 듯한 삶의 양식에 파스텔풍의 부드럽고 푸른 색채

---

* 옮긴이 주-로버트 루이스 스티븐슨: (1850~1894) 스코틀랜드의 작가. 우리에게 알려진 작품으로는 《보물섬》《지킬 박사와 하이드 씨》같은 소설들이 있으나 통찰력 있는 수필과 여행 작가로 더 널리 인정받고 있다.

가 스며들었다.

스콧은 내 독특한 품성을 잘 배려해 주었다. 그런 배려는 1930년대 어느 유럽 여행 때 나를 배웅하는 자리에서 나타났다. 그 사람은 노점에서 산 20센트짜리 양철 플루트와 까만 빙 체리가 들어 있는 커다란 도매상용 상자를 배에 가져왔다. 나는 (내가 매우 좋아하는) 체리를 모두 먹고 갑판을 걸어 다니면서 씨를 뱉었다. 플루트는 뱃멀미가 날 때 배 안의 내 방에서 불었다. 다른 사람이라면 그저 체리 한 봉지나 초콜릿 한 상자 또는 장미 한 다발을 가져왔을 것이다. 플루트와 체리를 같이 가져온 것이 내 방식에 맞는 것이었다. 그 작은 양철 플루트는 플루트 연주에 대한 흥미를 불러일으켰다. 배가 로테르담에 닿자 나는 괜찮은 코코볼로로 만든 리코더를 샀는데, 그 배려 덕분에 나는 내 음악 애호에 한 가지 종목을 더하게 되었다.

스콧의 아주 다른 감성은 유럽에 있는 내게 손수 타자를 쳐서 보낸 윌리엄 로버트 서비스의 시에서 엿보인다.

나는 백합꽃이 빛나는 한 정원을 알고 있습니다.
그리고 거기서 햇빛을 쬐며 생각에 잠겨 있는 한 사람을.
그 여인은 백합꽃의 순백보다 더 깨끗하고,
그리고 아, 그 눈은 꿈을 머금은
천국의 빛입니다!

나는 춥고 어두우며 쓸쓸한 한 다락방을 알고 있습니다.
그리고 지치지 않는 펜으로 수고에 수고를 거듭하는 한 사람을.
용감하고 슬픈 그 눈이 피로해지면

그이는 선각자로서 창백하고 침묵에 잠겨
별을 찾습니다.

그런데 아, 이상한 일입니다.
이 둘 사이에는
바다처럼 넓은 적막과 어두움이 있어도,
그이는 정원에서 그 여인의 곁에 있습니다.
그리고 그 여인은 그이와 함께 다락방에 있습니다.

나는 카운티 컬런이 쓴 시를 골라 응답했다.

그이가 말했습니다.
바람처럼 사세요, 자유롭게
그리고 당신이 할 수 있는 동안
나를 사랑해 주십시오.
그리고 당신이 사랑하길 바라고
더 나아질 수 있다면
더 좋은 사람에게 가세요.

당신이 그렇게 오랫동안 나하고 같이 자면
아마도 싫증이 나겠지요.
마찬가지로 울어야 할 까닭도 없겠지요.
바람은 언제나 자유로우니까요.

그이가 말할 겁니다.

당신이 가고 싶을 때 가세요.

그 여인의 입술에 입술을 바싹 대고서.

그것이 그 여인이 뼛속까지 만족해하면서 머물러 왔고,

계속 머무르고 싶어 하는 이유입니다.

스콧의 한 면은 엄격하고 교훈적이며, 옳고 그름을 양보하지 않는 것이었다. 다른 한 면은 붙임성 있고 친절하며 저 시처럼 낭만스럽기까지 했다. 그 사람이 때로는 극단의 정의관으로 나를 이끌려고 한 적도 있지만, 운 좋게 나는 그이의 사랑 쪽이 가진 포근한 우산 아래 들어갔다.

여기에 스콧이 내게 보낸 초기의 긴 편지 가운데, 나를 일깨우고 가르치는 내용으로 쓴 것 하나를 소개한다.

혼돈 대신에 조화롭고 하나로 된 느낌을 갖기 위해서 어떻게 하루를 보내시나요? 막연하긴 하지만 이 문제는 모든 사람이 부닥치는 것입니다. 어떻게 살아야 손실을 가장 작게 하고 가장 커다란 성장을 이룰 것인가. (보통 이렇게 말하기도 하지요. 어떻게 살아야 가장 적은 고통 속에서 가장 많은 쾌락을 얻을 것인가.)

이 문제는 다음과 같이 분석할 수 있습니다.

1. 관심의 중심, 곧 일상생활에서 곁가지들을 '떼어 버리고' 남은 알맹이를 찾는 일.

2. 누구나 그 속에 들어 있고 어떤 식으로든 닿아 있지만 눈에 보이지는 않으며 열려 있는, 영원한 힘을 가진 우주와 만나는 일.

3. 저마다 자기 존재를 확인하면서 온 마음을 기울일 수 있는 어떤 일(창조적인 일)을 발견하는 것. 그 일은 저마다의 생계 수단이 될 수도 있고, 그렇지 않을 수도 있습니다.

4. 만족스럽고 오랫동안 지속되는 사회적인 만남, 우정, 개인 관계를 세워 가는 일.

5. 끊임없이 인격체를 성장시키되, 통일되고 원만하며 조화로운 상태로 엮어 가는 일.

이 편지를 마치면서 그 사람은 이렇게 주를 달았다.

"당신은 아마도 이렇게 말하겠지요. '이 악당이 나를 개조시키려 드는군.' 아닙니다. 사랑하는 이여, 내가 얼마나 자주 있는 그대로의 당신을 바란다고 말했던가요? 내가 왜 당신이 바뀌기를 바라겠습니까? 설령 내가 당신을 변혁시킬 수 있더라도, 나는 감히 그렇게 하지 않을 것입니다. 나는 그 일에 실패할 것입니다."

이제 그 사람의 옛날 편지들을 다시 읽노라니, 내 회답이 어떤 것이었는지 궁금하지만 내 편지 가운데 남아 있는 것은 없다. 그 사람은 제1차세계대전 중 오하이오주 털리도에 있는 자기 집에 정부 관리가 와서 집을 뒤지고 우편물과 편지들을 뜯어본 데다, 서류들을 훔쳐 가자 그 뒤로는 통신 관계 서류를 보관하지 않았다.

초기에 나를 교육하는 일 가운데 하나로, 내가 몇몇 자유로운 여성 조직에 참여하는 일에 대해 묻자 그 사람은 다음과 같은 편지를 보냈다.

사회 개혁 운동은 그 기본 성격을 변화시키지 않고 기존 질서만을 바꾸려는 운동, 곧 전쟁을 좀 더 인도주의에 따라 하는 것, 가난을 좀 더 견딜 만하게 하는 것, 도살장을 조금 더 깨끗하게 하는 것 따위와 본질의 변화에 목표를 둔 운동, 곧 전쟁을 없애는 것, 가난을 몰아내는 것, 모든 형태의 살육을 중지시키는 것 따위로 나뉘는 것 같습니다. 자유주의 경향의—보통 어느 정도 안락을 누리는—사람들은 앞의 것에 몰두하지만 (때로는 이 목표를 위해 매우 열심히 일합니다) 현재의 질서 아래에서 안락을 누리고 있으므로, 그 질서를 획기적으로 변화시키려고 하지 않습니다.

당신이 알고 있듯이 나는 이 문제들을 생각할 때 보통 경제적 요소에 초점을 맞춥니다. 이것이 크리스천 사이언스, 신지학회 같은 데서 그렇게 드러내 놓고 내게 반감을 가지는 이유입니다. 나는 그들을 경계합니다. 그쪽 사람들은 대개 계급 착취 과정에 속해 있고, 많든 적든 전쟁과 약탈 저편에서 안락을 누리고 있습니다.

그것은 내게 한 가지 다른 일, 당신 친구 쿠스 반 데르 리우가 쓴《환영의 정복 The Conquest of Illusion》을 논평하도록 이끕니다. 그 책을 읽게 해준 데 고마움을 전하며 그런 종류의 책들을 계속 소개해 주기 바랍니다. 나는 그런 쪽의 생각에 큰 관심을 가지고 있습니다. 과거에 그것을 꽤 깊이 연구해 왔는데 당신도 관심을 가지고 있으므로, 내가 더 상세히 알아야 할 두 가지 까닭이 있는 셈입니다.

아울러 크리슈나무르티가 무엇을 말하고 어떤 행동을 했는지 알려 주십시오. 그 사람이 '세계 교사'라면, 나는 그런 것을 알고 싶습니다.

스콧은 우리의 우정에 대해 일찍이 나에게 이렇게 썼다.

여행에서 돌아와, 당신이 다음과 같은 관점에서 지난 두 달을 돌아보았으면 합니다. 이 기간 동안 얼마나 많은 것을 얻을 수 있었던가? 나는 당신이 자신을 위해 한 이번 일에서 얻은 결과를 분석한 것을 듣고 싶습니다. 몇 년 동안 아마도 삼사 년 동안 당신이 이 문제를 생각하여 주의 깊고 현명하게 처리한다면 훌륭한 훈련 성과를 얻으리라는 것이 나의 믿음입니다. 처음에 할 수 있는 가장 간단한 것으로는 타자와 속기를 포함한 서기 일 같은 훈련이고, 둘째로는 적어도 두 가지 외국어를 익히는 것이며, 셋째로는 연구 훈련, 넷째로는 사회과학에 대한 식견을 쌓는 일입니다. 당신이 지난 두 달 동안 무엇을 배웠고 어떻게 대응했느냐 하는 문제를 당신의 마음에 새겨 두면, 우리는 좀 더 지혜롭게 앞으로의 날들을 계획할 수 있습니다. 당신이 이 문제에 매달려 있는 동안 내 별난 방법들을 참아 내는 수고를 해야 할 것입니다만, 당신이 그것을 참아 내게 되면 이 일의 교육 목적은 헛된 것이 아니었음이 증명될 것입니다. 어떻든 서로 얘기해 봅시다. 그래서 할 수 있는 한 가치 있는 것으로 만들어 봅시다.

여기 우리가 처음 만나던 무렵에 스콧이 내게 쓴 몇몇 편지에서 발췌한 내용을 옮긴다. 내가 보관하고 있는 편지들에는 대개 날짜가 적혀 있지 않다.

우리는 우리 두 사람의 삶을 가치 있게 하는 일을 해야 하고, 우리가 배운 것들 가운데 어떤 것을 다른 사람들에게 전해 줄 수 있어야 합니다. 나는 우리가 이 일을 하기에 아주 좋은 자리에 있다고 믿으며, 그 가운데 한 사람으로서 그것이 실현되도록 최선을 다할 것입니다. 그 일을 이룰 수 있도록 저마다 자기 몫을 다하는 한편 서로 맞추어 나가도록 합시다. 당신을 사랑합니다. 당신에게는 곧바로 이룰 수 있고, 다른 사람에게 도움을 줄 수 있는 삶의 잠재력이 있음을 깊이 믿고 있습니다. 두 사람이 함께 그 일로 나아갑시다. 항상 원기가 가득하기를 빕니다.

다른 편지에는 이런 내용의 말이 있다.

당신의 건강을 빌며, 당신이 기꺼이 삶을 마주하기를 바랍니다. 나는 마치 우리가 이제 막 공동의 일, 공동의 생활을 시작하고 있는 것처럼 느깁니다. 그 일을 생각하면 무언가 커다란 것이 있는 것처럼 여겨집니다. 나는 당신이 자기 몫의 일을 해 오고 있음을 알고 있으며, 거기에 내게 관계된 것도 어느 정도 있다는 느낌을 갖고 있습니다. 나는 당신이 하고 있는 그 훌륭한 일들의 낙원 속으로 몰래 들어가겠습니다. 바로 어젯밤 나는 우리가 같이 일을 하는 방법을 발전시켜 왔다고 생각했습니다. 나는 이제까지 그 누구에게도 그렇게 가까웠던 적이 없었습니다. 그렇게 가까워질 수 있다고는 생각지도 못했습니다. 우리의 모든 관계는 내게는 뜻밖의 발견이었으며, 생생한 현실로 다가온 큰 기쁨이었습니다.

다시 다른 편지의 구절을 인용한다.

나는 우리가 같이 해야 하는 몇 가지 중요한 일이 있다고 확신합니다. 그것이 무엇인지 알아낼 때까지 탐구하고, 그 일을 해 봅시다. 당신과 함께 할 일을 그려 보는 일은 너무나 큰 기쁨입니다. 순간순간 당신은 내 생활의 일부로 있습니다. 나는 한편으로 당신을 통해 살고 있습니다. 우리를 함께 묶는 끈들은 매우 많으며 또 매우 강하고, 내게는 너무나 중요한 것들입니다.

나는 언제나 기꺼이, 당신이 그렇게 하고자 하는 때 당신을 떠나보낼 것입니다. 하지만 당신이 그대로 있는 것이 내게는 너무나 큰 기쁨이어서, 만약 당신이 가 버린다면 내 삶의 큰 부분을 가지고 가게 되는 것입니다.

이런 구절도 있다.

가끔 나는 내 개성이 당신의 발전을 가로막고 있다고 느낍니다. 사실이 그렇다면 그것은 말로 표현할 수 없을 만치 슬픈 일입니다. 우리 두 사람은 같이 해야 할 삶과 일을 가지고 있습니다. 우리가 공동의 삶을 살고 함께 우리 일을 해 나갈 때, 그것은 매우 훌륭한 일입니다. 그러나 우리는 서로 걸림돌이 되지 않도록 조심해야 합니다. 이것은 아무리 강조해도 지나침이 없습니다. 우리는 언제나 이 일을 염두에 두어야 합니다. 내가 당신을 소유할 수 없고 당신도 나를 소유할 수 없다는 것, 우리가 같이 발전하고 서로 자신의 고유한 도구를 사용해야 하지만 우리가 같이 일할 수 있다는 사실을 오늘 아침 분명하게 깨달았습니다.

당신은 내 반려자이고 나는 당신을 사랑합니다. 지금까지 그래 왔듯이 당신은 자유롭게 어디든 갈 수 있지만, 그대로 머물러 있기를 바랍니다. 나는 내가 당신의 발전에 걸림돌이 되지 않았으면 합니다. 오히려 모든 가능한 방법으로 당신이 앞으로 나아가도록 돕고 싶습니다. 바로 그것이 우정의 참뜻이며, 나는 당신의 진정한 친구가 되기를 간절히 바라고 있습니다. 내가 당신의 발전에 방해가 된다고 느끼는 때가 오면 언제든지 내게 알려 주고, 당신 스스로를 위해 앞으로 나아가십시오.

우리가 알게 된 지 일 년이 지나지 않아, 내 생활은 엄청나게 달라졌다. 나는 안락한 가족의 품을 떠나 뉴욕 시내에 주당 11달러짜리 방을 빌렸다. 스콧의 제안에 따라 밑바닥 삶을 체험하기 위해 1928년에서 1929년 사이 겨울 내내 제지 공장, 상자를 만드는 공장, 사탕 포장을 만드는 공장 같은 여러 곳에서 일했다. 빵을 사고 나면 남는 것이 거의 없는 주급 13달러와 14달러 사이의 임금을 받으면서, 거의 싸구려 과일과 비스킷으로 연명하고, 이따금 움직이는 기계 벨트에서 떨어져 나온 초콜릿을 깨물어 먹던 일이 기억난다.

때때로 옛날 남자 친구들이 (캐딜락과 링컨을 타고) 나를 만나러 공장까지 왔을 때 나는 동료 노동자들에게 "저 사람은 그냥 운전기사야" 하고 말했다. 나는 다른 노동자들의 말투와는 다르게 말해서 '독일 소녀 엘렌'으로 불렸다. 내가 기계 밑을 빗자루로 쓰는데 우물쭈물하자 그들은 "한 번도 빗자루를 만져 보지 못한 사람 같네" 하며 놀려 댔다. 내가 사실 빗자루를 잡아 본 일이 없다는 것을 그 사람들은 아무도 알지 못했다.

이 기간 동안 나는 혼자 살았으며, 스콧과는 아무런 연관을 갖지 않고 지냈다. 그 일에 대해 그 사람은 내게 이렇게 썼다.

"지금 그 일을 뒤돌아볼 때, 그 겨울은 당신에게 많은 것을 주었습니다. 아마도 가장 큰 성과는 당신 내부에 있는 방향감각과 목적의식을 눈뜨게 해 주었다는 일일 겁니다. 당신에게 필요한 것은 바로 이것이며, 당신은 이제 그것을 갖게 된 것처럼 보입니다. 그 밖에 다른 어떤 것을 얻지 못했어도, 그 시간은 쓸모 있게 쓰인 것입니다."

1929년 봄 스콧은 내가 유럽으로 돌아가 한동안 잘사는 유럽 친구들과 지내면서 자기와 사는 생활(형편이 조악한 생활)과 그 사람들과 사는 생활(상류층 생활) 중에 어느 쪽을 바라는지 생각해 보라고 권했다. 나는 짐을 꾸려 내가 그렇게 좋아하던 네덜란드행 (어머니와 같이 갈 때 1등칸을 이용하던 것과는 달리 이번에는 3등칸의) 배를 탔다. 나는 환영과 축하 인사를 받았고, 청혼을 받았다. 파리, 런던, 암스테르담에서 부자들의 걱정 없는 생활로 미끄러져 들어가는 것은 쉬운 일이었다. 스콧의 영향이 없었더라면 나는 쉬운 길을 택해 귀족과 결혼하거나 집 둘레에 호壕가 파져 있는 교외 저택의 가정(이쪽이 귀족과 결혼하는 것보다 더 마음을 끌었다)을 택했을 것이다.

그 무렵 스콧한테서 이런 전보가 왔다.

"내 책《전쟁 War》에 관한 일을 시작할 수 있는 돈을 얻었습니다. 여기 와서 도와주시겠습니까?"

나는 그 제안은 물론이고 그처럼 진지한 과제를 거부할 수 없었다. 나는 구혼자들과 상류층 생활을 버렸다. 긴 머리를 자르고 좋은 옷과 보석, 값비싼 소지품들을 여자 친구들에게 나누어 주고 떠날 준비를 했다. 당시 네덜란드에 있던 부모님에게 내 바이올린을 맡겼다. 부모님들은 유리한 조건의 결혼에 큰 기대를 걸고 있었으므로, 내 결정에 불만이었다. 그러나 나는 이것이 내 인생에 또 하나의 전환점이 되리라는 것을 충분히 깨닫고 있었기 때문에 바로 다음 배편에 몸을 실었다.

그린산맥에 있는 한 친구의 뚝 떨어진 오두막에서 조용히 재회의 한 주일을 보낸 후에 스콧과 나는 뉴욕 서부 11번가에 있는 그리니치 빌리지에서 싼 방을 빌려 같이 지내면서 공동의 작업을 시작했다. 날마다 5번가에 있는 뉴욕 공립 도서관에 가서 조사를 하고 집에서 타자를 쳤다. 내가 쓸 만한 재목을 찾아오면 그 사람이 이것을 자기 배에 덧대어 항해하는 식이었다. 어쩔 수 없이 혼자 일하고, 혼자 힘으로 인생을 헤쳐 나온 그 사람으로서는, 이처럼 기꺼이 스스로 돕는 사람을 얻게 되어 기쁘기 그지없었다. 19세기의 미국 작가이자 편집자인 엘버트 허버드는 이렇게 썼다.

"건강, 책, 일 그리고 여기에 사랑이 더해진다면 운명이 주는 모든 괴로운 고통과 아픔도 견딜 만해진다."

이리하여 나는 스콧의 비서 겸 조수가 되었고, 그 사람의 생활에 활력을 주면서 또한 거의 다루어 보지 못한 주제에 다가갈 수 있게 해 주었다. 스콧이 정치 또는 현실 생활을 이끌었다면, 나는 눈에 보이지 않는 예술과 정신 영역의 안내자 노릇을 했다. 우리는 저마다 특기를 가지고 있는 부분에 같이 참여했다. 에드워드 카펜터가 묘사했듯이 그것은 그대로 '본질의 주고받음'이 되었다.

우리의 개인 생활은 한데 섞이게 되었다. 스콧은 더 힘이 세고 연장자였지만 지배하려고 하지 않았다. 우리는 서로에게 무언가를 가져다주었다. 우리의 다양한 흥미 분야들은 서로 나눌 수 있는 것이 되었고, 따로 떨어져 있던 관심사들이 공통의 관심사가 되었다. 끊임없는 토론과 동료애가 서로의 특유한 개성을 깊이 이해하게 했고, 우리는 나란히 따뜻하고 충족된 삶 속으로 성장해 갔다.

생텍쥐페리는 이렇게 썼다.

"사랑은 서로를 마주 보는 데 있는 것이 아니라 함께 같은 방향을 쳐다보는 데에 있다."

우리가 그러했다. 우리는 한 몸이 아니었으나, 서로 보완하면서 가까이 닿아 있는 평행선 상태로 여행했다. 우리 관계는 어려움 없이 그리고 자연스럽게 넓혀져 친구로서뿐 아니라 연인 사이가 되었지만, 우리 관계에서 성은 결코 중심 요소가 아니었다. 우리의 주된 정서는 생각과 행동에서 조화롭고, 서로 믿고 배려하고 존중하는 데 있었다. 서로를 극진하게 생각하는 애정은 우리에게 성이 위주가 된 생활 이상의 것을 뜻했다. 나는 스콧을 남성으로서 사랑했고 그이는 여성으로서 나를 사랑했으나, 성이 지배하는 관계는 아니었다.

러시아로 처음 여행 갔을 때 헬렌과 스콧, 1931.

스콧은 건강하고 보통의 성생활을 해 왔고, 또 오랫동안 결혼 생활을 해 왔다. 나는 감성이 예민한 나이에 가벼운 실험으로 남자아이들과 접촉한 것말고는 경험이 없었는데, 기쁜 마음으로 스콧과 함께 생활하고 같이 잠잘 준비가 되어 있었을 뿐, 그 이상이 아니었다. 아마도 크리슈나무르티와 성적으로 충족되지 못한 사랑이 그렇게 되도록 도움을 주었는지 모른다. 나는 모든 면에서 서로 따뜻하고 친밀한 접촉이 성보다 가치 있는 것이라고 생각했다. 성은 자연스러운 기능이고 온몸으로 표현한다는 데 의미가 있는 것이지만, 어디까지나 한쪽 방향을 향하고 있고 사랑하는 사람과 하나가 되는 데는 이차적인 것으로 보았다. 칼릴 지브란의 말을 빌리자면, 우리가 얻은 것은 깊고 정서적인 우정과 사랑으로서, '함께 되기 위한 공간'에 서로에게 필요한 것을 맞추어 채워 가는 것이었다.

우리가 같이 살기 시작한 처음 몇 해 동안은 여행할 때 서로 합의하여 방을 따로 빌림으로써 독립성을 추구했다. 그 때문에 베네치아에서는 재미있는 일도 있었는데, 빈방이 딱 하나뿐이었던 주인이 당황해하며 "두 분이 원하신다면 침대 사이에 커튼을 쳐 드리겠어요" 그랬다. 1930년대에 자유롭게 러시아 여행을 하면서 우리는 '결혼하지 않고서도 방을 같이 쓸 수 있다'는 확신을 갖게 되었다. 독일의 킬 세계경제연구소에서 연구를 하면서 우리는 항구 가까이에 있는 쾌적한 작은 여인숙 방 두 개를 세 얻었는데, 발코니가 있고 방 위로 또 방이 있는 그럴 듯한 곳이었다. 그곳에 지내면서 밤마다 복도에서 낯선 선원과 여자들을 마주치는 걸로 보건대 매춘이 이루어지는 곳이 분명했다. 그런 곳에서 우리가 방을 따로 쓰고 있었으니 의심스런 눈초리를 받지 않을 수 없었다. 저 사람들, 스파이가 아닌가?

1920년대와 1930년대에 미국에서 정숙한 여자들은 결혼하지 않고서는 남자와 같이 살지 않았다. 나는 이 금기를 별로 중요하게 생각하지 않았다. 우리는 그때 오늘날처럼 어려움 없이 같이 사는 삶을 선택했으며, 그 뒤 반세기 이상 계속해 왔다. 스콧은 그때 부인 넬리 시드Nellie Seeds와 이혼은 하지 않은 채 별거하고 있었다. 스콧과 나는 1947년 넬리가 죽을 때까지 결혼하지 않았다. 그때까지 우리 관계는 충분한 시험을 거쳐서, 같이 사는 데 결혼 같은 형식이 필요하지는 않았다. 그러나 나는 그 사람의 근사한 이름을 공유하고 싶어서 결혼을 제안했다. 우리는 그때, 스콧이 로스앤젤레스에서 강연 중이어서 캘리포니아에 머무르고 있었다. 유니테리언파 교회 목사가 자기 비서 집에서 우리 연분을 맺어 주었다. 목사는 칼릴 지브란의《예언자 The Prophet》에서 몇 구절을 따와 주례를 하면서 "내가 주례한 어떤 부부도 이혼하지 않았습니다" 하며 우리에게 다짐을 주었다. 우리는 시내 서기 사무실로 가서 합법 절차를 밟았다. 돌아오는 길에 스콧이 내게 "반지가 필요하오?" 하고 물어 나는 "아뇨" 그랬다. 다시 그 사람이 "꽃이 필요하오?" 하고 물었을 때도 나는 "아뇨" 하고 대답했다.

우리는 그 뒤로 '내 남편' 또는 '내 아내'라는 말이 지나친 구속과 소유를 나타내는 것으로 보았기 때문에 거의 쓰지 않았다. 우리가 같이 한 삶, 그 뒤 결혼으로 이어진 생활은 성질이 서로 비슷한 두 영혼의 결합이었다. 폭넓은 공동 관심사, 비슷한 호기심, 간소하고 건강하며 몸을 쓰는 생활환경을 좋아하는 것 같은 모든 것이 진실한 결혼 생활을 이루는 사랑을 낳았다. 스콧을 알게 된 내 행운을 축하하며, 어떤 여성이 이런 편지를 썼다.

"평화운동을 하면서 나는 때때로 자잘하고 하찮은 자기 욕심을 채우지 못해 안달하는 사람들 말고 전체를 보면서 늘 다른 사람들을 생각하는 뛰어난 이타성을 가진 사람들을 만납니다. 그러나 이타성의 면에서 그 누구도 스콧과 견줄 만한 사람이 없었습니다. 당신과 그 사람의 관계를 생각할 때, 당신은 일찍이 내가 만난 가장 풍족한 여성 가운데 한 사람입니다."

그 말에 동의하면서 나는 스스로에게 다음과 같이 덧붙였다.

"누가 나더러 유쾌한 친구 같은 사람이자 사랑하는 사람을 그리라고 한다면 바로 스콧과 같은 사람을 그릴 것이다. 현명하고 경험이 풍부하며, 친절하고 조용한—말이 없는 편인—그러나 질문을 받으면 충분히 자기 의견을 말하는 사람, 모든 면에 능통하지만 과시하지 않고 꾸밈이 없으며, 풍채가 훌륭하면서도 허황되지 않은, 진지하지만 유머가 풍부한, 깊은 감수성을 가지고 있되 절제되어 있는 그런 사람을 원한다.

반대로 그이에게 어울리는 여성을 그린다면 어떤 사람일까? 나와 비슷한 어떤 사람, 그러나 더 진지하고 명석하며 재능과 인내심이 있고 영적이며, 모든 면에서 더 빼어나고 아름다운 여성. 나는 그런 여성이 그이 반려자가 되기를 빈다."

여기서 누구한테 들었는지는 잊은 수피*의 우화 하나를 얘기해야겠다.

---

* 옮긴이 주 – 수피: 이슬람교의 신비주의자

나스루딘이 한 친구와 찻집에 앉아 차를 마시며 인생과 사랑에 대해 얘기하고 있었다. "자네는 어떻게 한 번도 결혼을 하지 않게 되었나, 나스루딘?" 하고 친구가 물었다. "글쎄" 나스루딘이 말했다. "사실을 말하자면, 나는 일생 동안 완전한 여성을 찾아다녔지. 이 여자, 저 여자를 만나면서 바로 이 사람이다 싶으면, 늘 뭔가 부족한 게 있었어. 그러던 어느 날 드디어 찾던 여성을 만났다네. 그 여자는 아름다웠고, 지적이었으며, 포용력이 있고, 친절하여 우리 두 사람은 모든 면에서 공통점을 갖고 있는 듯이 보였어. 실제로, 그 여자는 완벽했지." "그렇다면" 친구가 말했다. "무슨 일이 일어났나? 왜 그 여성과 결혼하지 않았나?" 나스루딘은 회상에 잠기며 차를 홀짝거렸다. "사실을 말하면" 나스루딘이 천천히 대답했다. "불운하게도, 그 여자 또한 완전한 남성을 찾고 있었다네."

우리의 경우 나는 완전한 남자를 찾았으며, 그 사람은 그보다는 덜한, 나로 만족했다.


1932년부터 1933년에 걸친 강연 여행 때문에 집을 떠나 있던 스콧이 내게 보낸 다음의 두 편지는 그 사람이 나를 있는 그대로 받아들인 것을 보여 준다.


　사랑하는 이에게
　당신이 쓴 두 가지 멋진 메모가 오늘 아침 도착했습니다. 당신이 보낸 서류도 받았습니다. 두 가지 다 정말 고맙습니다. 나의 사랑 당신, 몹시 바쁜데도 그렇게 자상하게 써서 보내다니. 당신의 스케줄은 마치 가장 성공한 배우의 일정표처럼 보입니다.

당신은 분명히 사교계에서 떨어져 나왔습니다. 그리고 나 때문에 당신이 외톨이가 되는 것 같습니다. 이달이 다 가기 전에 아무 연고가 없는 상태로 당신 자신을 두지 않기를 바랍니다. 내가 뉴욕에 가면 적어도 하나 또는 둘 정도의 끈이 남아 있기를 바랍니다.

당신은 활력이 있고, 앞으로도 클 수 있는 공간이 필요한 성숙한 사람입니다. 내가 가까이 있으면, 당신은 언제나 충분한 공간을 얻지 못합니다. 앞으로 몇 주일은 당신에게 성장할 수 있는 최고의 기회를 줄 것입니다. 그 기회를 최대한 살리십시오. 왜냐면 당신이 미처 깨닫기 전에 내가 돌아가 다시 한번 당신을 에워쌀 테니까요.

실제로 나는 멀리 있지 않습니다. 아침저녁으로 그리고 낮과 밤 동안 계속해서 우리는 함께 있습니다. 다가오는 주간들을 당신의 성장 기간으로, 그리고 우리 두 사람이 서로 공유하고 동지애를 발전시키는 기간으로 만듭시다.

헬렌, 당신을 사랑합니다. 당신은 진정으로 가까운 내 친구이자 동지입니다. 당신의 안녕을 빕니다.


털리도에서 그이는 이렇게 썼다.


어젯밤 나는 문간에서 잠을 자게 되었습니다. 나는 잠이 깊이 들었으며, 다시 당신에게 매우 가까이 있음을 느꼈습니다. 사랑하는 이여, 나는 날마다 당신에게 감사하고 있습니다. 당신이 어디에서 무엇을 하든, 나는 당신과 같이 있으며, 할 수 있는 한 도움을 주되, 내가 필요하지 않으면 기꺼이 비껴 서 있을 준비가 되어 있습니다. 그러나 언제나 내 삶을 당신과 나누고 싶고, 당신이 바라는 한 당신의 삶을 같이 나누고 싶은 열망에 차 있습니다. 내 가장 큰 관심사는 당신이 언제나 최상의 조화로운 상태로 가장 훌륭한 당신 자신이 되어야 한다는 것입니다. 당신은 내가 아는 사람 가운데 정신적인 삶을 추구하고 있는 매우 드문 사람 가운데 하나입니다. 당신은 쉽게 거기에 이를 것입니다. 그것은 최대한 잘 간직해서 써야 할 귀하고도 중요한 자질입니다.

그런데 자기가 하고 있는 일에 보기 드물게 강렬한 헌신성을 보이는 그 자신의 길로 나를 고무하거나 이끌고자 했던 때가 가끔 있었다. 1929년 내가 유럽에 있게 되어 우리가 떨어져 있을 때, 그 사람은 거의 절망에 빠진 심정으로 내게 다음과 같은 생일 편지를 썼다.

사랑하는 친구, 고귀한 천분과 자질을 물려받은 영혼이여, 당신은 언제 마음을 열고 평정된 상태로, 확고하며 안정되고 결연하게 발을 내디뎌 싸움터에 나서고, 당신의 인생을 건설할 것입니까? 당신은 언제 놀이터를 떠나 일터로 갈 것입니까? 언제 쟁기를 부여잡고 긴 밭고랑으로 발걸음을 돌릴 겁니까? 삶을 꾸려가는 데는 곡식이 필요합니다. 밭을 갈아야 하고, 일구어야 하며, 씨앗을 뿌려야 합니다. 수확물을 거두어야 합니다. 당신의 하루 일과는 언제 시작합니까?
1. 당신은 음악에 빼어난 재능을 갖고 있습니다. 다시 말해 아마도 가장 완벽한 의사소통 매체가 되는 분야의 재능을 가지고 있습니다.
2. 당신은 아름다움에 아주 민감한 감각을 가지고 있습니다. 당신은 쉽게 또 열렬히 모양과 선, 색깔, 움직임 그리고 꽃과 별에 감응합니다.
3. 당신은 쉽게 차원 높은 진리들을 파악하여 그것들을 이해하고 효과 있게 연관시킵니다. 그러므로 당신은 대체로 미신에서 자유롭습니다.
4. 당신은 밝고 힘 있는 개성을 갖고 있어 사람들을 끌어당기며, 그리하

여 그 사람들을 지도하거나 연민을 보내며 격려합니다.

5. 당신은 조직하고 지도하는 능력을 가지고 있습니다.

우리 가운데 이런 능력을 가진 사람이 얼마나 됩니까? 이것은 특별한 천품입니다. 이렇게 특별한 재능과 독특한 힘을 지니고 있는 사람이 어째서 자기 삶이 가지고 있는 드넓은 가능성에 대해 망설이고 의문을 가지며 냉담하고 무관심할 수 있는 걸까요?

나는 그 답의 첫번째는 알고 있습니다. 이 사회제도에 깔려 있는 가치와 기준이 가망 없고 쓸모가 없다고 느끼면서도, 많든 적든 그 가치와 기준을 받아들이고 그로부터 얻은 수입에 의존해서 살고 있기 때문입니다. 그리고 거기서 오는 고통과 상실감을 잊고자 애쓰면서, 썩어 가는 사회질서의 일부인 사람들이 쫓고 있는 헛되고 경박한 관습을 따르고 있기 때문이지요.

그러나 사랑하는 친구여, 이 모든 것은 일시적이며, 분명히 지나가 버릴 것입니다. 새로운 사회질서의 시작이 모든 곳에서 뚜렷하게 이루어지고 있습니다. 새로운 가능성은 무한합니다. 인류 대중의 삶을 넓히는 가능성은 이제 너무 커서 희망을 잃을 까닭이 없고, 냉소주의에 빠지거나 절망할 필요도 없습니다.

당신은 열 가지 재능을 가지고 있습니다. 세상을 좀 더 살기 좋은 곳으로 만들고, 그런 세상에서 인류가 더 화합하여 잘 살 수 있도록 하기 위해 우리는 그런 재능을 가진 사람이 필요합니다. 무엇보다도 당신은 그렇게 할 수 있고, 어떤 사람이든 당신의 그 무한한 가능성을 필요한 일에 쓸 수 있도록 당신에게 요청할 수 있습니다.

이별이 아닌, 우리 사이에 놓여 있는 거리를 넘어 나는 마음속 깊은 곳에서 당신에게, 힘과 이해력을 갖추고 있는 당신, 우리가 그렇게 간절하게 원하는 당신, 내가 그렇게 자주 느끼는 당신, 내가 이제까지 거의 보지 못했던 그렇게 드문 존재인 당신에게 삼가 인사하고 사랑을 보냅니다.

사랑하는 헬렌, 머지 않아, 아마도 곧 당신과 얼굴을 마주하겠습니다. 내가 날마다 훌륭한 사람이 되려고 노력하는 한에서 말입니다. 당신 앞에서 나는 매우 보잘것없고 당신이 있음으로 해서 크나큰 축복을 받고 있음을 느낍니다. 내가 삼가 경의를 표하고 존경과 사랑을 보내는 헬렌, 그 진실한 헬렌이 있음으로 해서.

그 뒤에 긴 편지가 몇 통 더 이어졌는데, 눈여겨볼 만한 것으로 이런 편지가 있다.

'자유'에 관한 당신의 8월 1일자 편지에 대해 내 생각을 말씀드립니다. 당신의 말을 인용하면 이렇습니다. "나는 자유로운 여성임을 느낀다. 새처럼 아무런 계획 없이, 행복하고 순수하며 빠른 날개로 …… 나는 사람들과 사회의 바퀴 아래 갇혀 있고 싶지 않다. 나는 사람들과 사물로부터 자유로워야 한다."

어떤 점에서 이 말은 나무랄 데 없는 것입니다. 당신은 리지우드와 뉴욕의 환경에서 벗어나 자유를 얻었고 지금도 얻고 있습니다. 이는 큰 성과를 이룬 것입니다. 그것을 꼭 붙드십시오. 하지만 무엇을 위한 자유입니까? 최근에 당신 몸은 리지우드에서 자유로워졌습니다만, 날마다 당신의 시간을 써서 무엇인가를 해 왔습니다. 무엇을 했나요? 당신이 '사람들과 사물들로부터 자유로워'졌습니까? 어림없는 일입니다. 당신은 일상에서 사람들, 사물들과 접촉하고 있습니다. 바로 이 접촉의 형태가 '무엇을 위한 자유인가?' 하는 질문에 대한 답변을 결정짓습니다. 당신이 이 자유를 어떻게 썼는가에 따라 결정되는 것입니다.

당신이 바쁘거나 짬이 없으면, 더 이상 이 편지를 읽지 마십시오. 당신에게 여유가 생겨 생각을 해 가며 주의 깊게 읽을 수 있을 때까지 나머지 부분을 한쪽에 놓아두십시오. 나는 생각에 생각을 거듭하며 이 편지를 썼습니다. 지난 사흘 동안 나는 편지 쓰는 일을 피해 왔습니다. 그런데 바로 오늘 아침 아주 일찍 무엇인가가 나에게 '일어나 네 생각을 써라'라고 말했습니다. 4시 15분이었습니다. 나는 졸렸지만 일어나 쓰기 시작했습니다.

Ⅰ. 이론으로서의 의견

1. 자유는 상대적인 말입니다. 그것은 우리 인간에게 낡은 쓰레기를 치우고 새로운 건설에 대비하는 것을 뜻합니다. (이 새로운 건설도 마찬가지로 뒤에는 치워 버려야 합니다.)

2. 우리가 어떤 과제 또는 어떤 유형의 과제에서 자유로워지면 우리는 다른 과제로 옮겨 갑니다. 자유는 한 가지 삶의 과제에서 다른 과제로 옮겨 가는 것입니다. 새로운 과제를 선택하는 기회입니다.

3. 작은 과제를 다룰 수 있을 만큼 충분히 성장하면 우리는 더 큰 과제로 옮겨 갈 자유를 가집니다. 이것이 성장의 본질입니다.

4. 새는 2차원의 세계를 볼 수 있습니다. 사람은 자기 발전 정도에 따라 3차원, 4차원, 5차원 또는 그 이상의 고차원과 관계를 갖습니다. 새로운 차원은 저마다 새로운 의사소통, 새로운 계약, 새로운 의무로 인도합니다. 높은 차원에 속해 있는 사람일수록 삶을 건설하는 과제에서 자기가 맡은 부분을 해내는 데 더 큰 책임을 집니다. 당신은 '새'처럼 자유로울 수 없습니다. 당신은 다른 평면, 다른 세계에 있습니다. 당신은 당신의 발전 단계에 걸맞은 존재로서 가장 자유로운 존재가 되어야 합니다.

Ⅱ. 이론을 적용한 보기들

1. 당신이 날마다 먹고 입는 음식과 옷이 당신이 지난봄 뉴욕의 공장에서 겪었던 것 같은 그런 노동조건 아래서 생산되는 세상에서, 당신은

스스로 음식과 의복의 생산을 돕는 의무에서 자유로울 수 없습니다.

2. 억압이 널리 퍼져 있는 이 세계에서, 당신은 노예 상태를 없애는 일을 돕는 의무에서 자유로울 수 없습니다. ('낮은 계층이 있는 한 나는 그 속에 있다. 범죄의 요소가 있는 한 나는 그 일부이다. 감옥에 사람이 있는 한 나는 자유롭지 못하다'라고 데브스가 말했습니다.)

3. 고통이 있는 세상에서, 그 고통을 없애는 데 과거에 도움의 손길을 줄 수 있었고 지금도 여전히 줄 수 있는 사람은 그 천품이나 능력을 써야 할 책임에서 자유로울 수 없습니다.

4. 경주에 참가한 사람들이 실패를 극복하고자 힘겹게 싸우는 세상에서 그 사람들에게 다가가 제 발로 다시 설 수 있도록 도와줄 수 있는 사람, 그 사람들의 마음에 다가가 다시 용기를 불어넣어 줄 수 있는 천부의 재능을 타고난 사람은 그런 중대한 책무에서 자유로울 수 없습니다.

5. 경기장의 사기를 드높이는 과제와 관련해 경주에 앞서 있는 사람은 사기를 북돋는 일을 도울 의무에서 자유로울 수 없습니다.


Ⅲ. 무엇을 위한 자유인가?

1. 이 편지글 첫머리에서 나는 이 질문을 했습니다. 이제 나는 내가 모든 사실을 다 알고 있지 않고, 단지 아주 작은 부분만 이해하고 있지만, 내가 지금 믿고 있는 대로 답을 해 볼까 합니다.

2. 당신과 나는 지난 겨울과 봄 당신이 다음과 같은 일을 할 수 있도록 힘을 기르고 활동 계획을 세우는 데 시간을 썼습니다.
   (1) 당신이 경제 면에서 자립할 수 있는 기술을 익히는 일.
   (2) 명상, 공부, 사색으로 더 높은 삶의 목표를 세우는 일.
   (3) 그리하여 당신이 지니고 있는 훌륭한 재능을 발전시키는 일.

3. 내가 자세한 사정을 모르기 때문에 다음과 같은 질문을 드리고 싶습니다. 내가 떠난 뒤에 당신은,

(1) 자립하기 위한 기술을 배우기 위해 진지하게 애썼습니까?

(2) 계속해서 진지한 명상을 했습니까?

(3) 계속해서 진지한 독서 또는 연구를 했습니까?

(4) 일관된 방향에 따라 진지하고, 연속적이며, 성실하고 평정된 가운데 사색을 했습니까?

4. 당신이 이 질문들에 그렇다고 대답한다 해도, 나는 당신 편지 어디에서도 그 사실을 증명해 주는 한마디도 찾지 못했다고 말씀드릴 수밖에 없습니다. 오히려 그 편지들에는 당신이 '하늘 높이 소리쳤다' '근처를 전속력으로 달렸다'는 표현이 들어 있습니다. 그리고 당신의 마지막 편지에는 '나는 헌신적이고 유쾌한 남자 친구 네 명과 함께 야외로 나가 하루 종일 일광욕을 했다'는 구절도 있습니다.

(1) '헌신적인'(당신을 대하는 태도가 진지하다는 뜻이겠지요) 그 친구들과 함께

(2) 당신은 '즐거웠으며' '하루 종일' '그 친구들과' 놀았습니다.

(3) 당신이 처음 네덜란드에 갔을 때도 헌신적이고 기분을 맞춰 주는 남자 친구들 다섯이 배웅하지 않았던가요?

5. 내 짐작이 맞다면, 당신은 당신의 개성(당신의 낮은 자아)을 절제하지 못했고, 당신 자신의 발전과 당신 동료들을 위해 그렇게 중요하게 쓰일 자질들을 뒷전에 두는 데 당신의 자유를 썼습니다. 이렇게 물어봅시다. 지난 10주 동안 당신이 가진 시간 중 얼마쯤이 당신의 높은 자아를 위해 쓰였고, 얼마쯤이 낮은 자아에 쓰였습니까?

6. 당신은 한 편지에서 그것을 '휴가'라고 불렀습니다. 그러나 당신의 높은 자아의 관점에서 볼 때 그것은 방종이었습니다. 당신은 높은 자아의 관점에서 보아 거의 의미가 없거나 쓸모없는 활동에 자기 시간과 정력을 낭비한 것입니다.

7. 내 분석이 정확하다면(이렇게 멀리 떨어져 있으므로 내가 말한 사항들을

자신 있게 확신할 수 없음을 알 것입니다), 지금까지 당신은 새처럼 당신의 자유를 써서 현재와 순간의 자극들을 충족시켜 왔습니다. 그러나 새들은 둥지를 틀고, 식구를 먹여 살리며, 그 안녕을 책임집니다. 당신은 그렇게 해 본 일이 있습니까? 아니오, 당신은 다만, '모든 것에서 자유로워야 한다'는 점까지만 나갔을 뿐입니다. 그것은 무책임한 일입니다.

8. 사랑하는 이여, 무엇을 위한 자유입니까? 이 문제를 곰곰이 생각해 봅시다. 그것은 삶 전체의 구조를 이루는 토대에까지 미치는 것입니다. 우리 둘이 리지우드에서부터 당신이 자유로워지도록 그렇게 열심히 일해 왔는데, 그것이 결국 당신이 발걸음을 돌려 다시 리지우드와 옛 관계들로 가기 위한 것이었습니까?

스콧은 1930년 9월의 편지에서 이렇게 조언을 계속했다.

마지막 편지에서 나는 당신이 말한 자유에 대한 내 생각을 썼습니다. 여기서 나는 우리의 발전 단계를 생각해서 사람들에게 주어지는 기회와 의무에 대한 내 생각 몇 가지를 덧붙이고 싶습니다.

I. 현재의 발전 단계를 생각할 때 인류 구성원의 한 사람으로서 내가 지는 책임.

1. 개인으로서 갖는 책임
  (1) 내가 일하는 데 수단이 되는(도덕, 정신, 감정, 육체 면에서) 것들을 발전시키고, 할 수 있는 한 완벽하게 한다. 올바른 재료를 써서, 할 수 있는 한 구조가 완벽하게 만든다.
  (2) 언제나 최대한 효과 있게 이 수단들을 쓴다. 곧 인류의 목적을 이뤄 나가는 데 가장 효율적으로 이용한다.
  (3) 인류의 진보를 위해 내가 가장 잘할 수 있는 분야에 그 수단들을

활용한다.

2. 사회에서 갖는 책임

(1) 모든 형태의 노예 상태와 억압을 없애도록 노력함으로써 동시대의 사람들을 돕는다. 될 수 있는 한 자유로운 사회제도를 만드는 데 힘을 보탠다.

(2) 문으로 나갈 수 있을 만큼 충분히 앞서 있는 사람들에게 기회의 문이 열리도록 돕는다.

3. 우주에 대한 책임

(1) 한 실재의 세 가지 다른 이름인 아름다움, 진리, 사랑과 일체가 된다.

(2) 목적의식을 갖고 이 하나됨을 지향해 일하고 그것을 드러내 보인다.

(3) 이 '아름다움-진리-사랑'의 고리 속으로 다른 것들을 끌어들인다.


II. 내 등 위의 짐

1. 비유로 말하자면 이제 몇 주 안에 말 그대로 나는 내 짐꾸러미를 등에 지고 세상을 마주할 것입니다. 내가 가지고 있는 거의 모든 세상 소지품들은 대부분 버리거나 아니면 쓸 사람에게 주거나 해서 처분할 것입니다.

2. 나는 무엇보다도 지혜를 구합니다. 직접 그것을 느끼고 탐구하는 방법을 알고 싶습니다.

3. 이것은 매우 현실적이고 진실한 의미가 있는 탐구입니다. 그러나 이것은 대중의 관심을 끄는 일이 아니며 찬사를 받지도 못할 것입니다. 내 친구들 대부분이 인정하지도 않고 오히려 반대하는 가운데 이루어질 텐데, 물론 그 친구들은 내가 약간 미쳤다고 생각하고 있습니다.

4. 특별히 나는 이런 일을 하려고 합니다.

(1) 권력 사용을 지향하는 모든 종류의 일이나 활동을 그만둔다. 이것은 정치학에서 벗어나는 것을 뜻하는데, 나는 지난봄에 그렇게 했

습니다.

(2) 올바른 이론을 세우고 세계 조직을 건설하기 위한 기술을 얻는 데 필요한 자료를 모으고 조직한다. 인류가 통일된 하나의 단위로 기능하게 하는 이론의 개발과 실천으로 전쟁, 계급 분할, 계급 전쟁에서 생기는 갈등을 풀 수 있습니다. 이 일은 내가 아는 한 이제까지 이루어진 적이 없습니다.

(3) 이 일을 하기 위해 필요한 말을 배운다. 지금으로서 이것은 독일어와 러시아어를 뜻하는데, 우리가 곧 독일과 러시아로 여행할 것이기 때문입니다.

(4) 날마다 할 수 있는 한 최선을 다해 훌륭하고 완전한 삶을 살려고 하고, 계속해서 이 목표들을 추구한다. 이것은 늘 자연 속에서 살고, 생계를 위해 일하며, 사람들과 만나고, 진리와 아름다움, 우주와의 접촉을 위한 탐구를 계속해 나가는 것을 뜻합니다.

Ⅲ. 우리가 함께 이 탐구를 같이 할 수 있는가?

1. 당신은 이 일에 관심이 없습니까, 아니면 깊은 관심을 가지고 있습니까? 우리가 그 문제들에 관해 토론했을 때, 당신은 관심이 있었다고 나는 느꼈습니다.

2. 둘 다 자기 방식을 따르면서 함께 힘을 모아 많은 일을 할 수 있는 그런 분야가 여기 있지 않습니까?

3. 우리가 함께 보낸 나날들이 우리의 동지애를 다지는 기초가 되지 않았습니까?

4. 그때 동지애의 기초가 이루어졌다면, 그것은 폭넓고 단단하며 매우 현실에 맞는 것이었음에 틀림없습니다. 그것을 바탕으로 우리는 훌륭한 목표를 향해 멀리 갈 수 있을 것입니다.

5. 우리가 하려고 하는 일을 생각할 때마다 나는 우리가 그 일을 위해 서

로 굳게 결합해야 한다고 다짐하게 됩니다. 나는 그 일과 관계 있는 어떤 것, 우리가 같이할 수는 있지만 혼자서는 우리 가운데 아무도 할 수 없는 그런 일이 실제로 있음을 확신합니다.

내가 중요한 연구 과제에 달려든 뒤에, 그 사람은 다음과 같은 편지를 보내 왔다.

나는 우리가 정말로 여러 가지 훌륭한 일을 같이 할 수 있다고 생각하며, 당신도 같은 일을 원하고 같은 방식으로 느끼는 것처럼 보여 참으로 행복하게 느낍니다. 나는 더구나 당신이 지금 하고 있는 일이 당신 자신의 지성을 활짝 꽃피울 수 있기 때문에 기쁩니다. 너무나 많은 여성들이 그들의 연인들 뒷전에서—상대방이 우연히 가지게 된 지적 관심의 꽁무니를 붙잡고—맥없이 따라갑니다. 당신이 하고 있는 일에 당신이 독립된 관심을 가지는 것은 매우 중요한 일이며, 아울러 우리가 공통 관심사를 가지는 것도 중요합니다. 이 기간이 당신에게 당신 자신의 지적 생활을 건설할 수 있는 기회를 줄 것이며, 나는 당신이 그 기회를 활용하여 훌륭한 일을 할 수 있게 되어 매우 기쁩니다.

사랑하는 이여, 내가 가장 관심을 가지고 있는 것은 우리가 사소한 부분에서 조정해야 할 것들을 조정한 다음, 몇 해 동안 같이 실제로 어떤 일을 할 수 있어야 한다는 것입니다. 이 겨울까지 나는 당신이 정말 그런 일을 하고 싶어 하는지 어떤지 확신할 수 없었습니다. 사실 그 이상으로 당신이 하고 싶어 하는 다른 일들이 꽤 많을지 모릅니다. 하지만 나는 당신 내부에 진실로 창조적인, 모든 일의 바탕에 있기 마련인 지식과 지혜에 대한 갈망이 있음을 언제나 느껴 왔습니다.

그리고 나는 당신이 정말로 진지한 과제를 향해 나갈 수 있기를 바랐습니다. 이런 까닭에 당신이 스스로의 힘으로 일에 뛰어들어 많은 것을 얻은 것처럼 보인 이번 겨울 내가 얼마나 행복해했는지 상상할 수 있을 것입니다. 사랑하는 친구여, 바르게 나아가기만 하면 얻을 것이 너무나 많습니다. 그리고 나는 당신이 바르게 나아가는 길을 알고 있다는 느낌을 갖고 있습니다. 그것은 당신이 물려받은 재산-도구의 일부입니다. 음악에 대한 당신 느낌과 똑같은 다른 쪽 부분입니다. 또한 당신 자신의 의지로 혁신적인 운동을 향해 나아갔다는 것이 중요합니다. 내가 당신을 거기로 이끌 수는 없지만, 그것은 우리가 같이 가야 하는 방향입니다.

그리니치 빌리지의 한 칸 방보다 좀 낫고 오래 살 집을 얻으려고 찾아다닌 끝에 그 당시 뉴욕 시내에서 가장 허름한 빈민가의 하나인 애비뉴 C 14번가에 가구가 딸리지 않은 아파트 5층을 빌렸다. 복도는 겨울에 얼음장 같았으며, 작은 난로에 석탄으로 불을 지핀 뒤 거리에서 주운 나무를 넣어 불을 땔 때 말고는 방에도 냉기가 감돌았다. 우리는 방이 세 개에 차가운 물이 나오는 이 숙소에 월세로 20달러를 냈는데, 화장실은 썰렁한 복도에 있었고 부엌 설거지대 옆에 발이 달린 조그만 목욕통이 있었다.

스콧의 강연 수입은 거의 없는 거나 마찬가지였다. 여기저기서 짬짬이 들어오는 강연으로 얼마 안 되는 수입을 얻었다. 출판사들이 스콧이 쓴 책을 목록에서 빼고 나머지 재고분을 처분함으로써, 책에서 나오는 인세 수입은 더 이상 없었다. 우리는 교회의 쥐처럼 가난했고, 가까이 있는 노점에서 먹을거리를 샀다.

이 피할 수 없는 가난에 나는 어떻게 반응했던가? 나는 부르주아적인 배경 탓에 더럽거나 지저분하지만 않으면 얼마든지 검소하게 살 마음이 있었다. 숙소는 벼룩시장에서 싸게 산 가구로 꾸몄고 많이 나 있는 창으로 햇빛이 들어와 밝았다. 나는 부모님이 내 새로운 생활과 사랑하는 딸에게 미치는 스콧의 영향을 몹시 불만스럽게 생각한다는 것을 알고 있었다. 스콧이 리지우드 집으로 간다면, 아버지는 뒷문으로 나갈 것이었다. 나는 내 선택에 대해 부모님한테서 아무런 지원도 기대할 수 없었다.

내 생활은 스콧의 원고를 타자하고 뉴욕 공립 도서관에서 함께 연구하는 일로 채워졌다. 스콧은 첫 번째이자 하나뿐인 소설《자유인 Free Born》을 막 탈고하고 시장에 내놓을 참이었다. 그 소설은 남쪽에서 자유롭게 태어났으나 박해받고 불우한 삶을 산 한 흑인 아이 이야기였다. 그 아이의 교육과정과 억압에서 탈출하는 이야기는 흑인들의 실상을 밝힌《검은 아메리카 Black America》를 쓰면서 그 연구 중에 만난 사람들의 실제 생활에서 얻은 것이었다. 그 소설은 젊은이가 정치 활동 때문에 감옥살이를 하는 것으로 끝이 났다. 스콧은 언제 터질지 모르는 폭발물이나 다름없는 그 소설을 펴내 줄 출판사를 구할 수 없어, 마침내 1932년에 자비출판을 해야 했다.

빈털터리의 검약한 생활이었지만, 만족스러웠고 보람 있는 삶이었다.

# 버몬트 숲에 둥지를 틀고

해 뜨면 일하러 가고,
해 지면 쉴 곳을 찾네.
목을 축이는 우물을 파고
먹을 걸 주는 땅을 일구며
거둔 것을 나누네.
왕도 부럽지 않네.
—

중국, 기원전 2500년

　도시를 떠나 시골에 가서 살 가능성에 대해 처음 이야기를 꺼낸 사람은 스콧이었다. 그 사람은 사회의 의무를 피하고 싶어 하거나 피하려고 하지 않았지만, 어떻게든 우리 생계를 꾸려 가야 했고 우리의 빠듯한 예산으로는 도시에서 사는 것이 점점 어려워졌다.

　1932년 가을, 스콧은 가진 돈에 맞는 땅을 찾아보려고 버몬트 남쪽의 황량한 지대를 돌아다녔다. 부동산값이 싼 대공황기였다. 스콧은 호주머니에 구매 계획표를 넣어 가지고 왔다. 산자락에 버려진 도로 가까이 65에이커(약 8만 평) 넓이의 메마른 땅 위에 있는 오래된 나무 집을 발견했는데, 선금 900달러를 주고 저당권 800달러를 설정하면 살 수 있었다. 우리에게 가능한 조건이었다. 1월 어느 쌀쌀한 날 우리는 뉴욕에서 얼마 안 되는 짐을 꾸려 새로운 삶터로 옮겨갔다. 프레더릭 그린은 1911년에 쓴 《손바닥만 한 땅과 오두막 A Few Acres and Cottage》에서 다음과 같이 비슷한 상황을 그리고 있다.

이제 돌아갈 수는 없다. 나는 내 직책을 집어던지고 탁 트인 시골 땅에 내 작은 자본을 거침없이 투자하는 모험을 하고 있다. 어떤 일이 있어도 나는 땅에서 내 일용할 양식을 얻어야 한다. 달걀이 하늘에서 떨어질 리도 없고 빵에 바를 버터를 살 다른 수입도 없다. 나는 존재의 가장 밑바닥으로 내려가고 있다. 이제 나는 자연과 마주하는 데서 오는 기쁨을 느껴야 하며, 헐벗은 땅에서 빵을 얻고 내 손으로 무엇인가 만들어 내는 기쁨과 내가 그려온 것을 완성하는 기쁨을 느껴야 한다. 노동자는 단지 거대한 산업기계의 이름 없는 톱니바퀴에 지나지 않는 도시 생활, 그 영혼을 죽게 하고 인간다움을 파괴하는 세균이 우리가 모르는 사이에 퍼지고 있는 그곳에 창조의 즐거움은 없다.

시골에서 사는 일은 내게 새로운 어떤 것이었다. 넓은 장원에서 보내는 여름휴가나 호숫가의 여름 캠프는 익숙했지만. 어쩔 수 없는 검약 생활에도 나는 잘 적응했다. 날마다 자연과 만나며 사는 것, 발아래 땅을 느끼는 것, 소음과 소란스러움에서 떨어져 사는 것이 매우 만족스런 일임을 발견했다. 나는 간소한 집에서 간단한 토속 음식으로 지내며, 낡은 옷을 입고 필요 없는 소유물을 버리는 것을 배우게 되었다.

나는 버몬트 오지의 주변 환경에 놀랍도록 잘 적응했고 궁핍한 생활을 즐기게까지 되었다. 안락하고 온갖 물건들이 갖추어져 있으며, 양탄자가 깔려 있고, 지나치리만치 난방이 잘되어 있는 교외의 집보다 가구도 별로 없고 쓸쓸하며 외부와 단절된 우리 농장이 더 좋았다. 나는 우리 삶을 지탱해 주는 몇 가지 안 되는 먹을거리를 즐겼다. 다른 사람들이 난롯가에서 축배를 들고 있을 때 내 속의 어떤 것은 오히려 식어 가는 것 같고, 다른 사람들이 잔치를 벌일 때 음식을 끊고 싶은 생각이 들며, 다른 사람들이 빈둥거리며 놀 때 일하고 싶은 어떤 것이 내게 있다. 스콧처럼 내게도 금욕적이고 청교도적인 어떤 성향이 있다.

우리는 어떤 이상을 마음에 품고 있다. 《도덕경》에 이런 충고가 있다.

> 땅과 가까이 살고,
> 명상을 할 때에는 마음 깊숙이 들어가라.
> 다른 사람과 사귈 때는 온유하고 친절하라.
> 진실되게 말하고,
> 정의롭게 다스리라.
> 일 처리에 유능하되,
> 행동으로 옮길 때는 때를 살펴라.

스콧은 내게 삽이나 톱, 도끼 같은 연장을 다루는 법과 농장 가꾸기, 산림 관리, 집 짓기, 돌 다루는 일같이 생활에 필요한 기술을 가르쳐 주었다. 스콧은 이 모든 기술을 펜실베이니아의 시골 농장에서 살 때 할아버지한테서 배웠다고 했다. 올더스 헉슬리가 D. H. 로런스에 대해서 한 말은 스콧에게도 해당된다고 할 수 있다.

"그 사람은 일이 하잘것없다는 이유로 떠맡지 않은 적이 없으며, 사소하다고 대충하는 법이 없었다. 음식을 만들 수도 있고 바느질을 할 수도 있었으며, 양말을 깁고 소젖을 짤 수도 있었다. 솜씨 좋은 벌목꾼이기도 했으며, 그 사람이 붙인 불은 꺼지는 법이 없었다."

나는 집을 짓는 법과 우리가 벤 나무로 난방용 난로에 불 피우는 법을 배웠다. 또 요리하는 법, 수프를 만들고 감자를 굽는 법과 사과소스에 쓰일 사과 따는 법을 배웠다. 첫해 겨울에는 집 안팎에서 우리가 해야 할 일이 많았다. 그리고 봄이 왔을 때, 우리는 넓은 농장에 씨를 뿌렸으며 그렇게 해서 땅에서 거둔 것으로 살아가는 생활을 시작했다.

농장 일은 우리가 밖에서 같이 한 첫 번째 일이었다. 우리는 집 가까이 있는 적당한 곳에 땅을 파고 농사를 지을 수 있도록 일구었다. 나는 씨를 뿌리고 잡초를 뽑고 수확하는 법을 배웠다. 잡초 뽑는 일은 별난 운동이 되어 결코 싫증이 나지 않았다. 잡초를 뽑아 고랑을 말끔하게 하는 일은 내게 즐거운 일이었다. 자기 밭에서 자기 먹을 양식을 얻는 것은 더할 나위 없이 만족스러웠다. 나는 밭일의 기쁨을 배우게 되었는데, 스콧은 이미 여러 해 전 델라웨어주에 있는 아덴 공동체에서 생활하면서 터득한 바 있었다. 나는 스콧의 기술을 눈여겨보고 배웠으나 그런 것이 결코 그 사람에게 종속되어 있다는 느낌을 주지는 않았다. 스콧은 결코 우월한 위치에 있지 않았고, 나 또한 열등한 자리에 있지 않았다. 그때까지 연장을 한 번도 다루어 보지 않은 초보자인데도 스콧은 나를 동등하게 대했으며, 결코 지배하지 않았다.

내 손은 바이올린을 위해 깨끗하게 보존되어 있었다. 나는 전에 마루를 쓸거나 달걀을 삶거나 딸기를 딴 일이 없었다. 그래서 배우고 기쁘게 받아들여야 할 일이 많았으며, 나는 기꺼이 그렇게 했다.

스콧은 우리가 정착하던 무렵에 강연 여행을 하면서 편지에 이렇게 썼다.

"농장에서 이랑을 58군데나 팠소? 그 며칠 동안에 한 일로는 너무나 잘했다는 느낌에 가슴이 벅차지 않소? 아마도 이제 처음으로 땅을 파는 일이 큰 즐거움이라는 것을 당신이 알게 되었을 거라는 생각이 드오. 당신이 그 교훈을 터득했다면 훌륭한 일이오. 많은 사람들이 평생을 살면서 결코 발견하지 못하는 일이오."

에머슨은 1870년에 이렇게 썼다.

"우물을 파고, 돌로 된 분수를 세우며, 길옆에 나무들을 심어 작은 숲을 이루게 하고, 과일나무를 심으며, 튼튼한 집을 짓고, 늪지를 메우거나 길가에 돌의자를 만들어 땅을 아름답고 소망스러운 곳으로 만드는 사람은 비록 그 일로 자신은 이익을 얻지 못해도 그 뒤 오랫동안 자기 나라에 쓸모 있는 자산을 이룬 것이다."

우리는 숲에서 같이 일했는데, 나무들 사이에 있는 빈터를 개간하고, 길쭉하고 죽은 나무들을 베어 겨울 땔감으로 썼다. 나는 떡갈나무와 단풍나무, 물푸레나무, 느릅나무를 구별하게 되었고, 그 재질도 알게 되었다. 때로는 작은 손도끼를 잘못 휘둘러 상처를 입어 붕대를 찾으러 집으로 뛰어간 적도 있었다. 훌륭한 산사람인 스콧만큼 나는 결코 숙련되지는 못했다.

우리는 화학비료를 안 쓰는 자연 그대로 유기 농사를 짓고 싶었다. 농기계를 거의 안 썼기 때문에 기술의 힘을 빌리는 일이 많지 않았으며, 그 지역에서 깨끗하게 재배되고 되도록 가공하지 않은 자연 그대로의 단순한 자연식을 하려고 했다. 우리는 단순하고 건강에 좋은 환경 속에서 자연을 따르며 사는 생활을 추구했다.

우리는 돈을 쓰기보다는 되도록 절약하며 사는 것을 목표로 했지만, 트럭의 기름값, 지방세, 몇 가지 먹을거리를 사는 데 현금이 조금은 필요했다. 그래서 농장에 딸린 숲에서 얻은 땔나무와 통나무를 내다 팔려고 생각했으나 이웃 사람들도 모두 자기들이 쓸 나무를 충분히 갖고 있었다. 이듬해에 한때 내게 청혼을 했던 네덜란드 남자가 죽으면서 유산을 조금 남겼는데, 그 돈으로 우리는 훌륭한 단풍나무들이 들어서 있는 이웃 농장을 샀다.

그 바로 뒤인 1934년 9월 스콧은 이렇게 썼다.

"내년부터 우리는 버몬트 사업이 재정 면에서 자립하도록 해야 하오. 우리는 그곳에서 돈 버는 데는 관심을 쏟고 있지 않지만, 나는 그곳이 자립적으로 운영되어 우리가 거기 있는 동안에 우리 생계를 이어 가도록 해야 한다고 생각하오. 일단 사탕단풍나무들을 잘 가꾸고, 주의 깊게 관리하면 이 일은 쉽게 이룰 수 있을 것이오. 그렇게 해서 몇 년 안에 그 수입만으로 모든 세금과 보험료를 낼 수 있어야 하고, 그다음 몇 년 안에 설탕을 얻는 기구와 사탕단풍 재배를 늘리는 데 투자해야 할 것이오."

스콧은 단풍나무 숲을 정돈하여 제일 좋은 것들만 남겨 놓았다. 그리고 아연도금이 된 도관을 바둑판처럼 7마일쯤 숲에 까는 방법을 생각해 내어 수액을 제당소까지 운반하게 했다. 나는 단풍나무 수액을 뽑아 모으는 일을 도왔는데, 수액은 제당소에서 오랜 시간 끓여 시럽으로 만들었다. 연간 수천 리터 나오는 이 시럽이 우리 생활에 큰 보탬이 되었다. 우리는 농장에서 바로 또는 통신 주문을 받아 시럽을 팔았다. 그 가운데 얼마는 우리가 가공을 하기도 했다. 집에 있는 부엌 난로에

버몬트 농장에서 단풍 설탕 시럽을 만들고 있는 헬렌, 1950.

서 시럽을 끓이고 절인 다음 말랑말랑한 설탕을 냄비에 넣어 금괴 모양으로 만들거나, 고무 주형에 넣어 별, 나무, 데이지꽃, 토끼 모양을 만든 다음 '그림 꾸러미'처럼 상자에 담아 가게나 노점에서 여남은 개씩 팔았다.

그 뒤 여러 해가 지나고 나서 스콧은 이렇게 썼다.

"나는 당신이 시럽과 설탕을 만들고 포장해서 파는 기술을 개발해 얻은 성공을 생각하고 있소. 당신은 이제 훌륭한 사업을 이룩할 수 있게 되었소!"

하지만 우리는 그렇게 하지 않았다. 우리가 필요 이상으로 많은 주문을 받았을 때는, 일을 멈추고 여행을 떠나거나 새로운 책을 쓰기 시작했다. 나는 근처에 좋은 도서관이 있을 때면 자주 희귀본이 있는 열람실을 찾아가서 단풍나무 수액 뽑기와 설탕 제조의 원조에 관한 자료를 찾아보았다. 내가 조사한 내용을 스콧에게 보여 주었더니, 그는 이렇게 말했다. "옛 자료와 실험 정신만으로 아직 개척되지 않은 분야에 뛰어들어 실패와 성공을 거듭한 당신이야말로 그 분야의 백과사전이라 할 만하오."

우리는 공동 작업으로, 《단풍 설탕 이야기 The Maple Sugar Book》를 펴냈는데, 거의 40년이 지난 지금까지 그 주제에 관한 고전으로 남아 있다. 우리는 거기에 옛날 제조 방법을 알려 주는 문헌 자료와 인용을 싣는 한편 그 일에서 터득한 우리 자신의 경험을 더했다. 펄 벅 여사와 그 남편 리처드 월쉬가 경영하는 존 데이 출판사에서 쉽게 책을 출판해 주기로 해서 원고에 대해 의논도 할 겸 우리를 만나러 두 사람이 뉴욕에서 버몬트로 왔다. 펄 벅은 우리가 살고 있는 자연 그대로의 숲속 생활을 보고 매우 흥분해서, 우리가 하고 있는 일, 유기농법과 숲 관리, 철저한 채식 생활, 집 짓는 방법, 계곡에 사는 이웃들과의 관계 따위 전체 생활을 담고 있는 다른 책을 써 보라고 권했다. 이 모든 것이 뒤에 우리가 쓴 책《조화로운 삶 Living the Good Life》에 섞여 있다.

우리가 애써 온 삶은 땅과 그 위에 있는 모든 것들과 조화를 이루어 사는 것이다. 검소하고 스스로 만족하며 자립하는 그 삶은 우리 이마에 땀을 흘려 생계를 꾸리고, 고용주나 어떤 사람에게 의존하지 않는 것이다. 우리 스스로 먹을 양식을 기르고 살 집을 지으며, 필요한 나무를 베고, 자신의 생활 수단을 마련하는 것이다. 우리는 돈이 거의 필요 없었고, 쓸 일도 없었다. 물건을 살 돈이 없으면, 우리가 손수 만들거나 그냥 없이 지냈다.

우리 뜻은 우리가 먹고 자고 입고 집을 덥히는 데 필요한 것들을 바깥세상의 도움 없이 해결하면서 읽고, 쓰고, 연구하고, 가르치며, 음악을 만들어 내는 것, 또한 그런 일들을 함께하는 것이었다. 고브 햄비지는 1935년에 쓴 책《매혹된 땅: 뒤뜰 농장에서의 모험 Enchanted Acre: Adventures in Backyard Farming》에서 이렇게 썼다.

"우리가 넉넉한 수단을 가지고 있고 우리가 바라는 생활 방식을 마음대로 선택할 수 있다 하더라도, 우리는 우리가 선택한 것을 다시 택할 것이다. 여기서 내가 우리라고 말할 때, 이것은 우리 두 사람을 뜻한다. 해가 바뀜에 따라 같은 집에 살고 있는 남자의 관점과 여자의 관점에는 많은 차이가 있다. 그러나 우리가 살아온 것같이 성공적인 삶을 살고 싶다면 그 차이의 밑바탕에 흔들리지 않는 일체감이 있어야 한다. 왜냐하면 한쪽에서 대수롭지 않게 생각하여 넘어간 일을 다른 쪽에서는 없어서는 안 될 것으로 생각할 수 있기 때문이다."

스콧과 나는 그 일체감을 얻었고 서로 조화를 이루면서 살았다.

세상과 떨어져서 나와 함께 시골에서 사는 생활에 대해 스콧이 후회를 할 법도 한데, 그 사람은 커다란 성공이나 인정을 받지 못했지만 자기가 할 수 있는 한 최선을 다해서 세상을 위해 일을 했다고 느꼈다. 이제 그 사람이 알고 있는 옛 시절은 끝나고, 자연과 함께하는 데서 큰 기쁨을 얻었고, 땅과 환경을 더 좋게 할 수 있게 된 데에서 진정한 기쁨을 맛보았다. 아주 드물게 대중 강연이나 출판을 할 수 있었을 뿐 사람들의 관심 밖으로 밀려 나온 것에 대해 스콧이 괴로움이나 쓰라림을 느끼는 것을 보지 못했다. 한 친구는 "너무 안됐어요. 그 사람은 자기가 지나다닐 다리를 모두 불태워 버렸어요" 하고 말했다. 그러나 스콧은 새로운 다리들을 건설하고 있었다.

운명은 스콧이 단순히 유명 대학에서 교직에 있는 것보다 더 큰 기회를 마련할 수 있고, 또 그렇게 한 것처럼 보였다. 그 사람의 영향력이 강의실에서 가르치는 것을 넘어 더 많은 것에 미치도록 점점 커지고 있었다. 일찍이 그 어느 곳보다 더 큰 교실에서 배우고 가르치는 일로 그의 영역이 넓어졌다. 버몬트에서 처음 정착하던 무렵부터 우리가 어떻게 사는지 보려고 틈틈이 사람들이 찾아왔는데, 나중에는 무리를 지어 왔다. 우리는 우리 나름대로 생활 방식을 지켜가면서, 스스로 만족할 만한 농장 생활을 하고 싶어 하는 다른 사람들에게 안내자로서 분명히 도움이 될 만한 새롭고 가치 있는 모험을 시작했다.

우리는 조화로운 우리 생활이 다른 사람들을 위한 모범이라기보다는 우리 스스로 그릴 수 있는 가장 나은 삶의 방식을 찾아가는 순례의 길이라고 생각했다. 우리는 모든 훌륭한 진취적인 정신과 함께 앞서 가는 삶의 물결에 합류하는 데 기쁜 책임감을 느꼈다. 이것은 긍정하고 기여하는 삶이며, 모든 행위와 나날의 삶에 목적을 갖게 하는 것이었다. 우리는 최선의 삶이란 어떤 주어진 여건에서 우리가 감당할 수 있는 최선의 일을 하는 것임을 알았다.

살아갈 수 있을 만큼 충분한 양식과 땔감이 마련되자, 우리는 집 짓는 일로 관심을 돌렸다. 우리가 산 옛집과 헛간은 낡고 못 쓰게 되어 가고 있었다. 오두막과 딸린 건물을 손봐야 할까? 우리는 손수 돌로 거실을 지어 오두막에 덧붙이고 벽난로를 처음으로 만들었다. 그러고 나자 무엇인가 새로 짓는 일에 흥미와 관심을 갖게 되었다. 그래서 통나무 오두막과 새 제당소를 지었고 이어서 벽에 판자를 붙이고 피너클산이 내다보이는 넓은 창이 있는 방 세 개짜리 별채 돌집을 지었다. 오두막과 별채는 친구들에게 원가로 팔았는데 우리는 그것을 좋은 경험으로 생각했다. 우리는 또 스콧의 연구실로 쓰려고 깊은 숲속에 돌로 된 오두막을 하나 지었다. 이때까지 우리는 처음에 산 옛 목조집에 그대로 살고 있었다.

마침내 우리는 우리가 살 튼튼한 돌집을 지을 때가 되었다고 느꼈다. 거대하고 위로 곧장 뻗어 올라 간 바위 벽이 있는 숲속의 한 장소가 집을 짓기에 꼭 알맞은 곳이라는 느낌이 들었다. 바위 벽은 곧 거실의 뒷벽이 되었다. 가로 9피트, 세로 20피트의 둥근 바위가 집의 한 부분을 이룬 상태로 우리는 나무 헛간과 설탕 저장실이 딸린 방 네 개짜리 이층집을 세웠다. 나는 집 모양을 생각해서 비전문가로서 간단한 설계도를 그렸다. 청사진 같은 것은 없었다. 스위스풍의 산장을 닮은 집이 어린애가 그린 것처럼 그려졌다. 그것을 기초로 우리는 일을 시작했다.

땅을 7피트 깊이로 파고 보니 우스꽝스럽게도 집 전체가 수평이 맞지 않아 방바닥이 모두 들쭉날쭉하게 되었는데, 본래 내 설계도에는 없었던 일이었다. 돌은 대부분 내가 다루었는데 스콧과 이웃 마을에 사는 두 사람의 도움을 받아 콘크리트를 섞어 창틀과 문틀을 만들었으며, 튼튼한 들보를 세우고, 지붕을 올렸다. 집 안은 스파르타풍으로 소박하게 꾸몄다. 농장에서 겉이 매끈한 화강암을 가져와 마루를 깔았더니 수도원 같은 모습을 띠었다. 가구는 대개 우리 손으로 직접 만들었다. 벽에는 따뜻한 느낌의 갈색빛이 도는, 그 지역에서 켠 두께 20인치짜리 소나무 널빤지를 댔다. 헛간처럼 먼지가 마루 위에 쌓이면 일주일에 한 번 청소를 하면 되었다. 거미집이 천장에 매달려 있어도 아무도 알아챌 수 없었다. 부엌에는 나무를 때는 취사용 아궁이가 있고 벽난로로 난방을 하는 자연의 집이었다.

우리는 돌로 지은 차고와 헛간, 손님방과, 연장실, 온실 해서 모두 여섯 채가 넘는 건축물을 지었다. 그것은 우리 사업의 기념물이었다. 우리는 이제 우리 앞에 남아 있는 삶을 위해 정착하게 되었다고 생각했는데, 그때 스콧의 나이는 예순, 나는 마흔 살이었다.

이 모든 시기에 스콧은 농장에서 일하지 않을 때는 경제학과 외국 문제에 관한 글을 쓰는 데 시간을 보냈다. 그 사람은 조직적인 지원이나 '천사' 같은 재정 후원자도 없었고, 기부금이나 아무런 홍보도 없이 달마다 《세계 사건 World Events》이란 제목을 붙여 혼자서 간단한 뉴스

해설지를 발간했다. '후원 없이, 검열 없이' 이것이 이 독특하고 독립적이며 엄격하게 비영리성을 추구하는 출판물의 표어였다. 저자는 물론이고 인쇄와 배포를 책임지고 있는, 친구들로 구성된 소위원회의 누구도 그 일에 대해 돈을 받지 못했다. 이것은 독립적인 사회주의자 월간 잡지인《먼슬리 리뷰 Monthly Review》의 '세계 사건' 칼럼으로 흡수되었는데, 스콧은 아흔 살이 되어 그만둘 때까지 거기에 200편의 글을 썼다.

스콧은 또 버몬트에 있는 동안《통합된 세계 United World》《세계 권력 소련 The Soviet Union as a World Power》《민주주의로는 충분하지 않다 Democracy Is Not Enough》《제국의 비극 The Tragedy of Empire》《전쟁이냐 평화냐 War or Peace?》《우리 시대의 혁명 The Revolution of Our Time》 같은 사회과학 안내서들을 썼다. 이 책들은 1945년부터 1947년까지 개인 출판업자가 펴냈는데, 결코 광고나 서평을 받지 못했다. 모자라는 비용 대부분은 스콧의 강연료로 메웠다.

진정한 경제학자로서 스콧은 검소하게 지내고 절약하는 확고한 습성을 가지고 있었다. "당신의 수입 안에서 생활하라, 얻은 것보다 덜 쓰라, 쓴 만큼 지불하라." 이것이 스콧이 종종 입에 담는 원칙이었다. 그 사람은 필요 없이 돈을 낭비할 수가 없었고, 하려고도 하지 않았다. 자신을 위한 일일수록 더 그랬다. 그이는 실천할 수 있는 경제를 말했고, 또 그대로 실천했다.

여기 1940년대에 스콧이 미국에서 강연 여행을 하면서 숙소와 식사에 관해 기록한 것을 소개한다.

매디슨에서 첫날은 세 번 강연했다. 오늘은 네 번을 했는데 모두 작은 모임이었다. 이 강연에서 아마도 열차 삯을 벌 것이다. 여관방을 하나 얻었다. 민박은 늦게까지 자도록 내버려 두기 때문이다. 모임에서 돌아오니, '가지 못해서 죄송합니다. 당신이 말씀하신 것을 다시 듣고 싶습니다'라는 전갈이 와 있다. 그러면 모든 일이 다시 되풀이된다. 이 방은 만족스러우며 숙박료가 하루 1달러 25센트이다. 철길 옆에 있는 작은 여관인데 약간 시끄럽지만 다른 사정은 괜찮다.

디트로이트에서는 이런 편지를 보내 왔다.

여기는 겨우 일주일만 있었고(숙박료는 7달러), 먹는 것은 날마다 잘 먹었소. 아침은 오렌지와 대추야자 몇 개, 점심은 양상추 1인분 또는 1인분 반, 사워크림과 꿀 약간, 저녁은 강연 뒤의 토마토주스. 이 밖에 하루 중 때때로 당근, 자몽, 사과 같은 과일로 만든 주스를 보통 작은 컵으로 얼마간 들었다오. 나는 이 같은 식사에도 드물게 잘지냈소. 쾌적하며 피로하지 않소. 디트로이트에 온 뒤 달걀이나 대추야자 열매 말고는 녹말이 들어 있는 곡식류를 먹지 않았소. 하나에 10센트씩 주고 아보카도 열매를 두 개 샀소. 나는 그것들을 먹으면서 당신을 생각하오. 딱 한 번을 빼고는 저녁마다 걸어서 모임에 나갔소. 4.5마일이 조금 넘는 길인데 6시 50분에 출발하면 8시 5분에 도착하오.

이 모두가 '덜 갖고, 더 많이 존재하라'는 그 사람의 철학에 따른 것이었다. 언젠가 옷을 싸게 파는 데서 나는 그이에게 어울림 직한 멋진 외투(마침 한 벌 필요했다)를 발견하고 100달러 짜리를 50달러로 깎았다. 그 외투는 따뜻하고 좋은 품질에 재단이 잘된 것으로서, 크기도 꼭 맞는 것이었다. 스콧은 값이 얼마든지 비싼 옷을 입으려고 하지 않았기 때문에, 그 외투를 못 사게 했다. 한번은 캘리포니아 카멜에 사는 일류 재단사인 그 사람 친구가 선물로 양복 한 벌을 만들어 보냈는데, 그 사람은 이렇게 편지를 썼다.

마지막 우편물로 자네가 나를 위해 만들었다는 멋진 양복 한 벌이 왔네. 그 옷은 정말로 자네의 훌륭한 솜씨로 만든 것이라, 고맙기 그지없네. 그런 우정의 표시는 흔치 않은 일이어서 더더욱 고맙네.

동시에 자네는 내가 막일하는 사람임을 기억해야 할 걸세. 작업복들 말고는 나는 단지 양복 한 벌이 있을 뿐이고 그 이상은 없네. 그 양복은 스코틀랜드산 트위드 천으로 만든 편한 옷으로 뉴잉글랜드 지방의 겨울을 나기에 충분히 따뜻한 것이라네. 부활절부터 내가 강연을 시작하는 11월 초까지 그 옷을 거의 입지 않고 지내네. 그 옷은 보통 3, 4년은 가지. 그 옷이 해지면 다시 한 벌을 구한다네. 어떤 종류든 멋있거나 화려한 옷은 결코 가지고 있지 않네. 나는 스웨터를 입네.

이것은 필요에 따른 것이 아니라 선택에 따른 방침이네. 나는 넉넉한 가정에서 자랐고 옷을 잘 입는 데 필요한 돈이 모자란 적은 결코 없었네. 하지만 나는 사람은 다른 사람들이 누리지 못하는 풍요로움을 지녀서는 안 된다고 믿고 있고, 유행이나 모양새에도 관심이 없네. 나는 대체로 옷을 잘 입은 사람들이 품게 마련인, 남보다 우월한 느낌이 들게 지나치게 몸과 마음을 가꾸는 습관을 받아들이지 않네. 이런 생각은 양복 재단을 위해서는 바람직하지 못한 것일 테지만, 사회 전체로 보아서는 건전한 것이라고 믿네.

덧붙여 말하자면 나는 구두 한 켤레, (추운 겨울에만 쓰는) 모자 하나, 외투 한 벌, 넥타이 한두 개, 허리띠 하나면 족하다는 생각을 갖고 있다네. 옷 입는 내력을 여기에 쓴 걸 용서하게. 다만 기회주의자같이 처신하기보다는 절제된 삶, 바람직한 원칙에 따라 살려고 노력한다는 것을, 내가 어떤 종류의 사람인가를 자네에게 말해 주고 싶었다네. 자네의 친절을 고마워하는 내 마음은 조금도 변함이 없을 걸세.


여기서 옷 문제에 관해 내가 절약한 이야기를 덧붙이고 싶다. 스콧과 나는 간소한 생활에 대해 같이 강연을 한 일이 있었다. 질문 시간에 청중 가운데 한 사람이 일어나 이렇게 말했다.

"나는 마을에서 옷 가게를 합니다. 당신들은 간소함에 대해 말했습니다만 나는 옷의 품질을 잘 압니다. 니어링 부인, 당신이 입고 있는 옷을 보건대, 적어도 150달러는 나갈 겁니다."

그러자 청중이 조용해졌다. 나는 기쁜 마음으로 바로 대답했다.

"그 말씀을 들으니 기분이 좋군요. 저는 어제 이 옷을 중고품 할인 매장에서 5달러를 주고 샀습니다."

장내에 폭소가 터졌다.

우리 어머니는 버릇처럼 무언가를 사대는 사람이어서 거대한 뉴욕 메이시스 백화점에 자주 나를 데리고 갔는데, 나는 끝없는 복도 사이를 돌아다니는 어머니 뒤를 쫓아다녀야 했다. 나는 필요 없이 사치스런 물건을 사는 습관을 어느 정도 물려받았다. 양말 한 켤레를 사러 메이시스에 갈 때면, 나오면서 할인 매장에 들러 스웨터나 스카프, 책을 샀다. 하지만 또 한편 매우 근검절약하는 면도 있어서, 배달되는 수많은 인쇄물 종이의 여백을 활용했으며 우편물에서 얻은 봉투도 재활용했다. 나는 소포를 뜯고 나서 나오는 끈들을 커다란 공 모양으로 감아 나중에 쓰려고 모아 놓았다.

　스콧은 내가, 타고난 절약가인 뉴욕시 빈민가에 사는 한 작은 할머니 얘기를 연상시킨다고 했다. 그 할머니가 죽은 뒤에 사람들이 작은 방을 샅샅이 뒤져 보았더니, '쓸 만함'이라는 표지가 붙은, 끈으로 가득찬 종이 가방들을 발견했다. 한 상자에는 '다시 쓰기에는 너무 짧은 끈'이란 표지가 붙어 있었다.

　스콧은 또 너무나 절약을 해서 약이 조금 남아 있는 약병을 약장에서 꺼내서 버리는 것을 용납할 수 없었던 한 여자 이야기도 들려주었다. 나도 어쩌면 그런 위험스런 성벽이 있었다. 그 여자는 적당한 시간 간격을 두고 그 병들에 있는 약을 모두 삼켰다. 그 여자 말에 따르면 가장 먹기 힘든 약은 말에게 먹이는 약이었다고 한다. 나는 거기까지는 못 갔다.

　어느 더운 여름날 스콧은 스리랑카의 콜롬보에서 열리는 평화회의에서 강연해 달라는 요청을 받았다. 그이가 입을 만한 양복이라고는 겨울옷 한 벌뿐이었다. 나는 스콧이 입을 수 있는 옷이 어떤 것인지, 새 양복을 사면 값이 어느 정도인지 알아보려고 했다. 마침 헌 옷을 파는 상점에 들러 폴란드 친구들에게 보낼 따뜻한 겨울옷들을 살펴보다가 스콧에게 맞을 것 같은 괜찮은 회색 플란넬 양복을 보았다. 나는 서재에서 글을 쓰고 있는 스콧에게 다가가 "헌 옷을 입을 수 있겠어요?" 하고 물었다. "안 될 까닭이 어디 있겠소?" 그이가 대답했다. 우리는 함께 상점으로 돌아가서 양복을 입어 보았다. 어깨, 허리, 소매가 잘 맞았고 길이도 안성맞춤이었다. 그래서 15달러도 채 들이지 않고 회의에 입고 갈 기성복을 얻은 것이다.

우리 옷은 대부분 그렇게 해서 마련한 것이다. 만약 스콧이 구두끈을 사러 큰 백화점에 간다면, 그 사람은 자기에게 필요하지 않는 수많은 물건들을 보고 머리를 흔들면서 나올 것이다. 아테네 시민들이 필요한 물건을 사러 떼 지어 다니는 시장을 둘러보던 소크라테스가 "저런, 없어도 살 수 있는 쓸데없는 물건이 저렇게 많다니" 하고 외쳤다는 얘기가 있다.

스콧은 생활의 질을 높이기보다 삶의 질을 높이고자 했다. 스콧은 이렇게 말했다.

"삶에서 정말 중요한 것은 당신이 갖고 있는 소유물이 아니라 당신 자신이 누구인가 하는 것이다. 나는 그 사람이 어떤 사람이냐, 어떤 행위를 하느냐가 인생의 본질을 이루는 요소라고 생각한다. 단지 생활하고 소유하는 것은 장애물이 될 수도 있고 짐일 수도 있다. 우리가 가지고 있는 것이 아니라 그것으로 우리가 어떤 일을 하느냐가 인생의 진정한 가치를 결정짓는 것이다."

스콧이 강연을 하는 연회나 저녁 식사 자리에서 그 사람은 흔히 공들여 만든 음식을 거절하고 호주머니에서 사과나 오렌지를 꺼내서 먹었다. 한번은 화려하게 꾸민 출판사 건물에 간 일이 있는데 스콧은 엘리베이터 안내인에게 이끌려 뒷문께로 갔다. "어떻게 된 건가?" 동료들이 깜짝 놀라 물었다. 스콧은 "내가 배관공인 줄 안 것 같네" 하며 싱긋이 웃었다.

또 한번은 스콧이 강연하는 어떤 모임에서 청중 속에 앉아 있는데 내 앞에 있는 여자들이 "저 사람 농부처럼 입고 있네. 작년에 입은 옷 그대로야" 하고 수군거렸다. 나는 그들 어깨를 두드리며 말해 주고 싶었다. "저이는 농부고, 저 옷이 유일한 옷이라오." 그이는 단정하게 옷을 입었으며, 언제나 신경을 써서 깔끔했지만, 모양을 내거나 유행 따라 옷을 입지는 않았다. 스콧은 어떠한 경우에도 자신이 상류층으로 보이는 것을 원하지 않았다. 소지품이 단출했고 또한 돈에도 관심이 없었다. 그 사람은 1945년 시카고에서 이렇게 편지를 썼다.

"나는 어제밤 도장공 노동조합에서 강연했소. 매우 훌륭한 모임이었다오. 강연료로 10달러를 주었소. 어젯밤에는 20달러를 건네받았는데, 그 사람들 말이 '도장공 노임에 가깝게 맞춰 드리기 위한 것'이라 했소."

한 모임을 주관한 사람이 뒤에 이런 편지를 그 사람에게 보냈다.

"청년 유대인 연합에 강연을 해 주십사고 선생님에게 요청했을 때 선생님께서 기꺼이 수락해 주신 일이 생각납니다. 내가 강연료에 대해 물었을 때, 다른 강연자가 받는 만큼 받겠다고 선생님께서 대답했습니다. 나는 우리는 강연료를 지급하지 않는다고 말했습니다. 그러니까 선생님은 '그것이 내 강연료가 될 겁니다' 하고 대답했습니다."

옷차림이나 외모에 관심이 없는 탓에 스콧이 강연하기로 되어 있는 코니아일랜드 모임에 참석하려고 우리가 입구에 들어섰을 때 예상치 못한 상황이 벌어졌다. 그 사람이 강연자인 줄 모르는 표 받는 이가 입장료를 내지 않으면 들어갈 수 없다고 말했다. 스콧은 그 사람의 가슴을 밀쳐서 주위 시선을 끄는 것보다는 우리 두 사람 몫의 입장료를 내는 쪽을 택했다. 뉴욕에서 해밀턴 피시 의원과 대담하는 규모가 큰 토론회에서는 청중들이 많아 밖에서 안으로 들어갈 수가 없었다. 스콧은 자기가 토론자 가운데 한 사람임을 밝혀 청중들을 헤치고 들어가는 대신에 피시 주변에 있던 경호원들 뒤에 서서 틈새를 비집고 그 뒤를 따라갔다.

스콧은 뉴욕의 매디슨 스퀘어 가든이나 메카 템플 같은 큰 홀에서 수천 명의 청중들에게 강연을 하기도 하고, 강연료가 1,000달러나 되는 쇼토쿼 여름 집회에서 강연하기도 했다. 또 삼사십 명이 참석하고 입장료가 25센트인 뉴욕 노동자회관의 작은 방에서도 기꺼이 강연했다. "강연료가 많든 적든 나는 돈 받고 강연하는 것을 좋아하지 않소. 나는 그렇지 않은 것을 훨씬 좋아하오. 꼭 보수를 받아야 한다면 그 수준에 알맞은 정도의 보수를 받았으면 하오." 스콧이 여행하면서 써 보낸 편지의 한 구절이다.

우리는 이웃들 사이에서 돈 관계는 최소한도로 줄이려고 애썼다. 우리는 때때로 숲에서 하는 일이나 집을 짓는 일에 이웃들의 도움을 받았고, 이따금 이웃의 일을 거들기도 했다. 이러한 접촉 말고 우리는 이웃들이 우리를 '떨어져 사는' 묘한 사람들이라고 말하는 것을 들으면서 주변인으로 지내는 것에 만족했으며, 이웃들 못지않게 또는 더 열심히 일을 했다.

마을 사람들과 우리가 다른 점은 일하는 방식과 식사법이었다. 그 사람들은 이렇게 수군댔다. "고기 없이 어떻게 산담." "동물도 안 키우고, 라디오도 없지. 그런데 음악은 듣더군." "저 사람들은 나무 그릇을 쓰고 젓가락으로 먹지." "어떻게 그 돌덩어리들을 부드럽게 했담? 끌을 써서 갈았을 거야."

우리가 꽃을 키워 나눠 주는 것도 이상하게 생각했다. 우리를 찾아온 도시 친구가 〈꽃 속의 사람들〉이란 제목을 붙인 풍자시를 써서 보냈다.

> 그이들 큰 즐거움은
> 스위트피를 키우고, 나눠 주는 것이라네.
> 꽃피는 철이면 마을로 가는 길에
> 수십 다발 꽃을 바구니, 대야, 양동이에 담아,
> 친구들, 식료품상, 치과 의사, 주유소 사람들과
> 거리의 낯선 이들에게 나눠 준다네.
> 모두 향기로운 꽃을 받고 기뻐했다네.
> 나는 멀리 뉴욕 근방에 살아
> 이런 기쁨은 누릴 수가 없네.

때때로 지역 사람들은 내게 바이올린을 연주해 달라는 요청을 했는데, 농장 생활이 바빠 같이 연주할 사람들과 음을 맞출 시간이 많지 않았지만 언제나 기쁘게 받아들였다. 우리가 사탕단풍 재배로 바쁘게 일하고 있는 어느 봄날, 가까운 버몬트의 런던데리에서 사람이 와서 본드빌에서 있을 한 할머니의 장례식에서 내가 연주를 해 줄 수 있는지 물어보았다. 그 할머니는 죽기 전에 "나는 목사 나부랭이 설교 따위는 듣고 싶지 않아. 스콧 니어링을 불러 줘" 그랬다는 것이다. 그래서 우리는 연장을 내려놓고 언덕을 넘어가 장례식을 도왔다. 나는 〈타이스의 명상곡〉을 연주하고 스콧은 우리가 만나 본 적이 없는 늙은 여자를 위해 정성을 다해 명복을 비는 말을 해 주었다. 이 일이 있은 뒤 몇몇 사람들이 와서 스콧더러 이런 일을 직업으로 해 보았는지, 또 자신들을 위해서도 그렇게 해 줄 수 있는지 물었다. 한 사람이 큰 소리로 말하는 것이 들렸다. "내가 죽으면, 헬렌이 장례식 때 바이올린을 켜고 스콧이 말씀을 하도록 해 주세요."

사람들은 우리가 라디오 같은 현대식 오락 기기를 멀리하는 것을 이상하게 생각했다. 스콧은 생활 속으로 라디오가 끼어드는 것을 도저히 참지 못했다. 스콧은 기껏해야 뉴스 제목만을 들을 정도로 라디오를 사소하고 쓸모없으며 중요하지 않은 것으로 보았는데, 시간이 갈수록 복도, 엘리베이터, 가게, 은행, 공항과 대부분의 가정에서 라디오 소음을 피할 수 없게 되었다.

니어링 집안과 노드 집안 아이들은 그런 대로 소음이 없는 시대에 컸는데, 그때는 자동차도 많지 않았고 교통도 복잡하지 않았으며 쾅쾅 하는 큰 소리나, 음악이나 이야기를 끊임없이 쏟아 내는 라디오도 없었다. 우리는 운 좋게도 '소음의 시대'가 시작되기 전부터 살아왔다. 저녁이나 낮이나 모두 조용했다. 아침 뉴스도 없었다. 일간신문이나 주간 또는 월간 잡지를 기다려 평화롭게 읽으면 그만이었다.

고요함은 소로의 벗이었다. 끊임없이 소란을 피우는 라디오가 소로의 곁에 있었더라면 필경 그 사람을 미치게 해서 사회에서 완전히 떨어져 나가게 했을 것이다. 숲속에서 소로가 드럼이나 워키토키와 함께 있는 것을 상상해 보라. 소로는 틀림없이 오늘날 우리들 대부분을 에워싸고 있는 소음의 바다보다는 차라리 들리지 않는 쪽을 선택할 것이다. 우리는 끊임없이 소음에 시달리고 있다. (소로를 포함하여) 우리에게 지옥을 그려 보라 한다면, 쉴 새 없이 계속되는 소음의 폭격에서 달아날 수 없는 그런 곳일 것이다.

스콧과 내게 텔레비전도 마찬가지로 혐오스러운 것이었는데, 사람들 특히 아이들의 시간을 빼앗는 나쁜 미끼로 여겨졌다. 스콧은 텔레비전을 문명이 만들어 낸 공포스러운 물건 가운데 하나로 보았다. 우리에게 필요한 것은 직접 하는 경험이다. 그것은 바로 우리가 여기서 얻는 것이다. 그것은 몸으로 경험해 보는 교육으로만 얻을 수 있는 것이며, 물리적으로 우리 행위와 격리될 수밖에 없는 텔레비전으로는 결코 얻을 수 없다. 텔레비전은 개인을 현실과 갈라서게 한다. 갈수록 더 수동적인 태도를 갖게 하고 무의식 속에 해로운 상을 불어넣으며, 의식을 둔하게 만들고 환각 상태를 일으킨다. 텔레비전은 전체로 보아 위험스럽고 바람직하지 못한 최면 상태의 중독성을 가지고 있다. "사람들이 텔레비전으로, 몹시 불쾌한 목소리로 말하고 실제와 다르게 치장한 가상의 사람들을 자기 집으로 초대하고 있다!"고 스콧은 지적했다. "텔레비전은 이류의 사람들이 공급하는 맛없는 음식과 같다. 나는 차라리 일류의 사람들에게서 건빵을 받아 씹는 쪽을 택하겠다"라고도 말했다.

스콧은 전화를 가리켜 '어느 때든 부르면 모습을 보여야 하는 하인처럼 사람을 불러 대는 방해물이자, 훼방꾼'이라고 불렀다. 그 사람이 여관에 앉아서 바쁘게 글을 쓰는 모습을 그려 본다. 전화벨이 계속 울린다. 하지만 조금도 관심을 두지 않고 쓰는 일을 계속할 것이다. 스콧의 마지막 몇 달 동안 나는 급할 때를 대비해 전화를 놓았지만, 필요한 때만 가서 쓸 수 있도록 헛간에 전화기를 두어서 집 안에 전화벨이 울리는 일은 없었다.

전화기를 멀리하는 데서 오는 불편도 좀 있었다. 방문객들(아주 많은 사람들)이 미리 알리지도 않고 계속해서 찾아왔다. 우리는 언제 낯선 얼굴들이 집 모퉁이를 돌아 모습을 보일지, 언제 순례자들에게 둘러싸일지 도무지 알 수 없었다.

저녁때 우리는 보통 혼자였다. 저녁을 소란스럽게 만드는 텔레비전이나 라디오 없이 우리는 브론테 가족이 그랬음 직한, 훌륭한 고전들을 들고 불가에 앉았다. 우리 가운데 한 사람이 소리 내어 읽으면 다른 사람은 강낭콩이나 완두콩을 까거나, 스프나 사과소스를 만들거나, 뜨개질 또는 바느질을 했다(스콧도 나와 마찬가지로 이런 갖가지 집안일들을 했다). 우리는 톨스토이, 위고, 에머슨, 소로, 셰익스피어, 여러 시인들의 모든 작품들을 읽고 또 읽었다.

우리는 또 낮 시간에도 동시대인이 쓴 책과 저작들, 우리가 연구하고 있는 책들을 같이 읽었다. 내가 큰 소리로 읽기를 좋아하는 책은 올리브 슈라이너, 로드 던세이니, 블랙우드의 공상 이야기들, 미확인 비행 물체에 관한 읽을거리와 동물에 관한 책들이었다. 우리는 매혹되어 함께 되풀이해서 읽은 우화, 이야기, 시 들을 모아서 '옛이야기 묶음' 또는 '설화 모음'이라고 제목을 붙여 책으로 출판할 계획을 세웠다(남은 세월 동안 실행에 옮길 수 있을지도 모르겠다). 내가 고른 것들은 과학에 관계된 공상 이야기를 포함하여, 많은 것들이 환상적이고 비밀스럽게 전해 내려오는 것들이었는데, 스콧이 고른 것들은 사회에서 중요한 의미가 있는 이야기들이었다. 우리 둘은 이 모두를 다 좋아했다.

나는 셰익스피어 희곡과 시들의 원작자가 누구인지 커다란 호기심을 갖고 있어서 이 문제에 관한 책을 40권쯤 모았다. 나는 배우지도 못하고 교육도 받지 않은 스트랫퍼드 출신이 그것들을 썼으리라고는 믿을 수 없었다. 그 사람은 분명하지 않게 쓴 'Shagsper'라는 서명만 세 개 남겼는데, 서재에는 책은 물론 원고도 없었으며 딸들은 문맹이었다.

버몬트 농장의 손수 지은 돌집 옆에서 플루트를 불고 있는 스콧과 헬렌, 1950.

그 사람도 문맹이었을까? 에머슨의 제안에 따라 셰익스피어의 소네트를 쓴 진짜 저자가 누구냐 하는 의문을 가진 독자들의 모임이 만들어졌는데, 나 또한 참가하고 싶어 했을 것이다. 에머슨은 일기장에 논쟁거리가 된 문제를 적어 놓았다. "누가 저자인가? 누구에게 헌정된 것들인가? 무엇에 대해 쓴 것인가?" 이 지적은 내 호기심을 자극했으며, 흥미를 불러일으켰다. 스콧은 그것을 나의 '탐정 이야기광' 취향으로 돌렸다.

일주일에 하루, 보통 일요일에 우리는 (음식을 만드는 사람을 포함해) 소화기관을 쉬게 했는데, 가볍게 먹어 온 아침 식사와 점심을 생략하고 하루 종일 단식을 했다. 산책이나 수영 또는 돌벽을 약간 손보는 일 말고는 이렇다 할 활동 계획 없이 어슬렁어슬렁 하루를 보냈다. 이 단식은 저녁 무렵 불가에서 팝콘, 당근주스나 사과즙을 저녁으로 먹으며 끝냈는데, 그리고는 밤늦게까지 내가 모은 400장이 넘는 고전음악 레코드판에서 고른 음악을 들었다.

우리는 또 일종의 음식에 대한 방학 기간으로 적어도 일 년에 한 번은 열흘 동안 단식을 했다. 우리는 그 기간에 물만 마시고 지냈으며 일도 줄였다. 우리는 금욕 기간을 손꼽아 기다렸으며 그것이 육체와 정신에 이롭다고 믿었고, 책을 읽고 글을 쓸 수 있는 여분의 시간을 얻었다.


겨울에 농장 일이 줄어들면 스콧은 국내 여러 곳에서 오는 강연 요청을 받아들여 떠나곤 했으므로, 나는 편안하게 집에 혼자 남아 책을 읽고, 글을 쓰며, 음악을 들었다. 우편물을 살펴보고, 책 주문서를 쓰는 한편, 그이가 참석하는 모임에서 팔릴 수 있게 책 꾸러미를 만들어 보내고, 여느 때와 같이 농장을 관리했다. 나는 그 사람과 같이하는 여행을 즐겼으며, 혼자 있는 때는 내가 써야 할 글을 쓰기도 하며 시간을 아껴 썼다. 《단풍 설탕 이야기》의 많은 부분은 1948년 버몬트에 내가 혼자 있던 겨울 동안에 과제로 쓴 것이었다.

스콧은 늘 마지못해 우리의 시골집을 떠났지만, 자신이 도움될 일이 있다고 느낄 때는 언제나 강연 요청을 받아들였다. 1940년대에 그 사람은 이렇게 내게 편지를 썼다.

버몬트를 떠나 기차를 타고 강연 장소로 가는 것은 적응하기가 쉽지 않은 과정이었소. 버몬트는 그렇게 사리에 맞고 지각이 있는 것처럼 보이는데, 여기는 너무나 인위적이고 억압적인 것 같소. 몇 주일이 지나면서 나는 마음을 쓰지 않게 되었지만, 처음에는 정말이지 견딜 수 없을 듯했소.

날짜를 정확히 알 수 없지만 비슷한 시기의 편지에서는 이렇게 썼다.

나는 여전히 멍한 상태요. 도무지 소음, 혼돈, 소란에 적응이 안 되는 구려. 정말로 끔찍하오. 나는 두 번 다시 버몬트에서 떠나고 싶어 하지 않을 것처럼 느껴지오. 보통 내가 이 일을 시작할 때면, 일을 계속해 나갈 수 없다고 느낄 때만 하루를 쉬곤 하오. 이 마지막 나흘 동안 내가 얼마나 그 조용한 언덕에 올라가 있었으면 하고 바랐는지! 해마다 나는 일주일에 7일간 계속하는 강연은 다시는 하지 않을 거라고 말하오. 하지만 나는 11월 28일부터 7일 동안 강연을 했고, 이것은 12월 23일까지 이어질 것이오. 나는 정말 다음 해부터는 엿새 또는 닷새만 하도록 강연 계획을 짜야겠소. 하지만 쉬운 일이 아닐 듯싶소.

그 사람은 1948년 12월 13일 시카고에서 슬픔이 담긴 편지를 써서 보냈다.

윌리엄과 내가 토요일 모임 계획을 정하지 못해서 그 친구를 만나러 오늘 밤 거기에 갔소. 그 친구는 모험을 했소. 큰 강연장을 얻고 신문에 12달러짜리 광고를 낸 거요. 입장료로 모두 47달러를 받았는데, 강연장 빌린 비용과 광고비로 든 22달러를 빼니까 25달러가 남았소. 이것으로 내 여행 경비와 모임에서 윌리엄이 한 꽤 많은 일에 대한 수고비, 내가 한 네 시간 동안의 강연료를 충당해야 하오.

열차 운임과 여기까지 오는 동안의 숙박비를 따져 보면 하루에 20달러 이상 드오. 그러나 나는 20달러만 받고 5달러를 윌리엄 몫으로 했소. 이 것은 강연료 수입이 없다는 것뿐만 아니라, 컬럼비아 특별구에서 여기까 지 힘들게 온 장거리 여행 경비와 다시 기차를 타고 강연장에 가서 저녁 내내 강연하는 데 대해 아무런 대가도 받지 못한다는 것을 뜻하오.

이번 겨울 나는 사태가 돌아가는 모습을 주의 깊게 관찰했소. 록사나 (그 사람의 계약 대리인)와 한 번 만나 70달러를 받았소. 그 여자와 만나 는 데 적어도 30달러가 들었소. 그것이 이번 겨울 들어 실제로 이익이 남는 유일한 만남이었소. 오하이오에서 있은 친구들 봉사위원회 모임과 보스턴과 뉴욕에서 있은 지역 교회 모임은 수익이 약간 있었소. 하지만 이것을 모두 합해도 뉴욕에서 숙박비를 내기에도 모자랐고, 음식과 옷 은 내가 해결해야 했소.

우리에게 밀어닥치는 요즈음의 역사적 폭력들을 목격하는 것은 진정 현기증 나는 일이오. 나는 몇몇 난잡한 거리와 동양의 변두리에서 본 썩 은 내 나는 선술집과 빈민굴이 있는 곳을 지나 삼십 분을 걸어 윌리엄이 있는 곳으로 갔다가 돌아왔소. 도중에 식료품점에 들러 토마토주스를 사 고, 구두닦이 가게에서 구두를 닦았소. 식료품점에서는 범죄인을 쫓는

슈퍼맨의 활약상을 귀가 따갑게 들었소. 구두를 닦을 때는 로웰 토머스가 뉴스를 전하는 것이 들렸소. 오후 5시와 6시 사이였소. 거리에 있는 화려한 크리스마스 장식들이 바쁘게 움직이는 군중들의 마음을 더 어쩔 줄 모르게 하는 듯했소. 믿을 수 없는 광경이오! 그것은 상상을 넘는 악몽이었소. 나는 6주 동안 대부분의 시간을 여행으로 보냈소만, 내가 제대로 보고 있는 건지 내 감각을 믿을 수 없을 지경이었소.

동부 해안 마을은 유럽 사람들이 건설하고 지었소. 질서 의식이 얼마쯤 남아 있고 품격도 유지되고 있소. 이곳은 미국 사람들이 건설한 곳이오. 그나마 봐 줄 만한 거라고는 여기 사는 사람들의 애처롭고 무서운 풍자적 모습들이오. 나는 전에도 여러 번 시카고에 있었지만 서로 모순되는 것과 연관되는 것들이 뒤범벅된 크리스마스는 이번이 처음이오. 나는 당신이 버몬트에 있는 것에 감사하오.

오늘 밤 나는 우리가 농장을 가지지 않았더라면, 거의 벌이라고 할 수 없는 늙은이 일자리를 얻거나 그보다 더 수입이 적은 노인 연금에 의존하거나, 그도 아니면 항상 궁핍하거나 궁핍에 가까운 듯이 느끼면서 친척이나 친구들에 의지해 사는 생활 가운데 하나를 선택해야 했을 거라는 것을 분명하게 알게 되었소. 이런 것과 견주면 농장은 천국이오. 당신은 내가 당신과 함께 있는 것을 얼마나 소중하게 생각하고 고마워하고 있는지 알 수 있을 거요.

이것은 허버드가 1908년 쓴 《건강과 부 Health and Wealth》에서 보인 의견과 아주 일치한다.

"이 세상에서 정말 가치 있는 것을 얻게 해 주고, 사람의 상상력으로는 더 보태거나 더 낫게 할 수 없는 세 가지 습관이 있다. 그것은 일하는 습관, 건강을 관리하는 습관, 공부하는 습관이다. 당신이 만약 남자이고 이러한 습관을 가진 데다 같은 습관을 가진 여자의 사랑을 가지고 있다면, 당신은 지금 여기에서 천국에 있는 것이며, 여자 쪽에서도 그것은 마찬가지다."

# 새로운 삶터로 옮겨 가서

보람 있는 삶을 보낸 뒤에 공공의 무대에서 기품 있게 물러나
덕스러운 휴식의 계절을 가지는 것, 현세와 내세 사이에 일종의
신성한 틈을 두는 것은 드물고도 가치 있는 지혜의 일부이다.

엘리 베이츠, 농촌 생활의 철학, 1907

우리는 1932년에 시골로 들어갔는데 그것은 세상에서 달아나려거
나 사회에 관심을 덜 가지려고 그런 것이 아니었다. 그 길은 우리가 선
택할 수 있는 유일한 길이었다. 생계를 해결해야 했기 때문이다. 우리는
가치 있는 일에 참여하고 우리 몫을 해내는 데 알맞은 생활 방식을 찾
고 싶었다.

우리는 단순하고 검소한 생활을 해 왔으나, 1950년대 초에 이르러
우리가 살아온 외딴 계곡이 빠르게 세상을 닮아 갔다. 전에 살던 이웃
들이 새 이주자들에게 집을 팔아 휴가철의 별장이나 두 번째 집으로
쓰이게 되었다. 새로 들어오는 젊은이들이 맥주 파티를 열었다. 주민들
의 기질이나 말투도 바뀌고 있었다. 옛날 생활 방식은 서서히 사라져
가고 있었다. 도시물이 든 스키 타는 사람들이 값비싼 차와 호화로운
생활을 풍기며 몰려들어 왔다. 전기에 이어 전화, 라디오, 텔레비전이

계곡으로 들어왔다. 관광객과 방문객들이 지나치게 많이 와 흔들림 없이 일하는 습성을 무너뜨리고 있었다.

개발이라고 하는 병이 우리를 버몬트에서 밀어내는 것을 도왔다. 우리는 점점 불편해지고 방해를 받는다고 느꼈다. 19년 동안 살아온 우리 집을 떠나 다른 곳에서 피난처를 찾을 수 있을까, 그렇게 해야만 하는 것일까? 우리가 지은 돌집, 번창하는 농장, 단풍 설탕 사업을 버리고 떠날 수 있을까? 우리는 더 이상 20년 전처럼 젊지가 않았다. 우리는 새 수입원을 찾아야 할 것이다. 우리가 다른 곳에서 새로운 모험을 시작할 용기를 가지고 있는가?

사랑을 쏟을 곳은 반드시 있다. 또한 어떤 곳이든 시작과 끝이 있다. 스콧은 누군가에게 물려주고 모든 것을 뒤로한 채 손가방을 들고 길을 떠날 준비가 되어 있었다. 나 또한 갈 준비가 되어 있었지만, 그 사람에 견주면 모든 것을 뒤에 두고 떠나기가 더 어려웠다. 여성으로서 나는 적어도 어느 정도의 소유물과 익히 알고 있는 환경에 매달리는 경향이 있다.

나는 우리가 살고 있는 돌집을 설계했다. 낮게 올린 지붕과 별장식 발코니는 내 자신의 한 부분을 표현한 것으로서 오스트리아 티롤과 스위스 알프스에서 보낸 시절의 추억이 담겨 있었다. 그것은 내 분신 같은 것이었다. 나는 내가 벽에 쌓은 돌들의 이름을 알고 있었다. 그 집은 위풍당당한 스트래턴산을 마주 보고 있는 넘실거리는 구릉들 사이에 자리 잡은 고지대의 근사한 땅 위에 있었다. 우리가 '해 지는 언덕'이라 부르는 곳에 봉우리가 하나 있었는데, 나는 종종 거기에 올라가 혼자 또는 스콧과 같이 명상을 했다. 나는 그곳에서 존재의 진실한 모습에 아주 가까이 다가갔는데, 그곳을 떠나게 되어 슬펐다.

버몬트에서 나는 경험이 없고 풋내기에다 다른 사람에게 기대고 사는 소녀에서 강건하고 튼튼하며 갖가지 거래에 능숙한 농장주로 성장했다. 바다와 가까운 평지에 누군가가 지은 목조집에서 살게 될 메인에서의 새로운 생활을 위해, 아마도 다시는 경험하지 못할 이런 변화무쌍한 모든 것들을 뒤에 두고 떠날 것이었다.

나는 생각했다. 그래, 앞으로 나가자. '언제나 더 좋은 일이 눈앞에!' 스콧이 자주 쓴 감탄어였다.

우리는 메인을 택하기에 앞서 곰곰이 생각했다. 유럽으로 건너가서 산속 작은 마을에서 살아 볼까, 아니면 네덜란드의 모래언덕 위에 세워진 집을 찾아볼까? 그것은 우리의 고향 땅과 사회와 정치에 대한 관심사에서 너무 멀리 떨어지는 것이다. 버몬트에서 더 쑥 들어간 곳을 다시 찾아보면 어떨까? 아니, 우리는 무언가 새로운 것을 찾고 있었다. 20년을 산에서 보냈는데, 앞으로 20년을 물가나 바닷가에서 살아 보는 것도 좋지 않은가? 메인은 탐색해 볼 만한 곳처럼 보였다.

나는 막대기로 물을 찾는 능력이 있어 버몬트의 우리 땅에서 수맥을 발견했다. 언젠가 지도 위에서 흔들이(수맥탐지기)를 써서 수맥 찾는 방법을 쓴 책을 읽은 일이 있다. 지도 위에 흔들이를 놓고 우리가 원하는 바로 그 장소를 찾는 일을 시도해 봄 직하지 않은가? 나는 커다랗고 지형이 세밀하게 나타나 있는 메인주 지도를 구해, 물 가까이 외딴곳에 있는 여름 휴양지가 아닌 농장 지대에 마음을 모았다. 흔들이가 강물이 바다로 흘러들어 가는 페놉스콧산 위쪽에서 원을 그렸다. 우리는 작은 트럭을 타고 우리의 새 보금자리를 찾아 메인으로 떠났다.

메인주의 바닷가를 따라 캐나다 쪽으로 3분의 2쯤 올라간 곳에 있는 로저곶의 하버사이드라는 작은 마을에 이르기 전까지는 우리가 살 만한 가능성이 있어 보이거나 마음을 끄는 곳이 없었다. 페놉스콧산을 바라보는 외딴 초원 위에 140에이커(약 17만 평)쯤 되는 땅이 있는, 우리 형편에 맞는 소박한 목조집이 있었다. 우리는 계약금을 내고 우리 옛 농장을 살 사람을 찾기 위해 버몬트로 돌아왔다. 우리가 투자한 돈의 반값으로 내놓았기 때문에 살 사람을 찾기는 쉬웠다. 스콧은 이익을 보려고 하지 않았고, 누군가 우리처럼 거기에 살면서 계속해서 그 땅과 지역사회에 도움을 주기를 바랐다.

하지만 그런 일은 일어나지 않았다. 우리는 겉보기에 그럴듯한 부부에게 팔았는데, 그 사람들은 뒤에 부동산 개발 업자가 되어 그곳이 당시 동부에서 가장 큰 스키 지역이 된 스트래턴산 가까이 자리 잡고 있는 점을 이용해 이익을 보았다. 우리의 숲속 농장과 사탕단풍 숲은 오두막과 계절 손님들로 북적거리게 되었다.

우리가 버몬트 골짜기로 왔을 때는 땅값이 매우 쌌는데, 우리가 떠나기로 작정했을 무렵 한국전쟁 때문에 땅값이 치솟았다. 스콧은 전쟁에서 오는 이익을 원하지 않아서 지역 산림 발전을 위해 자기 몫에 해당하는 땅을 윈홀 마을에 기부했다. 마을 사람들은 세금을 안 내려고 그러는 줄 판단해서인지 마지못한 듯이 받아들였다. 그 사람들은 기부가 선의에서 나온 것을 이해할 수 없었다. 절반에 해당하는 내 땅이 팔리자 우리는 메인에 있는 땅을 살 수 있었다.

한 친구가 내게 이런 편지를 썼다.

"당신은 큰 이익을 보고 팔 수가 있었습니다. 스콧은 엄청나게 값이

오른 땅과 산 모두를 포기한 거구요. 당신은 예전에 뉴욕 메이시스 백화점의 근사한 제의를 거절한 일도 있지요(메이시스가 단풍 설탕 사탕을 다량 주문했을 때였다). 당신과 스콧은 굳이 돈을 벌려고 애쓰지 않는 것처럼 보이네요."

스콧은 1951년 가을 우리가 버몬트를 떠나려고 준비하고 있을 때 내게 이런 메모를 보내왔다.

당신은 버몬트의 집을 떠나면 무언가 좋지 않은 일이 일어날 것처럼 생각했소. 당신은 메인으로 가는 것은 일종의 도박이라고 말했소. 나는 당신이 그렇게 느낄 거라고 짐작했소. 그 때문에 메인에서 하는 일들은 더 좋은 성과가 있어야 되고 모든 면에서 당신에게 만족스러워야 될 것이오.

나는 우리가 시간을 쪼개어 농장 일, 땔나무를 얻는 일, 글쓰기, 음악, 독서를 하면서 버몬트에서 이루었던 것과 마찬가지로 성취감을 가질 수 있는지 알아보기를 제안하오.

우리는 거기서 잘 해냈소, 자부심을 가져도 좋을 만큼. 우리가 잘 해냈고, 시간과 정력, 창조력을 여전히 가지고 있다면, 왜 옮겨서 마찬가지로 잘해 나갈 수 없겠소? 우리는 이상을 그려 왔소. 달리 시도하지 못할 까닭이 어디 있겠소?

우리 생활의 중심은 확고하오. 농장 일은 성공할 수 있고 진정한 만족을 가져다줄 수 있을 거요. 그 일은 모든 사람이 아닌, 어떤 사람들에게만 적합한 생활 방식이오. 바로 우리들이오. 다시 시작합시다!

1952년 봄 우리는 마지막으로 단풍에서 설탕을 얻는 작업을 마친 뒤(나는 약 4천 리터를 졸였다.) 아홉 채의 돌집과 훌륭한 농장을 뒤로 하고, 아쉽기는 하지만 새로운 시작에 대한 갈망을 안고서 차를 몰아 떠났다. 새 산림 농장은 하나의 도전이 되겠지만 단풍에서 설탕을 얻는 일을 하지 않아도 되기 때문에 생활은 버몬트보다 여유로울 것이었다.

스콧은 돈벌이가 되는 작물로 어떤 것이 가장 알맞을지 알아보려고 메인의 생태계를 조사한 뒤 그 지역의 기후와 토양에 맞는 토착종인 월귤나무를 주요 작물로 정했다. 그리고 농장에서 가장 좋은 땅에다 잡종으로 100그루를 심었다. 몇 해가 지나 단풍 시럽이나 거기서 얻은 설탕 사업만큼은 아니었지만, 월귤을 따서 경비를 지불하고 다른 일에 시간을 좀 더 쓸 수 있는 여유가 생겼다.

우리는 다시 땅을 갈고 농작물을 심고 가꾸어 먹을거리를 얻었다. 우리는 날마다 함께 일했으며, 스키장 개발 붐이 막 일어난 곳을 떠나 메인의 끝에 있는 이 조용한 곳으로 옮겨 온 것이 올바른 결정이라는 데 만족했다.

우리 생활은 버몬트보다 메인에서 좀 더 사회 접촉이 많아졌다. 스콧은 보통 하던 대로 집필과 바깥일을 계속해 갔지만, 나는 자유 시간이 좀 더 많아져 이웃들을 만나거나, 약속을 하고서 또는 불쑥 들르는 많은 방문객들을 날마다 접대했다. 그 사람들은 우리가 쓴 책들—《조화로운 삶》 1판이 1954년에 나왔다—한두 권을 읽었거나 스콧의 강연을 들은 사람들로서, 유기농법에 관심이 있거나 또는 단순히 우리가 사는 곳에 호기심을 갖고서 왔다. 나는 그 사람들을 환영했으며 그 가운데 몇 사람은 스콧을 만나 보게 한 후 보통 다 같이 밥을 먹었다. 어느 해 사람 수를 세어 보니, 친구들과 낯선 사람들을 합해 2,300명이 우리 집 문을 두드렸다. 모든 사람들에게 그것이 유익한 경험인 것처럼 보여서 우리는 '집을 개방하는 일'을 계속했다.

메인의 농장에서 방문객들과 함께 점심을 먹고 있는 헬렌과 스콧, 1970년대 중반.

방문객들은 스스로 문명에서 물러난 생활을 그렇게 고집스럽게 해 온 이 기이한 늙은 부부에게 끌렸고 애정을 가지게 되었다. 그 사람들은 먼 거리를 여행해 왔는데 자기 눈으로 '조화로운 삶'을 보기 위해 심지어 인도, 일본, 유럽의 여러 나라들에서도 왔다. 걸어서 또는 자전거나 자동차를 타고 좁은 길을 지나고 굽은 길을 돌아 마침내 돌로 만든 건물들과 꽃들, 줄지어 심어져 있는 말끔한 채소밭과 농장을 보았을 때 그 사람들은 마치 꿈이 현실로 나타난 듯했다. 그리고 자기들도 집으로 돌아가서 마찬가지로 할 수 있다는 행복한 희망을 품고 떠났다.

우리 집 헛간에는 우리 집을 다녀간 사람들이 돌아가 하고 있는 농장 일이 어떻게 되어 가는지를 써서 보낸 편지들을 정리해 넣어 둔 커다란 상자가 둘 있다. 어떤 사람들은 실패했고, 어떤 사람들은 성공했다. 나는 언젠가 농장 일에 큰 관심을 보였던 그때의 열광을 누군가 재미있는 주제로 삼아 쓸 수 있을 것으로 생각하면서 그 편지들을 보관하고 있다.

우리가 사는 곳은 점점 널리 알려져서 신문, 잡지, 라디오와 텔레비전 관계자들도 찾아왔다. 우리는 이런 방문이 필요하지도 않았고 바라지도 않았지만 그들은 인터뷰를 하러 자주 찾아왔다. 1970년대 말에 어떤 비디오 제작팀이 에너지 위기에 대해 스콧의 의견을 들으려고 왔다. "나랑 같이 나무 쌓아 놓은 곳으로 갑시다." 스콧이 말했다. "내가 여러분들에게 그 문제를 해결하는 한 가지 방법을 보여 드리지요." 그이는 한 사람에게 장작 패는 도끼를 건네주고 인터뷰 담당자인 로저 머드에게는 양쪽에 손잡이가 있는 톱을 주었다. 그 사람들은 적어도 한 가족이 쓸 만한 땔감을 마련하는 일을 하러 갔다.

1979년《조화로운 삶의 지속 Continuing the Good Life》이 나온 뒤 어느 날 CBS 방송국 카메라 기자들이 차 두 대에 장비를 싣고 메인에서 우리가 경험한 '조화로운 삶'을 인터뷰하려고 농장에 왔다. 스콧은 작업복을 입고 바닷가로 내려가 쇠스랑으로 픽업트럭 안에 해초를 던져 넣고 있었다. "여보세요." 그 사람들이 불렀다. "니어링 농장이 어디 있어요?" "왼쪽 윗길로 올라가세요." 스콧은 몸짓으로 가리키고는 하던 일을 계속했다. 그 사람들은 농장에서 부엌일을 하고 있는 나를 발견했다. 나한테서 자기들이 찾는 사람이 바닷가에서 해초를 모으고 있다는 말을 듣고 일하고 있는 스콧을 만나려고 서둘러 차를 돌려 바닷가로 내려갔다.

나는 돌담을 쌓던 한 노인에 관한 비슷한 이야기가 생각났다. 그 노인에게 거만을 떠는 한 신사가 다가와 물었다.

"호아킨 밀러 시인이 어디에 사는지 가르쳐 주시겠습니까?"

"저 위쪽입니다."

노인이 가리키며 대답했다. 방문객이 물러나면서 50센트를 꺼냈다.

"이걸 받고 내 말을 좀 매 주시오."

잠시 후 가파른 산길을 숨 가쁘게 고생하며 올라갔던 신사가 얼굴이 붉어진 채 내려와 아무 말 없이 말을 몰고 떠났다. 호아킨 밀러는 담 쌓는 일을 계속했다.

1980년에 우리 집에 처음 들른 로널드 라콘테 교수가 '니어링네를 찾아서'라는 글을 썼다.

정보가 지식으로 간주되고 지식이 흔히 지혜를 가장하는 시대에 진정한 현자를 만나는 것은 정말로 가치 있고도 이채로운 일인데, 스콧 니어링은 의심할 바 없이 지혜로운 사람이다.

이렇게 묘사할 수 있는 것은 그가 보낸 세월 때문만은 아니다. 또 상상하기 힘든 그 사람의 박학 때문만도 아니다. 아니, 지혜는 지식을 쓸모 있게 쓰는 데서 비롯되는 것이므로, 단순히 어떤 것을 아는 데서 그치지 않고 왜 그러한 지식을 갖게 되었느냐 하는 것을 아는 데에 있다.

니어링네를 찾으면 지식이 쓸모 있으면서도 기품 있게 응용된 예를 보게 된다. 안채, 바깥채, 농장, 어디나 형태와 기능 면에서 아름다움이 있다. 사물이 단순히 작동하는 데서 나아가 조화롭게, 훌륭하게 움직이고 있는 것처럼 보인다. 이것이 지혜의 본질이다.

거의 한 세기 동안 살아온 스콧과 마주 앉아 얘기를 주고받노라니, 오늘날의 컴퓨터게임과 텔레비전을 넘어 변함없이 지속되는 자연의 리듬과 인간의 가치를 떠올리게 된다. 니어링네를 방문하는 것은 우리가 시작해야 할 다른 일들이 있음을 생각나게 한다.


우리는 여러 가지 방법으로 집을 개방해 갔다. 버몬트에서 우리는 일요일 아침에 음악회를 열었다. 메인에서는 일요일 저녁에 고전음악 레코드를 틀거나 찾아온 예술가들이 연주를 들려주었다. 어느 누가 와도 환영이었다. 월요일은 어느 정도 정치색을 띠었다. 스콧은 현실 문제에 대해 얘기했으며, 보통 방문객과 우연히 들른 다른 사람들 사이에 토론이 있었다.

나는 하버사이드 마을에 사는 나이 지긋한 부인 세 사람과 친해졌다. 앨리스 그레이, 캐리 그레이와 로이스 블레이크, 그 부인들은 모두 과부였는데 나는 우체국에 가는 주말마다 그 친구들을 만나러 들렀다. 그리고 농장에서 거둔 양상추와 스위트피, 버몬트에서 만든 단풍 설탕 덩어리들을 가져다 주었다.

자비스 그린은 새로 사귄 친구였다. 그 사람은 우리 집 이웃에 살았는데 1마일쯤 떨어진 길 위쪽 외딴집에 살고 있었다. 수염이 덥수룩하고 투박한 말씨에 제대로 단추를 채우는 법이 없이 매우 단정치 못한 옷차림을 하고 있었다. 걸음걸이가 똑바르지 않아서 걸을 때마다 뒤뚱거렸다. 그는 얼마 안 되는 연금 저축으로 도넛과 파이를 사 먹고 사는 것 같았다. 우리가 어떻게 지내는지 보려고 우리 집에 들르면 나는 자주 그에게 식사를 하고 가라고 권했다. 그 사람은 공손하고 예의가 발라, 내가 접시 위에 수북이 쌓아 놓은 영양가 있는 야채를 모두 먹고 나서는 "고맙습니다, 배부르게 먹었습니다" 하고 말했다.

나는 길에서 자비스를 만나면 마을 식료품 가게로 같이 갔다. 블루힐로 그 사람을 태우고 가서 특수 입체 환등기로 주변을 찍은 슬라이드를 보여 주었는데, 그 친구가 즐거워할 것으로 생각했다. 실제로 좋아한 건 사실이나, 그 친구의 크고 투박한 목소리와 덥수룩한 외모가 잘 차리고 앉아 있는 사람들에게 두려움을 주었는지 우리 둘레에는 아무도 앉지 않았다. "헬렌, 그 더러운 사람과 너무 자주 같이 다니지 말아요. 사람들이 그 사람을 니어링 씨라고 생각하겠어요." 이런 주의를 받기도 했다.

자비스에게는 마일스 그레이라는 시각장애인 친구가 있었다. 자비스는 그 친구를 이끌고 바닷가로 데려가 친구가 어정대며 걷는 것을 조심스럽게 보살펴 주곤 했다.

자비스는 어느 해 겨울 우리가 여행을 떠나 있을 때 죽었다. 우리는 돌아와서 헐벗은 무덤가를 평탄하게 고르고 그 위를 퇴비로 덮은 뒤 자비스가 고양이를 좋아했으므로 개박하(캣닙)를 심었다. 고양이가 좋아하는 그 꽃이 어쩌면 그 친구에게 고양이들을 데려다줄지 모른다고 생각했다. 나는 앞마당에서 가져온 겉이 매끈한 돌에 자비스의 이름과 생년월일, 죽은 날짜를 새겨 묘지에 놓았다.

메인에서 나는 바이올린으로 돌아갈 짬을 낼 수 있었다. 지역 일로 연주를 하기도 하고 새 친구들과 트리오를 만들어 가까운 마을에서 연주를 하기도 했다. 나는 햇볕이 잘 드는 커다란 거실에서 오랜 시간 연습을 했으며, 음계와 연습곡을 켜는 동안에 스콧이 집 뒤에서 연못을 파는 것을 보았다. 스콧과 함께 살면서 음악가로 성공할 가능성은 뒤로 접어 두었지만 나는 연주를 계속했다. 음악은 그 사람과 같이하는 일 다음이었다. 나는 어느 때고 이것을 후회한 적이 없다. 세상은 훌륭한 바이올리니스트로 가득 차 있으므로 나는 레코드로 그들의 연주를 들었고, 가까이 있는 뱅거나 블루힐의 연주회에 가서 종종 오케스트라와 실내악을 들었다.

고전음악 연주회에 참여하는 일 말고도 로저곳의 다른 쪽에 살고 있던 이웃 가족과 함께 흥겨운 기분으로 (내가 '나룻배 음악'이라 부르는) 가벼운 곡들을 연주했다. 이런 일들은 농한기 저녁에 갖는 기분 전환이었다. 그리하여 나는 숙달된 손가락 끝에서 나오는 것이 아닌 내 영혼에서 나오는 음악을 갖게 되었으며, 마음이 맞는 동반자와 함께 알차고 생산적인 바깥일을 해 나감으로써 조화롭고 완전한 생활을 다지게 되었다.

메인의 농장에서 돌담을 쌓고 있는 헬렌, 1960년대 말.

바깥일은 스콧의 놀이였다. 그 사람이 판 연못은 원래 늪이었다. 그 사람은 수영장이자 파이프로 농장에 물을 보낼 수 있는 샘으로, 또 불이 났을 때에 필요한 안전판으로 연못을 구상했다. 불도저를 부르는 대신에 그 사람은 자신이 직접 파기로 결심하고 외바퀴 손수레와 삽, 손도끼로 일을 시작했다. 농장 흙과 퇴비 더미를 기름지게 하기 위해 늪의 흙 14,000짐을 날랐는데, 그 일을 혼자서 10분의 9쯤 하고, 나는 한 일이 거의 없는데도 그이는 그 연못을 '우리'가 일해서 만든 '우리' 연못이라 불렀다.

우리는 옛 목조집에 손을 대 얼마간을 다시 지었는데, 벽난로와 굴뚝을 설치하고 발코니를 붙여 거기서 자거나 오스트리아 티롤 지방에서 배운 요들송을 부를 수 있게 되었다. 우리가 한 가장 커다란 모험은 30제곱미터쯤 되는 정원 둘레에 돌담을 쌓는 것이었다. 이 일은 시간이 날 때와 농한기에 틈틈이 해서 14년이 걸려 다 쌓았다. 우리는 이 일을 즐겼고 골프나 테니스 대신 놀이 삼아 아껴서 했다. 담은 높이가 5피트에 땅 밑으로 3~4피트쯤 들어가, 가까운 풀밭의 잡초와 나방 유충이 번식해 들어오는 것을 막아 주고 또한 토끼, 우드척, 개와 사슴이 집 안으로 들어오는 것을 막는 데도 도움이 되었다.

우리가 마지막으로 같이 지은 건물은 '헬렌의 집'이라 이름 붙인 집이다. 내가 설계를 했는데 산을 똑바로 바라보는 장소를 골랐다. 나는 내 힘으로 돌 하나하나를 놓았고, 스콧은 외바퀴 손수레에서 섞은 콘크리트를 삽에 담아 내게 건네주었다. 큰 거실과 거기에 딸린 서재는 우리 손으로 바닥 돌을 구해 깔았다. 집 전체와 벽에는 그 지방에서 구한 소나무 널빤지를 입혔다. 대부분의 걸상과 책상은 직접 만들었으며,

메인의 농장 전경, 1970년대 중반.

집 안은 간소한 가구로 꾸몄다. 나무 때는 난로로 난방을 했는데, 물론 요리할 때도 나무를 땠다.

우리는 집 뒤에 있는 자그마한 뒤뜰 둘레에도 마찬가지로 돌담을 쌓 았는데, 여기에 있는 온실은 태양열을 이용해 추운 뉴잉글랜드 지방의 겨울 동안 우리에게 채소를 마련해 주었다.

19년 동안 살았던 버몬트의 집과 메인의 이 돌집을 설계하고 세우 는 일은 내 삶에서 예상치 못한 일이었다. 내가 건축, 목수, 석공 일을 대체 어디서 배웠겠는가? 하지만 넓은 지붕이 둘 있고 발코니, 많은 창 들과 돌을 깐 마루를 가진 집들은 나 자신의 일부, 더 큰 내 존재, 내 바깥 껍질이자 울타리가 되었다. 나는 소나무 널판에 색을 입혀 벽 따 라 책을 늘어놓았으며, 고대 일본의 그림과 어머니가 그린 그림 몇 점 을 걸어 놓았다. 리지우드 집에는 아버지가 주문해서 만든 온갖 세계 종교의 상징물과 '진실보다 고귀한 신앙은 없다'는 글귀가 들어 있는 수 제 나무 벽걸이가 있었다. 그것은 버몬트로 옮겨졌다가 다시 메인의 거 실로 왔다. 침실로 올라가는 나무 계단에 나는 '햇빛, 새소리, 눈송이, 나무……' 같이 내가 좋아하는 것들의 이름을 새겨 넣었다. 내가 이런 장식미술을 어디선가 배웠던가? 아니, 전혀 알지 못했다.

《월든 Walden》에서 소로는 이렇게 썼다.

"사람이 자기 집을 스스로 짓는 일은 새가 자기 보금자리를 만들 때 와 똑같은 합목적성이 어느 정도 있다. 사람이 제 손으로 살 집을 짓 고, 자신과 식구들을 위해 간소하면서도 꼭 필요한 만큼의 양식을 생 산한다면, 새가 그런 일을 하면서 언제나 노래를 부르듯이, 사람도 시 심이 깊어지지 않을 리가 있겠는가. 그러나 아! 우리는 다른 새의 둥지에 알을 낳는 찌르레기나 뻐꾸기처럼 산다."

스콧 또한 살면서 의기소침한 시기, 낙심, 의혹, 자신에 대한 의문들을 갖고 있었음에 틀림없지만 공식으로나 사사로이 그것을 입에 올리는 일이 드물었다. 나는 언젠가 그 사람의 일생에서 책을 출판할 기회와 정치 조직체와 결합하는 일, 그 밖에 기쁨을 주는 성공적인 교수 경력 그 모든 것과 단절시킴으로써 생활을 근본에서 바꿔 놓은 중요한 결정들을 후회해 본 일이 있는지 물어보았다. 그는 내 질문에 진지하게 깊이 생각하더니 "아니오" 하고는 이렇게 덧붙였다.

"설사 내 행동과 결정이 어떤 결과를 낳을지를 안다 하더라도 다시 그렇게 해야 한다면 거의 같은 결정을 할 거요. 아마 더 분명한 태도를 취할지도 모르겠소. 하지만 사람 관계에서는 좀 더 잘하려고 애를 쓸거요. 그 점에서 내가 배운 게 있었으면 하오."

아마도 정치 견해가 그이와 크게 달랐던 전처 넬리 시드와 아들 존과의 관계를 생각하고 말했는지 모른다.

시드 가족은 예전에 필라델피아에서 스콧네의 이웃이었다. 넬리는 펜실베이니아 대학과 브린모어 대학을 다녔으며, 박사 학위를 두 개나 받고 졸업했다. 두 사람이 결혼한 뒤인 1908년 그들 부부는 공동 저작으로 《여성과 사회 발전 Women and Social Progress》을 썼고, 넬리는 스콧이 필라델피아와 털리도에서 대학 직위를 잃었던 힘든 시절에 곁에서 힘이 되어 주었다. 그러나 두 사람은 내가 스콧을 만나기 몇 해 전에 별거에 들어갔는데, 그때 넬리는 덜 엄격한 생활 방식을 택하기로 작정했던 것 같다. 스콧은 보통의 부르주아적인 안락한 생활 방식을 좋아하지 않는 강도가 점점 더해져 결국 그런 방식을 거부하게 되었으며 나무 그릇과 숟가락, 젓가락을 구해 식구끼리의 식탁에서도 그것을 썼다. (톨스토이처럼) 두드러지게 고집스러운 그 사람의 행동과 채식주의는 가족 관계를 어렵게 만들었다. 두 아들 존과 로버트는 어머니 편을 들어 종종 아버지의 별난 점을 우스꽝스러워했다.

둘째 아들인 로버트는 모든 사람과 잘 지내는 밝고 쾌활한 아이였다. 어떤 정치 견해에도 뚜렷한 의견을 갖지 않았던 로버트는, 서로 많이 다른 부모 양쪽 모두를 좋아했으며 친밀한 관계를 유지했다. 로버트는 매우 가정적이었으며 가족이 함께 사는 것을 좋아했다.

그러나 존은 어렸을 때부터 아버지와 다른 길을 걸었다. 스콧이 제1차세계대전 동안 반전사상 때문에 언론과 대학에서 공격을 받고 있을 때 존은 어린 소년으로서 "우리 아버지는 평화주의자이지만, 저는 군국주의자예요" 하고 자랑스럽게 외치며 전쟁 채권을 팔았다. 대학에 들어가자 존은 공식으로 자기 이름을 '존 스콧 니어링'에서 '존 스콧'으로 바꿨다. 스콧은 그것이 부모의 이름으로 이득을 얻거나 손해를 보지 않는, 자신의 발로 서려는 좋은 태도라고 생각했다.

존은 20대 초 위스콘신 대학 시절에 열성 과격파 노릇을 스스로 떠맡아 자기 아버지를 '자유주의적 빨갱이'라고 불렀다. 존은 1931년에 대학을 중퇴했다. 스콧은 존이 공부를 계속해 대학 과정을 마쳐야 한다고 생각했지만, 존은 1932년 러시아로 건너가 마그니토고르스크에서 용접공으로 취직하여 지방대학에 입학했다. 거기서 존은 동료 학생인 러시아 여성 마샤와 결혼하여 엘카와 링카 두 딸을 낳았다.

뒤에 존은 자기 경험에 대해 무언가 쓰고자 모스크바로 갔다. 거기서 미국으로 기사를 보내며 안락한 생활을 하고 있는 미국인 통신원을 만났다. 스탈린을 헐뜯는 이야기와 소련을 비판하는 자료는 무척 수지 맞는 장사임이 입증되고 있었고 거기서 돈이 굴러들어 왔다.

존은 스스로 통신원이 되어 검열을 피해 수시로 소련을 들락거리면서 기사를 써서 보냈다. 그러다가 특별히 폭로성 짙은 몇몇 자료를 유출시켜, 존은 마샤와 아이들과 함께 소련에서 추방되었다. 1941년 뉴욕에 도착해서는 우랄에서 지낸 생활과 소련의 전체 상황을 비난하는 기사를 썼으며 비판 조 강연을 했다. 이것은 미국 언론과 여론에 잘 먹혀들었다. 존은 곧 헨리 루스에게 고용되어 잘나가는 순회 강연자가 되었다.

스콧은 1949년 12월 존에게 편지를 썼다.

한때 네게도 매디슨이나 위스콘신 또는 뉴욕 이타카에 정착하여 아주 소박하게 살면서 몇 해 동안 학업을 계속하여 대학을 마친 뒤 전문가가 되는 자신의 모습을 그려 보던 때가 있었다. 그 계획은 훌륭한 결과를 낳았을지도 모를 일이었다. 대신 너는 링컨 자동차를 사고 코네티컷의 리지필드에 저택을 짓는 것을 택했다. 너는 가장 돈 많은 미국 부유층과 어울리고 있다. 이것은 네가 최근에 《라이프 Life》지에 쓴 글처럼 거의 어쩔 수 없이 공산주의자를 탄압하고 헐뜯는 것을 뜻할 것이다. 네가 아무런 부끄러움도 없이 그 일을 할 수 있다면, 허스트와 루스가 서로 먼저 너를 고용하지 못해 안달이 날지도 모르겠다.

너는 《라이프》나 《타임 Time》, 《포춘 Fortune》 같은 대기업이 어떻게 운영되는지 알기 위해 그런 데서 함께 일을 해 보고 싶다고 말한 적이 있다. 그 뒤 나는 네가 거기서 어느 정도 필요한 경험을 얻기는 하겠지만, 동시에 소수 독재 체제에 빨려 들어갈 현실적인 위험이 있다고 되풀이해서 말했다. 그러면서 늘어나는 근심 속에서 네 모습을 눈여겨봐 왔다.

어느 날 너는 깨어 일어나 네가 무엇을 해 왔고 지금 무엇을 하고 있는지 알게 될 것이다. 더 늦기 전에 네가 그것을 깨달아 남은 네 인생을 무언가 이 사회에 도움이 되는 쪽으로 돌리고, 천박하며 거짓되고 파괴적인 사회 환경에서 어린 것들을 구하는 데 쓰기를 간절히 바란다.

다른 편지에서 스콧은 이렇게 썼다.

너는 네 일과 정치 문제, 사회관계에서 수구 세력들을 선택해 그들과 가까이 지내 왔다. 네가 그들과 의견을 같이하는지 알 방도가 없지만, 그렇든 그렇지 않든 간에 너는 그들과 같은 대열에 서서 그들의 이익 증진을 꾀하고 있다.

이것은 미국이 시작한 냉전에서 우리들을 서로 반대편에 놓이게 하고, 특히 사회관계를 포함한 여러 관계들을 극단으로 어렵게 만들고 있다. 나는 네가 이 일을 후회할 것이라고 생각한다. 틀림없이 그럴 것이다. 그런데 전쟁은 가족 관계를 존중하지 않는다. 그것이 요즘 생활의 두드러진 특징 가운데 하나이다. 나는 네 제안에 따라 리지필드에 갈 수가 없다.

세상에는 형편없는 집에서 사는 사람들이 가득한데 너는 커다란 집에 산다. 인류의 3분의 2는 영양 상태가 고르지 못한데, 너는 지나치게 많이 먹는 사람들을 초대해 그들을 더 과식 상태로 만든다. 네 손님들은 술을 마시고 담배를 피우며 고기를 먹을 것이다. 나는 이 모든 행태에 강하게 반대한다. 내가 나타나면 술꾼들과 애연가들, 육식 애호가들에게 불쾌감을 줄 것이며, 논쟁이라도 벌어지면 유쾌하지 못한 상황으로 이어질 것이다. 내 생활 방식은 너와 네 손님들의 생활 방식과 정반대이므로, 내가 참석하지 않는 것이 현명한 처사라고 느낀다. 인생은 비슷함과 다름으로 가득 차 있다. 그러나 서로의 다름이 때로 지나치게 커서 서로의 관계를 불편하고 어렵게 만들 수가 있다. 내가 참석하지 못하는 데 대해 네가 용서해 줄 것으로 믿는다.

그 뒤 존의 편지에 대한 답장에서는 이렇게 썼다.

'진보적 공화당원'이라는 말은 1905년부터 1907년까지 쓰이던 '진보적 차르주의'란 말과 비슷하게 들린다. 너는 혁명을 일으키려는 사람들의 대열에서 떠나 반혁명 세계의 중심으로 옮겨 간 결과로 볼 때 반혁명과 발맞추어 걷고 있다. 이것은 네 글과 강연, 그 밖의 정치 행동에서 분명한 일이다. 경제 면에서도 마찬가지다. 너는 미국에서 가장 철저한 반혁명 집단 가운데 하나인 루스 출판 그룹에서 봉급을 받고 있다. 너는 반혁명 계열의 청중들을 상대로 강연해서 보수를 받고 있다.

사회적으로 보아도 그렇다. 네가 살려고 택한 곳은 세계 반혁명의 중심지인 뉴욕의 말쑥한 교외에 자리 잡은 안락한 보금자리다. 너는 아이들을 부르주아 환경에서 키우고 있다. 그 애들은 너와 마찬가지로 민중들의 노동과 피의 대가에 기대어 살고 있다. 내가 지난번 생활협동조합 매점으로 그 애들을 데리고 갔을 때 애들은 '협동'이란 말조차 모르고 있었다. "그게 무슨 말이예요?" 하고 애들은 물었다. 너는 내가 엘카와 링카를 보지 못하는 것을 얼마나 안타깝게 생각하는지 잘 알 게다. 또한 너와 마샤가 너희들 자신과 애들을 위해 선택한 껍데기뿐이고 그릇된 생활 속으로 그 애들을 밀어 넣음으로써 애들을 망치지 않기를 내가 얼마나 간절히 바라는지 알 거다. 그러나 그 애들은 자기들 발로 일어서야 하며, 네가 에워싸려고 작정한 올가미에 저항하지 못하면, 그 애들은 더 나은 세상을 건설하는 데 가치 있는 일을 하지 못할 것이다.

존은 미국 중심의 뉴스를 소련에 보내는 '라디오 프리 아메리카' 방송국에 일자리를 얻었다. 그 점에 대해 스콧은 이렇게 편지를 썼다.

너는 아주 분명하게 네 입장을 정했다. 너는 이제 미국이라는 기업의 공식 잡역부 가운데 한 사람이다. 이 널찍한 우산은 군산복합체와 통신 매체로 유지된다. 1945년 이후의 기록에 따르면 이 기업은 지구 전체를 통틀어 부와 특권을 제공하는 자본주, 병기창의 대변인 노릇을 해 왔다. 너는 이제 이 기업의 공식 정책 기안자 가운데 한 사람이다. 네 지도자들 속에는 현재 워싱턴에 근거를 둔, 한 입으로 두말을 하는 사람들, 사기꾼들, 거짓말쟁이들, 도둑, 살인자 무리들이 포함되어 있다. 이들의 승리는 인류에 대한 재난, 특히 전쟁에서 싸우도록 징집된 젊은이들에게 재난이다. 너는 여러 해 동안 이 수구 세력들이 시키는 대로 일해 왔다. 나는 네가 이런 얼간이와 괴뢰들 속에서 같이 일하는 것을 보게 되어 유감스러웠다.

나는 네가 다른 길을 선택했으면 하고 간절히 바랐다. 하지만 너는 리지필드의 저택을 구입하기로 결정했고, 나머지 일들이 그 일에 이어졌다. 나는 이렇게 말하는 것보다 훨씬 더 네 결정을 유감스럽게 생각한다. 그러나 너는 이런 중책을 맡기로 결정했다. 나는 그 문제를 정치적인 면과 개인적인 면에서 지적하는 것 말고는 별도리가 없다. 계획을 허황되게 세워서는 운영을 할 수 없는 법이며, 상종 못 할 사람과 함께 일을 벌일 수는 없는 법이다. 내 편은 정해져 있으며, 여러 해 동안 그래 왔다. 최근에 네가 보여 준 정치 행동은 우리를 크게 두 편으로 갈라놓았으며, 우리 대부분에게 힘든 싸움을 예고하고 있다. 바로 그것이 네 선택 때문에 일어난 것이다.

왜 스콧의 편지만 있고 존의 편지는 여기에 소개되지 않는지 궁금해 할지 모르겠다. 스콧은 손으로 썼는데 나는 그 가운데 중요하다고 생각되는 편지들은 종종 타자해 사본을 보관해 놓았다. 스콧은 몇십 년 동안 자기에게 배달되는 모든 우편물을 없애 버리는 습관을 갖고 있었다. 여기 마샤가 보낸 메모에 대한 답장으로 스콧이 쓴 것이 있다.

너는 존이 내게 보낸 최근 편지에 대해 쓰면서 나더러 답장을 써 달라고 했다. 너는 물론 지난 몇 년 사이에 미국 정부가 법을 파괴하는 한 패거리의 법률가 집단 손에 떨어졌고, 그 명목상의 지도자가 리처드 닉슨이었으며 현재도 그렇다는 사실을 잘 알고 있을 거다. 워터게이트 사건에서 보듯이 국내에서나 국제사회에서 이 집단은 CIA를 이용해 헌법을 무시하고 미국법을 파괴했으며, 조약을 위반하고 공공 기금을 제멋대로 쓰면서 자기 주머니를 채우는 한편 암살을 꾀하고 선전포고도 없이 불법적인 전쟁을 도발했다. 이 불법 집단의 주요 목표 가운데 하나는 사회주의-공산주의를 탄압하는 것이었다.

존은 스스로 이 집단과 연계하여 범죄 공작과 반혁명 행위를 돕는 길을 택했다. 나는 이처럼 존이 최근에 이런 수구 반동 집단으로 몸을 옮긴 것에 대해 뭐라고 할 말이 없을 만큼 슬프고 부끄럽다고 말해야겠다.

존이 이 일을 계속하는 한 존의 길과 내 길은 아주 다를 수밖에 없다. 존은 머리가 모자라지도 않으며 경험이 없는 것도 아니다. 존은 자기 의지로 그 길을 선택했다. 나는 그러지 않기를 바랐지만, 존 인생의 주인은 자기 자신일 수밖에 없다.

아들을 혹독하게 비판하는 데 의문을 가진 한 친구에게 스콧은 이렇게 썼다.

나는 존이 하는 일과 같은 계열에서 활동을 하는 사람과는 관계를 가질 수가 없네. 미안하네. 존은 미국 정부의 비호 아래 반혁명에 몸을 던졌지. 나는 그와 같이 할 일이 전혀 없네. 개인으로서는 대수롭지 않은 의무지만 사회 전체로 봐서는 엄청나게 책임을 져야 하는 일들이 있다네. 존은 더 잘 알고 있네. 그 애는 문명이 가져온 것보다 더 나은 삶의 방식을 세우고자 하는 유일한 노력을 뒤엎으려고 애쓰고 있네. 나는 그것이 부끄럽고, 존이 하고 있는 일이 두렵네. 경험으로 잘 알고 있네. 존은 바리케이드의 다른 쪽에 있고 그렇게 다루어져야 하네. 존이 지금 하는 일을 계속하는 한 그 애는 내가 하고 있는 모든 일을 반대하고 있는 것이네.

그러고 나서 그 사람은 비통한 심정으로 아들에게 강도죄의 교수형을 선고한 로마의 재판관을 인용했다.

1976년 12월 강연 여행을 하던 중에 존 스콧은 시카고의 한 호텔에서 심장마비로 죽었다. 일흔한 살이었다. 스콧은 장례식에 참석하는 대신 엘카에게 다음과 같은 편지를 보냈다.

존의 사망 소식을 전해 준 전보에 감사한다. 존은 좋지 못한 식사법과 건강에 해로운 생활 태도 때문에 오랫동안 병약하게 살았다. 그런 상태는 몇 해 동안은 유지될 수 있지만 머지않아 끝을 맞이하기 마련이다.

네가 아는 바와 같이 나는 여러 해 동안 존과 의견이 맞지 않았다. 존이 루스 제국에서 떨어져 나와 닉슨 무리 아래 일을 얻었을 때, 나는 참을 수가 없었다. 나는 공적으로 반혁명 활동을 하는 걸 참을 수 없다. 물론 미안하구나. 어떤 지점까지 나는 중립을 지키고 될 수 있는 한 말을 삼갔다. 나중에까지 나는 존이 살아가는 모습을 받아들일 수 없었고 지금도 그렇다. 나는 장례식에 참석하지 않겠다.

마샤에게 연민과 격려를 보낸다. 마샤는 낯선 나라에서 온 이방인이다. 부디 마샤가 잘 있기를 빈다.

둘째 아들에게는 이렇게 썼다.

엘카가 오늘 존에 관한 전보를 보내왔다. 건강을 망치고 부도덕하고 가치 없는 돈 몇 푼과 비생산적인 부동산 약간을 빼고는 실제로 얻은 것이 별로 없는 헨리 루스 기업에 자기 생애의 많은 부분을 낭비한 존이 몹시 유감스럽다. 너무나 안된 일이다. 존은 유능한 친구였다. 나는 존이 자기 재능으로 좀 더 많은 일을 할 수 있기를 바랐다. 존의 장례식에 못 가 미안하구나. 나는 존의 의견에 동의하지 않을 뿐만 아니라 미국의 반혁명에서 존이 한 일을 슬퍼하고 그것을 부정하고 싶다.

이것은 그이의 삶을 통틀어 슬프고 쓰라린 대목이었음이 틀림없다. 그이의 자료 모음 가운데 1911년 11월 24일 날짜가 적힌 이런 글 모음이 있다.

생글거리는 회색 눈을 보고 나는 이 여섯 살 먹은 아이의 삶이 다음 세 가지 요소에 따라 형성되리라는 것을 깨달았다. 첫째, 부모에게서 받은 유전 자질. 둘째, 가정과 사회, 학교, 놀이터와 일터에서의 태도. 셋째, 자신의 영혼에서 이루어지는 결단.

아버지와 어머니들, 당신들이 한 일이 무엇인가? 사회는 그 아이를 일으켜 세울 것인가 아니면 주저앉힐 것인가? 아이야, 너는 어떤 길을 가겠느냐? 이 일을 잘 생각하거라. 왜냐하면 네 대답에 따른 결과를 기다리고 있는 미래가 있으니까.

'글쓰기: 노인의 유산' 이라는 제목이 붙은 자료 모음 메모에서 스콧은 존에 관련된 것처럼 보이는 다음과 같은 내용을 썼다.

어린 너는 나이 먹은 우리가 우리와 가장 가까운 너희들을 통해 얼마나 우리의 죄와 잘못을 바로잡으려고 갈망하는지, 비틀리고 우리가 헛되이 쓴 삶을 충족시키려고 얼마나 갈망하는지 알 리가 없겠지. 우리는 가까이서 또는 멀리서 너희들을 눈여겨보고 있다. 우리의 소견이 좁을수록 무언가 너희들의 판단에 영향을 미치려고 하지. 우리는 너희들의 좌절에 고통스러워하고 승리에 기뻐한다. 아마도 그런 경험은 자식을 대하는 부모와, 손주들을 대하는 조부모의 경우에 가장 두드러질 것이다. 동시에 진정한 교사나 조언자라면 누구나 자기 보호 아래 있는 젊은이들이 자신의 온 힘을 기울이도록 끊임없이 애쓰는 법이다.

나와 우리 부모님의 관계는, 나하고 스콧의 관계 때문에 부모님이 얼마 동안 한탄하던 때를 빼고는 변함없이 따뜻하고 가까웠다. 1940년대에 나는 마침내 부모님을 설득해 그분들이 살고 있는 쾌적한 플로리다의 대학 마을에서 이곳으로 올라와 여름철을 몇 번 보내도록 할 수 있었다. 부모님의 기대와 달리 나는 삶의 목표와 방식을 바꾸지 않았지만, 그분들은 내가 참된 목표와 스콧에게 온 마음을 다해 전념하고 헌신하고 있음을 깨닫게 되었다.

부모님은 우리가 갖고 있는 정치 견해에는 찬성하지 않았지만 우리의 의지와 불굴의 노력을 존중했다. 그분들은 인간관계에서 원숙해졌으며 스콧을 이해하고 사랑하게 되었다. 부모님이 예전에 품고 있던 선입견과 반대를 마침내 넘어선 것에 나는 진정한 만족감을 느꼈다.

메인으로 이주한 지 얼마 안 되어 우리는 버몬트에서는 설탕 사업에 바빠서 할 수 없었던 새로운 활동을 시작했다. 정규 기관에서 젊은이들을 가르치는 기회를 박탈당한 스콧은 집시처럼 자동차로 온 나라를 돌아다니면서 하는 프리랜서식 강연을 하고 싶어 했다. "기쁜 마음으로 배우고, 기쁜 마음으로 가르친다." 제프리 초서의 노래처럼 학교 안이든 밖이든 거리끼지 않았다. 우리는 각 주의 노동조합을 방문하는 내용의 연간 겨울 교육 여행 계획을 세웠다. 가능한 곳에서 모임을 열고 우리 책과 홍보물을 나누어 주며 여론의 평가와 지역 형편을 알아보는 것이 목적이었다. 나는 마을과 도시의 단체들, 학교와 개별 가정들과 만날 수 있게 주선하고 홍보물을 보냈다. 각 가정과 교회, 윤리교화 단체, 유대인들 모임, 지역 센터와 학생 동아리들이 초대장을 보내와 응답했다. 우리는 좌석을 들어낼 수 있는 중고 자동차를 사서 팔 책과 나눠 줄 자료들을 실었다.

우리는 1952년, 1953년, 1954년 세 해 겨울 동안 동부 해안에서 서쪽, 그리고 북쪽을 지나 멀리 남쪽까지 수천 마일을 여행했다. 공적, 사적 모임을 합해 청중 수가 10명에서 50명, 500명까지 다양했다. 이따금 청중 수가 모임 장소의 수용 인원을 넘는 경우도 있었는데 특히 대학이 있는 마을에서 열리는 학생들 모임이 그랬다. 오클라호마주에서 가진 한 모임에서는 청중이 우리를 초대한 주인 한 사람뿐이었다. 주인은 거실을 깨끗이 치우고 음료수를 내왔는데, 아무도 오지 않았다. 분명 그때까지 아직 남아 있던 매카시즘의 압박에 사람들이 겁을 먹은 듯했다.

어떤 마을에서는 우리가 머물기로 미리 얘기된 가정에서 따돌림을 받았다. 우리 같은 급진적인 방문객들은 의심스런 눈초리를 받았다. 겁

먹은 어떤 주부는 남편이 문께로 나와 스콧에게 10달러 지폐를 건네주는 것을 창문으로 몰래 엿보았다. "가장 가까운 모텔로 가주세요." 그 남편이 말했다. "제 아내는 선생님을 만나지 않을 겁니다." 우리가 머물기로 되어 있던 또 다른 집에서는, 전에 급진주의자였던 스콧의 친구가 이렇게 말했다. "딸이 젊은이들끼리 하는 무도회에 가고 싶어 한다네. 식사 시간에 한 대화 내용이 딸의 새 남자 친구 기분을 상하게 했는지도 모르겠네."

나라 전체 분위기가 조심스러웠고 겁을 먹고 있었다. 한국에서 전쟁이 확대되는 것에 대한 갤럽의 여론조사 결과는 전국에서 응답한 사람의 3분의 2가 대통령을 지지했지만, 우리가 만난 모임에서는 반대하는 목소리가 넓게 퍼져 있었다. 우리 모임 전체에서 평화를 바라는 젊은이와 나이 든 사람들 사이에 토론이 활발하게 이루어졌다.

어떤 때는 모금을 해서 돈을 받았고, 때로는 겨우 경비를 댔다. 여행에서 이익을 얻는 경우는 드물었지만, 우리 목표는 이루었다. 우리 생각과 홍보물들이 사람들에게 전해졌고, 일반 여론이 평가되었다.

어느 해 스콧은 약 3천 마일 떨어진, 플로리다와 캘리포니아를 사이에 둔 규모가 크지 않은 모임으로서 보스턴 지역 교회와, 필라델피아 윤리교화협회에서 강연한 것말고도, 마이애미 해변 포럼에서 세 번 모임을 가졌다. 샌프란시스코, 산호세와 카멜 그리고 로스앤젤레스의 서부 유대인 지역 센터에서도 모임을 가졌으며, 로스앤젤레스 유니테리언 교회에서도 다섯 차례 모임을 가졌다. 브리티시 컬럼비아, 밴쿠버, 빅토리아에 이르는 북서부 주들도 여행했으며, 북부 지역의 주들을 거쳐 동부로 돌아왔다. 1954년 겨울 로스앤젤레스 제1유니테리언 교회 목사인 스티븐 프리치먼은 스콧을 소개하면서 이렇게 말했다.

스콧 니어링은 나와 이 세상의 수많은 사람들에게 세대 차에 대한 매우 잘못된 생각, 곧 젊은이들만이 기쁨을 느끼고 성장할 수 있다는 그릇된 믿음의 불합리함을 깨는 능력을 상징처럼 보여 주는 사람입니다.

카살스, 피카소, 듀보이스와 마찬가지로 스콧 니어링은 나이, 인종, 국적, 성별에 관계없이 원기 왕성하고, 깨어 있으며 두려움이 없는 모든 이들의 지도자입니다. 그이는 우리 삶에 필요한 철학과 훈련을 구체화했으며, 나아가 스스로 그것을 실천했습니다.

저는 30년이 넘도록 그이가 쓴 책을 읽고 강연을 들어왔습니다만, 그때마다 그 사람은 나 스스로 공부를 게을리하고 있는 것을 꾸짖게 하고 내가 갖고 있는 생각의 원천을 대부분 다시 검토하게 하며, 무엇보다도 한층 성실하게 내 직분과 행동이 더 나은 쪽으로 나아가도록 격려하고 있음을 발견합니다.

다른 많은 사람들과 마찬가지로 그 사람은 내게 냉정하면서도 애정이 있고, 사람을 흔들어 놓으며 계시하는 정의의 예언자요, 상식의 본보기이고, 대부분의 사람들이 썩어 가도록 쓰지 않고 있는 두뇌의 70퍼센트를 쓰는 용기와, 전혀 쓰지 않는 양심의 98퍼센트를 실천하는 용기의 본보기입니다.

이 어리석은 새 시대에, 말 많은 바보들이 고위직을 차지하고 있고, 손가락은 대중들의 잼 항아리에 넣고서 양심은 꽁꽁 묶어 놓은 채 대중을 속이는 분별없는 지도자들이 들끓는 이때에, 스콧 니어링 덕택에 우리는 좀 더 용기 있게 오늘의 이 세상과 마주할 수 있습니다.

저는 일찍이 스콧 니어링만큼 내 명료하지 못한 마음과 겉으로 드러난 양심, 나의 도덕적 오만과 혼란스런 정치관을 날카롭게 다듬는 데 모범이 된 교사를 알지 못하며 그이에게 경의를 보내는 바입니다. 그이는 내게 있는 인본주의 성격과 사회주의 성격을 계발하는 데 도움을 주었습니다. 나는 그이의 백 번째 생일을 맞아 다시 한번 이 모든 것을 여러분께 말씀드리는 기회를 갖고 싶습니다.

펜실베이니아 대학을 졸업하는 한 여학생은 이렇게 썼다.

내가 보기에 스콧의 가장 뛰어난 특징은, 인생에서 어떠한 도전이 닥치든지, 그리고 그것이 개인 문제든, 사회 문제든, 세계 문제든 간에 신속하고도 건설적으로 대응하는 능력이다. 삶의 모든 면을 통일된 전체로 통합하는 그분의 능력이, 자신이 아는 진리에 따라 단순하고 순수하게 생각하고 그렇게 살 수 있도록 해 준다고 생각한다.

1971년 11월 9일 메인주의 주지사는 메인주 예술인문위원회상을 스콧에게 주면서 다음과 같이 말했다.

역사는 소로처럼 다른 박자로 북을 두드리는 사람의 말에 귀를 기울이고, 굼뜬 세상이 그 사람들의 신념과 경고에 주의를 돌리고 따르기 위해서는 일정한 시간이 걸리도록 운명 지워진, 그런 선견지명을 가진 사람들의 예로 가득 차 있습니다. 오늘 그런 예언자가 우리와 같이 있습니다. 우리 가운데 누구보다도 먼저 태어난 이분은 싸움을 계속해 왔습니다. 이분은 아동노동과 전쟁에 반대해 왔고, 대도시의 황폐, 공기와 물의 오염, 개인의 독립성이 떨어지는 것을 예언했습니다. 경제학자이자 환경론자이며, 사회학자, 강연자인 동시에 저술가로서 이분은 조화로운 삶을 이야기했고 스스로 말한 것을 실천했습니다. 우리 메인주의 페놉스콧만에 있는 이분의 집 문은 땅에 의지해 살아가는 비밀을 배우고자 해마다 수백 명씩 찾아오는 그 모든 사람들에게 열려 있으며, 엄격한 단련 속에서 이분은 저술과 음악, 시민사회의 일을 하는 데 필요한 힘과 여유를 얻습니다. 분명히 이분은 자신의 삶을 예술로 승화시켰습니다.

그보다 일 년 앞서 《월드 투모로우 The World Tomorrow》 잡지는 다음과 같이 썼다.

정치 견해야 어떻든 간에 변혁 운동을 추구하는 수많은 사람들에게 스콧은 교사로서, 자기가 주장하는 이론보다는 오히려 한결같은 정직성과 애정이 담긴 이타성, 그 사람의 성격을 이루는 얼핏 보기에 모순되어 보이는 덕성들의 근원적인 통합으로 계속해서 영감을 줄 것이다. …… 사회과학 분야에서 우리는 소스타인 베블런과 스콧 니어링처럼, 어리석은 동시대인들로 말미암아 '감금되고, 묶인' 대가들의 예를 본다. 한편 사회학과 경제학, 정치학의 좋은 자리는 시시하고 보잘것없는 사람들이 차지하고 있다.

이런 식으로 우리는 나라를 가로지르는 여행을 하며 사람들에게 깊은 인상을 심어 주었다. 스콧의 평생에 걸친 업적은 경제학자, 교육자, 평화주의자, 인권옹호자, 좌파 정치인, 국제 사회주의자, 생태주의자, 귀농 운동가, 미래주의자로서 인정을 받았다. 그 사람은 이 모든 분야에서 큰 기여를 했으며, 의심할 바 없이, 학계에 머물렀던 것 이상으로 사회복지 부분에 더 많은 업적을 쌓았다. 한 통신원이 이런 편지를 보내왔다.

"당신은 학계에 남아 가르치는 생활을 포기한 것을 후회할 필요가 없습니다. 실제로 당신은 보통 교직에 있으면서 만날 수 있는 사람보다 훨씬 더 많은 사람을 가르쳤습니다."

같은 의견이 《보스턴 글로브 The Boston Globe》 편집장인 루시언 프라이스가 스콧에게 써 보낸 편지에 반영되어 있다. 그 사람은 스콧을 만나 '강렬한' 인상을 받은 한 아이에 대해 이야기했다.

"이것은 당신에게 이미 지나간 옛이야기가 되어 오래전에 흥미가 사라졌을 거라 생각합니다만, 이 아이에게 영향을 준 당신의 단순한 품성과 삶의 자세는 이 아이가 겪은 중요한 삶의 체험 가운데 하나가 되었습니다. 우리가 당신의 농장 밖으로 차를 몰아 나온 뒤, 한 시간쯤 아이는 질문을 퍼붓기 시작했으며, 그 뒤 이틀 동안 생각을 정리하느라 열중했습니다.

그 주제에 대해 서로 한마디 말도 주고받지 않은 가운데 스스로 해답을 찾아야 하는 한 아이에게, 완벽하게 통합을 이루어 온 삶이 어떤 영향을 주는지 두 눈으로 확인하는 것은 매우 감동스러운 일이었습니다.

그 방문은 내게 강렬한 즐거움을 주었으며, 나는 자주 그 일을 생각합니다. 당신이 해 온 생활은 어느 누구에게도 아주 가치 있을 뿐더러 아마도 그 이상일 수 있다는 것이 증명될 것으로 여겨집니다."

그리고 그 사람은 《헨리 애덤스의 교육 The Eduation of Henry Adams》에서 '스승의 가르침이 미치는 효과는 영원하다. 그 영향이 어디서 멈추는지는 말할 수 없다'는 말을 인용했다.

여행을 끝내고 메인의 집에 오면 우리는 안정된 가운데 책을 읽고 글을 썼다. 우리는 공동으로 우리의 여행에 관한 세 권의 책, 《스

메인의 페놉스콧만이 내다보이는 창가에서 헬렌과 스콧, 1978.

콧 니어링이 바라본 50년대 미국》(1955)《용감한 신세계》(1958)《먼슬리 리뷰》에 쓴 보고서인《러시아와 중국 그리고 세계의 사회주의자들》(1955)을 썼다. 우리는 또한 펄 벅의 지원을 받아 버몬트 생활을 쓴 책《조화로운 삶》(1954)을 출판했으며《여행의 권리》(1959)라는 제목의 작은 책자에 이어, 추운 기후 조건 아래서 이루어지는 한 해의 농장 일에 관해 쓴 책,《태양열을 이용한 온실》(1977)과 메인에서의 새 농장 생활을 포함하여 반세기 동안 계속된 농장 생활을 돌아보는 책《조화로운 삶의 지속》(1979)을 출판했다. 1960년대와 70년대에 우리는《대지의 소식 The Mother Earth News》에 고정 칼럼을 썼다. 또 우리가 가까이 있거나 떨어져 있을 때의 사진을 모아 편집한《조화로운 삶, 그 사진 모음》(1977),《헬렌 니어링의 소박한 밥상》(1980)이라 이름을 붙인 채식주의자의 요리책과《조화로운 삶에 관한 금언》(1980) 선집, 단계별로 커다란 사진을 배치하여 그 과정을 묘사한 사진집인《우리가 지은 돌집: 70대와 90대에 집 짓기》(1983)를 냈다.

스콧은 우리 스스로 출판해야 했던 책들의 발행인으로 사회과학연구소라는 이름을 썼다. 이 연구소는 1954년 메인의 법에 따라 책 발간과 사회과학에 관한 강좌 또는 세미나를 열 수 있는 비영리 교육기관으로 인가를 받아 설립했다. 스콧의 바람대로 국제 평화연구와 사회과학에 관한 연구기관으로서 효과 있게 활동을 하지는 못했지만, 여전히 다른 목적들, 집 짓기, 기능적인 독립성의 추구, 땅을 토대로 한 간소하고 올바른 살림살이에 관한 본보기로서 농장 생활을 운영하는 일을 돕고 있다. 이 연구소는 책을 팔고 배포하며 수련회를 여는 한편 방문객과 학생들을 위한 '조화로운 삶터'로서 문을 열어 두고 있다.

스콧은 때때로 글을 써 달라는 요청을 받았다. 1960년대에《소수의 소리 The Minority of One》라는 새 잡지가 시작되었다. 편집장의 기고 요청에 대해 스콧은 다음과 같은 편지를 보냈다.

미국이라는 북아메리카의 사회적 사막에 오아시스가 나타났습니다. 오랫동안《마나스 Manas》지의 헨리 가이거와 그 사람에 이은《소수의 소리》지의 당신은 모래사막에 있는 거나 다름없는 미국 독자층에 도덕과 지식의 원래 모습이 보존되어 있는 물을 쏟아부어 왔습니다. 당신은 부당한 이익을 얻는 사람들이 주는 후원금이나 광고를 구걸하거나 받아들이지 않고 도덕적이고 사회적인 항변이 담겨 있는 잡지를 편집하는 큰일을 해 왔습니다. 헨리 가이거도 혼자서 잡지를 운영하고 인쇄소를 경영하면서《마나스》지를 지탱해 가고 있습니다. 저는 미국을 지배하고 있는 이런 형편에서 당신들 두 사람이 잡지를 펴내는 데 존경과 경의를 보냅니다.

귀 지에 기고를 부탁하신 것에 감사드립니다. 이런 의문이 생깁니다. 제가 귀 지 독자들에게 유익한 글을 쓸 수 있을 것인가? 만약 제가 그렇게 할 수 있다면 한번 해 보겠습니다.

저는 다음과 같은 다섯 가지 주요한 사회적 관심을 가지고 있습니다.

(1) 인류는 모두를 위해 바람직한 삶을 제시하는 노력을 계속할 능력이 있는가. 레닌은 그럴 수 있다고 했고 슈펭글러는 의문을 품었습니다만. (2) 기술력을 생산과 건설을 위해 쓰면서 동시에 몇몇 파괴분자가 그 기술을 악용하여 인류를 전멸시키는 것을 막을 수 있는 능력이 인류에게 있는가. (3) 문명 제도가 바람직한 생활에 장애가 되지 않고 더 기여하게 만들 수 있는가. (4) 사회과학과 사회공학이 청년들에게 영감을 불러일으켜 더욱 힘을 쏟는 주요한 분야가 될 수 있을 것인가. (5) 서구 문명의 전개 과정에서 맡아 온 미국의 소수지배자 역할.

제 나이와 이제껏 살아온 배경 탓에 제가 이런 주제나 또는 이와 비슷한 관심사에서 벗어날 것 같지는 않습니다. 이 주제들이 귀 지를 위해 당신이 염두에 두고 있는 목표에 도움이 될 수 있다고 생각하십니까?

이 잡지는 일 관계가 영글기 전에 문을 닫았다.

여러 군데 세계 규모의 평화 회의에서 강연해 달라는 초청이 스콧에게 왔다. 그이는 러시아, 스리랑카를 포함해 될 수 있는 한 언제든지 강연 요청을 받아들였으며 남아메리카에도 몇 번 갔다. 강연 여행 도중에 내게 보낸 어떤 편지들은 여행 경비 내역에 관한 것도 있고, 강연 내용을 알려 주는 편지도 있었다. 여행할 때 그 사람은 좋은 호텔에 묵지 않았고, 식당에 가는 일도 드물었다. 다음은 1963년에 남아메리카를 여행하고 있을 때 상파울루에서 보낸 편지다.

몬테비데오에서 어젯밤 도착했소. 우리는 오후 10시쯤 공항에서 시내로 들어왔소. 공항에서 마중 나온 사람들은 나를 엑셀시오르 호텔로 데려갔소. 그 호텔은 21층짜리 미국식 고급 호텔이었소. 나는 그 호텔을 한 번 보고 안에는 결코 들어가지 않았소. 바로 짐을 들고 주변을 돌아보기 시작했소. 작은 여관을 세 군데 알아보았는데, 모두 만원이었소. 마침내 나는 좀 시끄러운 광장 가까이 있는 작은 여인숙을 하나 발견했소. 차가운 물이 나오고 난방이 되지 않았으며, 의자 두 개와 괜찮은 탁자가 하나 있고, 가까운 곳에 화장실이 있었는데 아주 깨끗했소. 여기서 나는 아침 식사를 포함해 800크루제이루, 약 1달러 50센트를 지불했소. 거리 맞은편에는 과일 가게가 있소. 오늘 아침 나는 다른 때 먹으려고 포도 2파운드, 큰 감 네 개와 꽤 큰 아보카도를 모두 50센트 주고 샀소. 여기 과일은 훌륭하고 풍성해 보이오. 거리에는 바나나를 싣고 있는 많은 손수레가 있소. 아직 사 먹어 보진 못했소. 내가 여기 머무른다면 하루에 2달러 50센트 또는 3달러가 들 테고 그 정도면 아주 잘 지낼 수 있소.

같은 여행길에 그이는 리우데자네이루에서 이런 메모를 써 보냈다.

이 여관에서 나는 괜찮은 방과 훌륭한 아침 식사를 위해 3,000크루제이루(4달러 80센트)를 내고 있소. 이것은 이 지역 농장 노동자의 거의 한 달 임금이오. 그래서 옮기기로 했소.

그리고 베네수엘라에서는 이렇게 썼다.

카라카스 대학에서 열린 모임은 아주 뜻있는 모임이었소. 모임을 주선한 사람들은 청중이 올지 확실하지 않아서 미리 사람들이 조금 올 것에 대비해 사과를 할 정도였다오. 그 사람들은 강당 대신에 자리가 100개 있는 교실을 이용하기로 했소. 모임이 시작되어 10분이 채 지나지 않아 모든 자리가 다 찼으며 100명이 넘는 사람들이 계속 들어오고 있었소.

나는 정면에 있는 긴 칠판에 강연의 개요를 자세히 썼는데, 통역인이 스페인어로 행간에 번역문을 써 넣었소. 사회과학부의 책임자인 사회자는 강연 주제를 미국의 경제 위기라고 소개하였소. 문장 하나하나가 번역이 되어 강연이 이루어졌는데, 발표가 끝나자 첫 번째 질문이 들어왔소. "미국 혼자 저개발 국가의 문제를 해결할 수 있을까요?" 대답은 "아닙니다. 여러분들 스스로 풀어야 합니다"였소. 두 번째 질문이 있었소. "선생님은 미국의 위기를 말씀하셨지만 대안은 말씀하지 않았습니다. 단

두 마디로 짤막하게 치유책을 제시할 수 있겠습니까?" "네." 나는 대답했소. "할 수 있습니다. 그 두 단어는 바로 '사회변혁'입니다."

소동이 일어났소. 학생들이 발을 구르고 외치며 박수를 쳤소. 이제까지 조용하던 교실이 총을 쏘는 듯한 함성으로 가득 찼소. 나는 매우 놀랐소. 몇 분이 지나자 조용해졌소. 이때쯤 교실은 학생들로 꽉 찼으며 창문으로 안을 들여다보는 학생들도 있었고, 복도로 열려 있는 문으로 계속 밀려들어 오고 있었소. 더 많은 질문들이 이어졌고, 나는 주제를 남북아메리카의 사회주의적 변화로 확대했소. 한 학생이 쿠바의 상황에 관해서 물었소. 내가 거기 간 적이 있는지 여부와 쿠바에 대한 내 의견이었소. 쿠바에 대해 얼마간 토론한 후, 다른 학생이 베네수엘라 민중이 해야 하는 일을 제안해 달라고 했소. 나는 말했소. "쿠바 민중은 내게 그런 질문을 하지 않았습니다. 쿠바 민중들은 무엇을 해야 하는지 알았고 곧바로 그 일을 해 오고 있습니다." 다시 박수갈채와 함성이 터져나와 몇 분간 이어졌다오. 마침내 사회자가 모임을 마칠 때가 되었다고 생각했소. 이날 모임은 전체로 1920년대 초기에 미국 학생들과 가졌던 모임을 상기시켰소. 나와 학생들 모두에게 그 모임은 기억에 남을 만한 사건이었던 거요.

같은 해 그이가 시카고에서 같은 또래 미국 젊은이들에게 강연했을 때는 다른 대접이 기다리고 있었다. 스콧은 이렇게 썼다.

메이너드 크리거는 나더러 자기네 대학에 가서 얼마쯤의 학생들에게 강연해 달라고 부탁했소. 나는 10명이나 12명의 학생들을 기대했는데, 가서 보니 대략 250명의 학생들이 기다리고 있었소. 나는 앞으로 나가 예정된 강연을 시작하여 15분 동안 강연하고 40분간 질의응답 시간을 가졌소. 나는 칠판에 이렇게 썼소.

## 지배 계층의 프로젝트
### 착 취

| 기술 | 결과 |
| --- | --- |
| 1. 물건 축적 | 1. 지배 계급에 종속 |
| 2. 마약 제조 | 2. 망각 |
| 3. 속임수 | 3. 타락과 붕괴 |

이것과 반대편에는 이렇게 썼소.

## 자유론자의 반(反) 프로젝트
### 해 방

| 기술 | 결과 |
| --- | --- |
| 1. 검약 | 1. 자립 |
| 2. 금욕주의 | 2. 에너지 보존 |
| 3. 목표 설정 | 3. 성장 |

나는 학생들에게 '지배 계층의 프로젝트'는 오늘날 추하고 저급하며 사람들을 노예로 만드는 제도에서 쓰는 방식이라고 말했소. 그리고 유일하고 진정한 자유는 욕구를 최대한 줄이는 데 있다고 말했소. 학생들의 반응은 격렬했소. 그 학생들은 맥주와 담배, 안락을 결코 포기하려고 하지 않았소. 연대 활동과 스스로 하는 훈련에 참가하는 것이 다음 단계를 위해 필요한 것인데도 그 학생들과는 전혀 상관없는 일이었소. 아무도 공동의 목표를 받아들일 능력이 없음이 분명했소.

그 사람은 자기가 즐겨 인용하는 다음 문구를 되풀이했을지 모른다.

지폐와 동전!

지폐와 동전!

돈 없이 사는 것은 범죄 중에서도 가장 나쁜 것이라네.

우리가 원하는 것을 낚아채 꼭꼭 가슴에 품는 일은,

사람이 해야 하는 가장 으뜸가는 의무라네.

또는 '쇠줄이 끊어지니, 보라, 사람들이 금줄을 얻기 위해 싸우누나'라는 말을 인용했을지도 모른다. 그리고 아마도 反 프로젝트를 설명하기 위해서는, '소유에 의존하는 삶은 일을 하거나 존재를 바탕으로 한 삶보다 자유롭지 못하다'라는 윌리엄 제임스의 말을 인용했을지 모른다.

카라카스 대학에서 며칠 동안 강연하던 스콧은 위험인물로 찍혀 미국으로 추방되었다. 《먼슬리 리뷰》 편집장인 리오 휴버먼은 스콧이 돌아온 후 열린 뉴욕 모임에서 그이를 소개하면서 이렇게 말했다.

우리가 오늘 밤 모신 분은 위험인물입니다. 이분은 감옥에 던져졌고 이 나라와 외국의 많은 도시에서 추방되었습니다. 권력자들의 눈에 이분이 위험인물로 보이는 까닭이 무엇일까요? 무기를 들고 폭력을 선동했습니까? 아니, 이분은 무기를 가지고 있지 않습니다. 이분은 평화주의자입니다. 이분이 청중더러 법과 질서를 깨뜨리라고 부추기는 선동가입니까? 아닙니다, 가끔 웅변적이긴 하지만 이분은 한결같은 이성의 목소리로 말합니다. 이분이 쓴 글들이 경솔하고 무지한 정신의 흥분 상태에서 온 것입니까? 결코 그렇지 않습니다. 이분은 자기가 말한 대로 쓰고, 학자로서 폭넓은 독서를 했으며 증거를 가려 탐구했고, 자기가 발견한 것을 단순하고 정직한 언어로 기록했을 뿐입니다.

그런데도 자본주의 국가의 지배 계층은 예외 없이 스콧 니어링을 위험인물로 간주합니다. 이분은 그들의 권력과 기득권을 위협합니다. 두려움을 모르는 사회과학자로서 그 사람들의 지배 체제를 위협합니다. 세상을 자신의 현미경 아래 놓고 열정을 다해 조사하고, 대부분의 사회과학자와 달리 자기가 발견한 것 때문에 다치거나 그 자신에게 어떤 위험이 오더라도 주저하지 않고 자기가 본 것을 알리는 용기를 가지고 있습니다.

이분은 타락한 세상에서 성스러움을 가르칩니다. 이것이 바로 이분이 위험인물인 이유입니다. 이분은 아주 오랫동안 세상의 병을 과학적으로 분석하는 자신의 직분을 훌륭하게 해내어, 이 땅 위에 사는 많은 사람들의 눈을 뜨게 했습니다. 이분의 조그만 촛불은 가깝고 먼 곳, 선진국과 후진국, 이곳 대학들, 아프리카 정글의 오두막, 브라질의 빈민촌, 아시아의 게릴라 은신처에까지 그 빛을 비춥니다. 새로 해방된 나라들의 정부에서 많은 사람들을 상대로 시행하는 훈련 과정에서 이분과 견줄 만한 영향을 미친 사람으로 생각할 수 있는 유일한 인물은 해럴드 래스키였습니다. 나는 이 드문 천품을 가진 스승들 두 분과 사귈 수 있는 특권을 가진 것에 감사하고 있습니다.

우리가 오늘 밤 스콧 씨를 존경하는 또 하나 중요한 이유를 말씀드리고자 합니다. 타락한 사회에서 이분은 타락하지 않은 채로 남아 있습니다. 기회주의가 유행처럼 된 시기에 이분은 변함없이 원칙을 지키고 있습니다. 폴 발레리는 이렇게 말했습니다. "당신은 당신이 생각하는 대로 살아야 합니다. 그러지 않으면 머지않아 당신은 사는 대로 생각할 것입니다."

우리 모두가 그렇게 오랫동안 빚을 진 스콧을 성인으로, 지혜를 겸비한 성인으로 보는 까닭은 이분이 스스로 생각하는 그대로 살아가기 때문입니다. 미국에서 가장 위대한 인물 가운데 한 사람인 이분에게 우리 모두 존경을 보냅시다!

# 물음과 대답

모든 일의 해답을 얻으려 하기보다는
약간의 의문점을 품고 있는 것이 낫다.
—

제임스 서버


우리가 농장 생활을 하고 있는 동안 날마다 수많은 편지들이 왔는데, 거기에는 비료 문제나 공산주의 문제, "머리 감을 때 비누를 쓰세요?"부터 "신을 믿으세요?"에 이르기까지 온갖 질문들이 담겨 있었다. 어떤 때 우리는 "세 가지 질문에 답변했는데 이제 충분하겠지요? 당신은 내가 그런 일에 하루 종일 귀를 기울일 수 있다고 생각하십니까?" 하는 칼럼니스트 애비 여사처럼 느꼈고, 어떤 때는 루이스 캐럴의 《이상한 나라의 앨리스》에 나오는 윌리엄 신부가 된 것처럼 느꼈다. 나이든 사람과 젊은이를 포함하여 수많은 사람들에게 그렇게 다양한 주제에 대해 답하는 것은 그날의 글쓰기 중에 흥미로운 부분이었는데, 그 일을 계속함에 따라 차례로 자극을 주기도 하고 또 자극받기도 하는 기회를 갖게 되었다.

다음은 편지로 물어 온 스물세 가지 물음에 대한 대답이다.

메인의 농장에서 돌담 일을 하고 있는 헬렌과 스콧, 1970년대 말.

---⚭---

부부로서 당신들의 공통 관심사는 무엇입니까?

(우리 친구들과 우리가 사귀고 있는 사람들 가운데 관심사를 모두 공유하고 있는 사람은 거의 없었다.)

1. 정치사회 부분: 사회주의 조직, 외국어, 여행
2. 생태 문제: 농장 일, 숲속에서 하는 일, 자연과 동물에 대한 사랑
3. 예술과 미학: 문학, 음악, 시, 그림
4. 우주와 불가사의 문제: 철학, 삶과 죽음, 명상
5. 조사와 연구: 도서관과 집에서 같이 책을 읽고 쓰기
6. 계획과 건축: 집, 바깥 건물과 농장
7. 간소한 식사: 채식주의, 가공하지 않은 유기 농산물
8. 건강: 운동, 다이어트, 요가, 단식

---⚭---

쉽게 갈라서는 요즈음 세태에서 우리가 어떻게 결혼 생활을 성숙시키고 변함없는 관계를 유지했는지 1970년 무렵에 질문을 해 온 여성에게 나는 이렇게 답변했다.

"우리가 언제나 의견이 일치하는 것은 아니지만, 나는 그 사람 마음이 움직이는 방식을 알고 있고 그이의 의견과 행동을 존중합니다. 그이도 내게 허용해야 할 것이 있습니다.

우리는 공통 관심사를 가지고 있고 또 서로 다른 관심사가 있습니

다. 나는 그 사람의 적성을 존중하고, 그이도 마찬가지입니다. 우리는 같이 성장하지만 다양한 방면으로 우리의 날개를 펼쳐갑니다.

스콧은 훈련받은 경제학자이자 사회학자로서 A-B-C-D, 1-2-3-4 식으로 생각하는 매우 안정된 사람입니다. 나는 음악가로서 예술에 관계된 일이나, 그이와 견주면 비중이 가벼운 일에 관심이 있습니다. 나는 그 사람에게 적응을 해야 했고, 그 사람도 마찬가지였습니다.

우리는 일을 나누어 했습니다. 나는 집안일을 맡아 꾸려 나가고, 그이는 농장과 바깥일을 합니다. 그이는 집안일을 돕고 나는 바깥일을 돕습니다. 우리는 호흡이 잘 맞는 팀입니다. 예를 들면 우리의 마지막 돌집을 짓는 공동 작업에서 나는 돌을 고르고 쌓는 일을 했고 그이는 콘크리트를 섞었습니다.

우리는 재산을 따로 관리하고 저마다 자기 통장을 가지고 있으며 우리의 재정 문제를 서로 독립해서 다룹니다. 이따금 우리는 서로 돈을 빌리기도 하고 빌려주기도 하는데, 공동의 은행 구좌를 가지고 기록하여 일 년에 몇 번씩 정산을 합니다.

우리는 성격상 매우 다른 특징을 가지고 있습니다. 그 사람이 흔들림이 없는 사자 성격이라면 나는 이리저리 움직이는 물고기입니다. 어떻든 이 기묘한 쌍은 40년 동안 조화를 이루었습니다. 우리는 계속 같이 갈 것입니다."

우리는 자주 늙음과 건강에 관한 질문을 받았다. 우리는 함께 답장을 썼다.

"늙음은 땅과 죽음 사이에서 순환하는 삶의 내리막길을 가는 것입니다. 늙음은 몸의 기력이 떨어지는 분명한 단점과 아울러 많은 장점을 가지고 있습니다. 죽음을 앞둔 사람은 이제 큰 언덕을 넘은 것으로, 많든 적든 자신이 할 수 있는 범위 안에서 일을 해 왔으며, 이제 기대할 수 있는 것은 얼마 없습니다. 인도에서는 삶의 모습을 청년, 가족의 구성원, 철학자, 은둔자의 시기로 나누고 있습니다. 청년기는 어떻게 살아야 하는지를 배우는 학생의 시기입니다. 중년기는 가족의 구성원과 사회적 존재로서의 의무를 포함하여 세속에서 왕성한 활동을 하는 시기입니다. 마지막 단계는 눈에 보이지 않는 세계에 대한 생각과 명상, 은둔과 무집착의 시기입니다.

건강을 위한 우리의 간소한 식사법은 이렇습니다. 음식은 신선해야 하고, 유기농법으로 거둔 생산물로 가공되지 않은 것이어야 합니다. 우리는 지나치게 가공한 음식을 피합니다. 당신의 식사법이 이런 방식에 가까울수록 소화기관과 건강에 좋습니다. 마찬가지로 두 사람의 사려 깊은 철학자가, 장수하면서 행복하게 살기 위한 필요조건으로 이런 조언을 주었습니다. 린위탕은 《생활의 발견》에서 '행복은 대체로 장의 운동이 어떠냐에 달려 있다'고 했습니다. 버트런드 러셀은 자서전에서 건강과 장수에 대해 말하면서 '하루에 두 번씩 빠짐없이 일정한 시간에 똥을 눈 것이 내 행복에 도움을 주었다'라고 했습니다. 마지막으로 엘버트 허버드가 한 말을 덧붙입니다. '당신이 건강하다면 아마도 행복할 것이고, 그러면 당신이 원하는 것 모두를 가지지는 못했더라도 당신에게 필요한 모든 부를 가진 것이다.'

우리가 건강과 장수를 위해 실천에 옮긴 몇몇 지침을 소개합니다.

적극성, 밝은 쪽으로 생각하기, 깨끗한 양심, 바깥일과 깊은 호흡, 금연, 커피와 차를 포함해 술이나 마약을 멀리함, 간소한 식사, 채식주의, 설탕과 소금을 멀리함, 저칼로리와 저지방, 되도록 가공하지 않은 음식물. 이것들은 삶에 활력을 주고 수명을 연장시킬 것입니다. 약, 의사, 병원을 멀리하십시오."

⁓

다음은 자신의 생활 방식에 낙담한 어떤 여성에게 보낸 답신이다.

"당신의 편지에서 나는 당신이 전환기에 이르렀다고 생각했습니다. 다시 모든 걸 시작하세요. 새로 시작하세요. 막 다시 태어난 것처럼 할 수 있는 한 과거로부터 모든 것을 배우고 잊어버리세요. 새로운 곳으로 가세요. 일을 얻으세요. 당신이 찾을 수 있는, 가장 적성에 잘 맞고 만족스러운 일을요. 규칙을 세우고 꾸준히 그 일을 하세요.

그러면 당신은 자신감을 얻고 당신 자신과 당신이 하는 일에 스스로 책임을 지며 살아가는 법을 배우게 될 것입니다. 어쩌면 당신은 누군가를 돕는 일을 할 수도 있습니다. 그 일은 당신 자신의 골칫거리를 잊게 해 줄 것입니다. 당신은 너무나 소중한 존재여서 흐느끼고 자책하며 자기 연민에 시간을 낭비할 수 없습니다. 당신이 지금 여기서 할 수 있는 일에 뛰어들어 온 힘을 다해 능력을 발휘해 보십시오.

사랑과 원기, 조화로운 생활을 빌며. 스콧."

나는 프랭크 타운센드의 《땅 Earth》에서 이 구절을 뽑아 그 여성에게 보냈다.

"당신이 만족스럽지 않고 기분이 좋지 않다면, 그것은 당신이 살고 있는 세상과 조화를 이루지 못하기 때문입니다. 그 세상은 당신이 그다지 크게 바꿀 수 없는 것입니다. 하지만 당신은 조금씩 자기 주위 환경과 조화를 이루어 가도록 성장함으로써, 자신의 고통을 줄여 갈 수 있습니다. 당신이 바꿀 수 있는 것은 오로지 당신 자신입니다."

그리고 순회 목사 존 웨슬리*가 1750년에 쓴 다음과 같은 시구를 찾아내어 보냈다.

할 수 있는 한 최선을 다하라.
당신이 할 수 있는 모든 수단과,
당신이 할 수 있는 모든 방법으로,
당신이 할 수 있는 모든 곳에서,
당신이 할 수 있는 모든 때에,
당신이 할 수 있는 모든 사람에게,
당신이 할 수 있는 한 오래오래.

———— ✿ ————

우리는 일상생활에서 스트레스를 줄이는 묘법으로 다음과 같은 것을 제시했다.

1. 어떤 일이 일어나도 당신이 할 수 있는 한 최선을 다하라.

---

* 옮긴이 주-존 웨슬리: 기독교 감리교파를 창시한 이

2. 마음의 평정을 유지하라.

3. 당신이 좋아하는 일을 찾아라.

4. 집, 식사, 옷차림을 간소하게 하고 번잡스러움을 피하라.

5. 날마다 자연과 만나고 발밑에 땅을 느껴라.

6. 농장 일 또는 산책과 힘든 일을 하면서 몸을 움직여라.

7. 근심을 떨치고, 하루하루씩 살아라.

8. 날마다 다른 사람과 무엇인가 나누라. 혼자면 누군가에게 편지를 쓰고, 무엇인가 주고 어떤 식으로든 누군가를 도와라.

9. 삶과 세계에 대해 생각해 보는 시간을 가져라. 할 수 있는 한 생활에서 유머를 찾아라.

10. 모든 것에 내재해 있는 하나의 생명을 관찰하라.

11. 모든 피조물에 애정을 가져라.

-------- & --------

스콧은 낙심해 있는 영혼에게 이렇게 썼다.

"충만하고 보람 있는 삶을 누리는 데는 네 가지 조건이 있습니다. 첫째는 생존력입니다. 곧, 몸을 튼튼히 하고 기력을 보존하며, 균형 잡힌 감정과, 민감한 마음, 직관력, 분명한 인생관이 있어야 합니다. 둘째는 여러 행동 노선에서 현명한 선택을 하게 하는 지혜입니다. 셋째는 어느 만큼 이 선택에 따라서 살아갈 수 있는가 하는 당신의 한계입니다. 넷째는 자연의 아름다움 속에서 당신이 체험할 수 있는 조화로운 삶에 대한 자극입니다."

---

의기소침하고 혐오감에 빠진 영혼에게 보낸 다른 편지이다.

"당신은 미국의 지배 계층이 인심 좋고 이익을 주는 듯이 제공하는 값싸고 풍성한 자극제와 진정제로 당신의 양심을 잠재울 수 있습니다. 당신의 훌륭한 감각을 마비시키고, 다른 사람들이 하는 대로 행동하며 말하는 대로 말하고, 스스로를 비하하여 밀려오는 물결에 몸을 맡길 수 있습니다.

당신은 자유주의자들과 연합하여 소련을 욕하며, 사회계획, 공동 작업, 근로 대중을 비난하고, 당신이 갈망해 온 것을 이루지 못한 데 대한 좌절감의 결과로 쓰라리고 냉소적으로 되어, 행동으로 옮기지는 않고 그저 말만 끝없이 되풀이할 수 있습니다.

인류는 오랫동안 생존해 왔습니다. 과학, 예술, 철학과 수많은 기술에서 인간은 신뢰할 수 있는 많은 부분을 가지고 있습니다. 사람은 성장하고 발전하며 진화할 수 있는 거의 무한한 능력을 지니고 있는 것처럼 보입니다. 그러므로 용기를 내어 미래를 바라보면서 현재에 충실합시다. 건투를 빕니다!"

---

한 남미 사람이 보내온 물음에 대해서는 이런 대답을 보냈다.

"당신은 대혁명의 소용돌이 속에서 당신을 혼란시키고 몰아치는 큰 변화의 물결 때문에 당황하고 혼란스러우며 적지 않게 용기를 잃은 수많은 사람 가운데 한 사람입니다. 1750년 무렵에 시작된 그 물결은 정치, 통신, 산업, 과학과 예술을 변화시켰습니다. 실제로 그것은 본질적으로 새로운 세계를 창조했습니다. 대혁명의 기운은 아직도 넘쳐흐르고 있습니다. 당신이 슬기로우며 식견을 가지고 있다면, 당신은 위기를 극복할 수 있고, 그 위기를 연구하고 이해하며, 그 위기에서 뭔가를 배워, 당신의 두 발로 선 다음, 당신이 가지고 있는 동전을 던져 그 방향을 바로잡는 데 도움을 줄 수도 있을 것입니다.

그 과정에서 당신은 어느 정도까지는 어리둥절하고 혼란스러울 것입니다. 그 점을 넘어서면 당신은 중심을 잡게 되어 지금 진행되고 있는 사회과정을 지도하는 데 한몫을 하기 시작할 것입니다. 당신 자신을 이해하고 자신을 깨닫고 자신을 지도함으로써, 자신이 우리가 확장하는 우주라고 부르는 그 거대한 쇼의 일부임을 자각하십시오."

전쟁과 평화에 관한 물음에는 이런 편지를 보냈다.

"평화를 바라는 사람들에 대해 물어 온 당신 편지를 가지고 있습니다. 우리가 곤란을 겪고 있는 기본 문제는 전쟁이 아니라 사과나무에 사과가 열리는 것과 똑같이 전쟁을 낳는 사회제도의 존재입니다. 전쟁을 없애기 위해 우리는 전쟁을 일으키는 원인을 변화시켜야 합니다. 복지사회의 이념은 매우 오래되고 뿌리 깊은 것입니다. '언제나 전쟁이 있어 왔고 앞으로도 그럴 것이다'라는 주장이 있습니다. 네이팜탄 따위를 쏘며 전쟁을 하는 한편에서 평화를 얘기하는 존슨의 말을 들노라면, 이성적인 사람은 정치가의 말과 약속을 의심하지 않을 수 없게 됩니다."

———— ✂ ————

한 부자의 물음에 대한 답변이다.

"풍요로움은 그 나름의 장점을 가지고 있습니다. 부족함에 따르는 고통을 없애고 넓은 지평을 열어 줍니다. 호주머니에 돈이 가득 차 있으면 어디든지—지옥에라도—갈 수 있습니다. 풍요로움의 결과가 어떤 것이 될지는 알 길이 없습니다. 미국을 지배하는 지금 같은 조건 아래에서 강한 사람은 스스로 가치 있는 행위규범을 만들어 그에 따라 살 수 있습니다. 그것은 가능하기는 하지만, 쉽지는 않습니다. 우리가 저마다 훈련이 되고 건설하는 삶을 살면서 도움이 필요한 곳에 손을 빌려주는 데에 달려 있습니다. 대략 그렇습니다."

———— ✂ ————

1976년에 주목을 받은 농장 운영에 따르는 기회와 어려움을 이런 설명으로 대신했다.

"지난여름에는 사람들 1,370명이 숲속 농장을 찾아왔습니다. 어떤 날은 32명이나 되었습니다. 7월 4일 우리는 17명과 점심을 같이 했습니다. 방문객들 대부분이 젊은이들이었습니다. 많은 사람들이《조화로운 삶의 지속》을 읽었습니다. 꽤 많은 이들이 땅을 구하고 있었으며, 실제로 일하는 모습을 보고 싶어 했습니다. 많은 사람들이 어떻게 농장 일이 이루어지는지 배우기 위해 '거들어' 주고 싶어 했습니다. 손님들 대부분이 그런대로 일을 잘 했습니다. 어떤 사람들은 훌륭한 일꾼 같았습니다. 처음으로 육체노동을 해 보는 사람들도 있었습니다. 아주 적은 사람들이 하루에서 1년 정도까지 머무르고 싶어 했습니다. 7월 5일 한 이웃이 건초를 만들어 주었습니다. 다음 이틀 동안 우리는 갈퀴와 쇠스랑으로 건초를 쌓아 올렸습니다. 건초 일을 하는 데 11명이 동원되어 능률 면에서는 지나치게 많았지만 모두들 일하는 게 즐거운 듯이 보였습니다. 우리는 또 돌을 쌓는 일도 했는데 그 일은 대여섯명 만이 도움이 되었습니다."

나는 스콧의 설명에 이렇게 덧붙였다.

"이번 여름에는 말 그대로 수천 명의 방문객을 맞을 예정입니다. 그렇게 많은 사람들을 만나는 일은 꽤 인내가 필요한 일입니다. 지난 토요일에는 26명과 함께 점심을 먹었습니다. 세어 보니 벌써 1,500명이 다녀갔습니다. 나는 녹초가 되었습니다."

---------&---------

여행 도중 하루 일과를 마치고 우리를 초대한 주인에게 보낸 편지 가운데 한 토막이다.

"당신이 갑자기 나타나서 도움이 되는 말을 해 준 것은 확실히 우리 마음을 따뜻하게 했습니다. 나는 여기가 어디이며, 며칠이고, 오후 몇 시인지 얼른 생각나지 않을 만치 현기증이 났고(지금도 그렇습니다),

어떻게 우리가 여기에 왔는지 잠시 동안 종잡을 수가 없었습니다. 스콧은 이것이 휴가 여행이라고 말합니다만, 천만에요! 그래도 스콧은 불평 한마디 없이 해마다 이런 여행을 합니다. 이 일은 정말 힘 좋은 사람이 해야 할 일입니다. 나는 그이 얼굴에 주름살이 늘어 가고 머리숱이 옅어지는 까닭을 알 것 같습니다. 그런데도 내가 그이를 만나 온 세월, 적어도 그 삶의 절반 동안 그이는 여전히 왕성하게 활동하며 좋은 건강을 유지하고 있습니다. 높은 유머 감각은 말할 것도 없구요. 우리는 도중에 당신이 정성스레 준비한 점심을 먹고 2시 30분에 여기에 도착해 이 모텔에 주차시킨 뒤 사람들에게 전화를 걸었습니다. 그랬더니 '빨리 오세요, 모임이 시작되었습니다' 하더군요! 그래서 거의 쉴 새가 없었습니다. 지금은 5시 30분인데 다시 나가야 되므로 이 글을 이만 그쳐야겠습니다."

젊은 여성에게 스콧이 보낸 편지다.

"흥청망청 물건을 사는 당신의 뉴욕 생활은 마치 세계 여행을 준비하려고 물건을 쌓아 두고 있는 것처럼 들립니다. 상점에 가서 남이 만든 옷을 사 가지고 나오는 대신에 당신이 재료를 사거나 아니면 직접 짜서—얼마간 친지나 친구의 도움을 받아—자기가 입을 옷을 만들어 보면 어떨 거라고 생각하십니까?

당신은 영화관에 앉아서, 단지 일어날 듯 믿게끔 보일 뿐 거의 일어나지 않거나 결코 일어나지 않을 일들의 그림을 보는 대신에, 학교 밖에서 당신의 상상력을 시험하고 능력을 일깨우며, 쓸모 있고 아름다운 어떤 것들을 만들 수 있는 소질이 당신에게 있음을 느낌으로 확신시켜 주는 그런 일을 하는 데 시간을 쓸 수 있을 것입니다.

어떤 경우에도 되새겨 생각해 볼 일은 우리가 무엇을 소유하고 있느냐가 아니라 우리 자신이 변화하고 성장하는 데 도움이 되는 어떤 일을 하고 있느냐 하는 것입니다. 흔히 우리의 소유물은 그 일에 방해가 됩니다."

———— ✍ ————

1960년대 캘리포니아 로디에 사는 한 여성에게 보낸 편지다.

"당신이 옳습니다. 여기는 물론 지구의 다른 쪽에서도 우리 시대는 사람들을 좌절시키고 있습니다. 인류는 주변의 모든 것에 난폭하게 구는 '약탈' 경제를 구축해 왔습니다. 대안은 '알맞게 나누는' 방식입니다만, 맨 위에 자리 잡은 사람들이 받아들이지 않습니다. 인플레이션이 심해지면서 형편이 점점 더 어려워지고 있습니다. 많은 사람들이 곤궁한 상태에서 죽어 갑니다. 당신이 할 수 있는 가장 안전한 모험은 스스로 먹을 식량을 생산하고 소비하는 일입니다. 일하기 힘든 긴 겨울을 보내야 하는 우리와 견주면 당신이 더 수월할 것입니다. 요점은 쓸모 있고 조화로우며, 해를 끼치지 않고 뭔가를 생산하는 당신 자신의 삶을 사는 것입니다."

─────── ✑ ───────

이 편지는 1960년대에 사회주의 계열의 동지에게 보낸 것이다.

"미국에서 사회주의 운동이 분열된 까닭은 한편에서 보면 이 나라에서 가르치고 있고 또한 실현되고 있는 극단의 개인주의 때문입니다. 다른 한편으로는 정치 운동으로서의 사회주의를 파괴하려는 주의 깊게 계획된 조종에 그 원인이 있습니다.

청년들의 변혁 운동은 진정한 대중 운동이긴 합니다만 계획, 훈련, 조직이 부족합니다. 이 모든 일은 시간과 경험을 필요로 합니다.

나는 우리의 영향권 안에 있는 젊은이들이, 틀에서 벗어나는 데 반드시 따르기 마련인 현실의 어려움에 부딪치면 대부분 자기들의 사회적 배경으로 되돌아가리라고 봅니다.

미국의 지도층은, 제국주의 나라들이 대중에게 인기가 없고 이익보다 손실이 훨씬 큰 이 시대에 세계 제국을 건설하려고 애쓰고 있습니다. 현재 미국이라고 하는 기업은 그 자체로 파산 상태입니다.

우리가 살고 있는 시기는 사람을 흥분시키며 문제를 일으키고 또 망치고 있습니다. 이 시기는 문명의 순환 주기에서 아래쪽으로 내려가고 있습니다. 지진보다는 덜하지만 세대와 세기를 넘어 황폐와 파괴를 계속해 가고 있습니다.

우리 앞에 가혹한 시절이 기다리고 있습니다. 이제 베트남에서 미국 무기로 무장한 사람들이 50만 명 이상으로 늘어날 것이 꽤 분명해 보입니다. 사상자 수도 계속해서 늘어날 것입니다. 하지만 아직 전쟁은 선포되지 않았습니다. 때문에 존슨 대통령과 그 무리들은 약탈과

해적질에 골몰하고 있으며, 그러한 모험의 대가를 지불하기 위해 미국 국민에게 연간 250억 달러에서 300억 달러의 예산을 부담시키고 있습니다. 물론 그것은 경제에 도움을 줍니다만, 따지고 보면 차라리 미국 무기업자들에게 250억 달러를 지불하는 것이 훨씬 싼 편이 될 것입니다. 그 편이 베트남에서 희생되는 생명을 구하고 전 세계에서 미국의 명예와 선의를 잃게 만드는 위험을 피할 수 있으니까요."

---&---

학교를 졸업함으로써 '마침내 자유를 얻었다'는 한 여성의 편지에 이런 답장을 보냈다.

"여기서 '자유'라는 말은 단지 말에 지나지 않으며, 그 이상의 것은 아닙니다. 학교를 졸업한 뒤에도 당신은 다음과 같은 요인에 영향을 받을 것입니다.

1. 육체적 욕망, 미숙한 감정, 갈피를 못 잡는 마음, 막연한 갈망과 희망. 무엇보다도 당신 혼자만의 것으로서 당신을 지배해 온 깊이 뿌리박힌 습관.
2. 큰 고통을 가져다주는 기성 사회의 미친듯한 신경질적인 억압과 그에 대한 저항.
3. 당신을 감싸 주고 열어 주는 자연, 곧 당신이 그 일부인 우주의 힘과 영향.

자기 자신과 평화를 이루지 못하고 사회에 적응하지 못하며 자연과 조화를 이루지 못한다면, 당신은 힘들고 불행하며 보람 없는 삶을 살게 될 것입니다. 당신은 육체의 한계 안에서 자유롭습니다. 당신은 팔을 올릴 수도 있고 올리지 않을 수도 있습니다. 그러나 사람들과 일단 관계를 맺게 되면, 당신의 모든 행위는 그 사람들에게 영향을 주고 그 사람들의 행위 또한 당신에게 영향을 미칩니다. 당신이 당신 주위에 있는 모든 것의 일부임을 자각하십시오."

---------&---------

동료에게 보낸 편지다.

"때때로 우리에게 감명을 주는 인물들이 우리의 정치 지평을 지나갔습니다. 그러한 인물들은 이제 더 이상 보이지 않습니다. 닉슨과 조지 맥거번 같은 사람은 열차의 차장 이상으로 우리의 대외 정책에 책임을 지지 않습니다. 열차는 운행 일정에 따라 움직이며, 차장은 열차를 운전하고 정거장을 알리며 차표를 거둡니다. 그리고 열차는 레일을 따라 달려갑니다.

당신은 지나치게 개인 관점에서 사건들을 봅니다. 그러나 이들 모두가 개인을 훨씬 넘어서는 것입니다. 개성을 발휘할 수 있는 어떤 지도자가 숨어 있는지 모르겠습니다만, 아직 어떤 천재도 눈에 들어오지 않는군요.

나라를 떠나지 마십시오. 눌러 있으세요. 새로운 여객 승무원을 고르십시오. 어쩌면 새로 계획을 짜는 데 도움을 줄지 모릅니다. 결국은 궤도가 다시 놓이고 선로가 깔려야 할 것입니다. 미국이든 세계이든 개인의 관점에서 고려될 수는 없습니다."

——— ✌ ———

　사람들이 농장 일을 생활양식으로 생각할 때 물질 자원뿐만 아니라 내적인 자원도 고려해야 한다고 충고했다. 삶은 만족감을 얻어야 한다. 존 버로스는 "고독 속으로 물러나는 사람은 삶의 토대가 될 만한 사상과 경험의 밑천을 갖고 있어야 하며, 그러지 않으면 영혼이 빈곤하여 메말라 버릴 것이다"라고 말했다. 땅을 살 만한 돈을 은행에 가지고 있어야 할 뿐만 아니라 목표와 목적을 가지고 있어야 한다.

——— ✌ ———

　우리 책에 왜 종교에 관한 얘기가 없냐고 몇몇 사람이 편지 속에서 물었다. 우리에게 전도하려는 시도들도 있었고, 어떤 사람들은 우리가 하느님을 믿는지 꼭 짚어서 물어보기도 했다. 1980년에 스콧은 그런 질문에 답하는 편지를 썼다.

　"당신이 제기한 '신을 믿습니까' 같은 진지한 문제를 토론할 때 대개는 문제를 제기한 사람이 토론의 주제어에 대한 정의를 내립니다. 그러므로 질문에 답하기에 앞서 당신이 가리키는 신은 무엇을 뜻하는지 묻고 싶습니다."

　두 번째 답신에서 스콧은 이렇게 썼다.

　"'우리 모두를 이어 주는 에너지의 총화'라고 신을 정의해 주신 데 대해 감사드립니다. 그것은 흔히 보는 것이 아닌 흥미로운 정의였습니다. 나는 그것을 약간 바꾸어서 쓰고 싶습니다. '우리'를 생략하고 '모든 것을 이어 주는 에너지'로요. 당신이 내린 정의가 단지 인간만을 관련시키는 것처럼 보여서 제안하는 것입니다. '우리'를 빼면 동물, 꽃, 바위, 나무 그 밖에 모든 것을 쉽게 넣을 수 있습니다. 그것을 신의 정의로 한다면, 네! 나는 있는 그대로의 우주, 모든 것이 그 나름으로 구현되어 있는 우주를 믿습니다. 나는 또한 우주는 순간순간 조금씩 변화하고 있으며, 언제나 변화하는 전체로서 그것이 있음을 믿습니다. 이것은 '신'이란 말을 더 간결하게 '전체로서 있는 그것All That Is'이라고 정의하는 것을 가능하게 합니다. 이것은 신God과 존재Being가 본질적으로 같은 것이라는 사실을 뜻합니다."

(스콧과 편지를 주고받은 폴 리트킨은 여기에 소개한 것 같은 스콧의 답신을 모아 1986년 《하나님 편지 The God Letters》라는 책에 소개했다.)

나는 의문이 들었다. 왜 '신'이라는 말을 쓰는가? 우리는 그 말을 거의 쓰지 않는다. 왜 '전체로서의 존재' 또는 '위대한 전체'로 만족하지 못하는가? 아마도 엠페도클레스가 말한 다음의 정의가 최선인 듯싶다.

'신의 본질은 그 중심은 어디에나 있으나 원주는 어디에도 없는 원과 같다.'

-------- &8 --------

헬렌은 긴 겨울 여행 뒤에 자기들 부부의 건강 상태에 관심이 많은 한 의사 친구에게 그 기간 동안에 한 식사 내용을 자세히 써서 보냈다.

"우리는 꽤 힘든 4개월 동안의 겨울 여행을 마치고 2월 느즈막히 이곳 메인에 돌아왔습니다. 두 사람 다 좋지 않은 식사와 생활 형편 때문에 체중이 10파운드 불었습니다. 싱싱한 채소와 과일이 가득한 저장실을 뒤로하고 우리는 열흘 동안, 사과만을 통째로 또는 잘라서 하루에 12개씩 먹는 식이요법을 해서 10파운드 넘게 살을 뺐습니다. 우리는 일상생활로 돌아와 쌓여 있는 인쇄물과 우편물에 관계된 밀린 일을 하고, 나무 자르기, 땔감 만들기, 통나무 끌어오기, 오래된 돌담에서 큰 돌을 끌어와 우리 연못에 있는 섬가의 얼음 위로 가져오는 일을 하고 스케이트를 즐겼습니다. 젊었든 나이가 들었든 간에 로저곳에 사는 어떤 사람들 못지않게 활동적인 날들을 보냈습니다.

우리는 아침으로 박하차 두 잔, 점심으로 수프와 곡물을 들고, 저녁에는 샐러드와 야채를 먹었습니다. 나는 10파운드쯤 다시 늘었으나, 힘든 바깥일을 더 많이 하는 스콧은 같은 체중을 유지했습니다. 우리는 10시쯤 자리에 들었는데, 스콧은 5시에 일어나 아침 식사 전까지 대부분의 쓰는 일을 한 뒤 하루 일과인 여러 가지 일을 시작했습니다."

같은 의사 친구에게 스콧은 뒤에 이렇게 썼다.
"내 건강 상태를 염려하는 편지 고맙네. 자네 제안을 내가 이해하건대 자네는 다달이 내가 소변을 받아다 자네에게 갖다주고 비타민 B-12 주사를 맞으며 그 밖에 필요한 처방이나 치료를 받기를 권하고 있네. 내가 만일 그렇게 한다면, 내 삶의 남은 기간 동안 의사의 감독 아래 수명을 늘리려고 애쓰는 셈이 되는 걸세. 고맙네만, 나는 그런 과정을 밟느니 차라리 일찍 죽는 편을 택하겠네.

내 방식은 내가 할 수 있는 한 보통의 건강과 원기를 유지하면서 적절히 절제된 생활을 해 나가는 것이라네. 내가 올바른 식사 방식과 절제된 생활로 잘 지낼 수 없다면, 될 수 있는 한 빨리 죽는 것이 나와 내가 속해 있는 사회를 위해서 좋을 것이라 생각하네."

------&------

우리가 왜 채식주의자가 되었는지에 대한 답변이다.

"여러 가지 까닭이 있습니다만, 가장 먼저 생각할 것은 윤리입니다. 조지 버나드 쇼는 같은 질문에 늘 이렇게 대답했답니다. '당신은 동물 시체를 먹어 치우는 끔찍한 버릇을 어떻게 정당화할 수 있지요?' 우리는 고기를 먹어야 할 합당한 까닭을 찾지 못했습니다. 썩어 가는 시체는 병균과 독소로 가득 차 있지만, 유기농법으로 기른 싱싱한 과일이나 채소, 곡식은 생명력이 있고 깨끗합니다. 채식은 육식보다 훨씬 단순하고 돈이 덜 들며 또한 온건합니다.

인류는 지구에 살고 있는 생명체 가운데 하나일 뿐입니다. 이 땅에는 동물과 식물 같은 다른 삶의 양식을 지닌 것도 많습니다. 모두들 이 땅에서 서로 기대면서 살아가는 생존 방식을 취합니다. 이러한 존재 양식은 저마다, 추측컨대 어떤 목적을 지닌 에너지가 밖으로 드러난 것입니다. 모든 것이 여기서 살고 성장하며 발전하고 기여합니다. 모두는 그 자신의 삶을 살면서, 또 많든 적든 다른 삶의 양식과 공존하고 있습니다. 인류는 이 생명체들에게 해를 입힐 수 있고, 형제 같은 존재들을 도구로 만들며, 노예로 부리거나 사고 팔며, 죽이고 먹을 수도 있습니다. 인류는 또한 인간의 생명을 구하기 위한 실험용으로 그 생명체들을 이용합니다.

우리와 같은 생명체들은 우리와 마찬가지로 살 권리가 있습니다. 우리는 그 생명체들을 괴롭히거나 해치지 않고 그들이 살아가고 진화하도록 돕고 싶습니다.

당신은 빈대, 흰개미, 파리, 모기, 바퀴벌레 같은 '해충'들을 죽일 필요가 있다고 말합니다. 그러지 않으면 그 해충들이 금세 지구를 뒤덮어 사람이 살 수 없게 될 거라고 두려워합니다. 혹시 이런 사실들을 알고 계신지 묻고 싶습니다.

1. 인간은 셀 수 없이 많은 숲을 파괴하고 (썩은 고기를 얻으려고) 지나치게 많은 목초지를 만들고 드넓은 땅을 사람이 살 수 없는 사막으로 만들지 않았습니까?

2. 인간은 온갖 새와 물고기와 짐승들을 죽이지 않았습니까?

3. 인간은 '스포츠'란 이름으로 야생동물을 죽이지 않았습니까?

4. 역사상 인간은 일부러 다른 사람들이 이룬 문화를 파괴하고 약탈하며 수천만 명을 노예로 만들고 죽이지 않았습니까?

5. 당신은 미국을 여행하면서 도시의 입구에 자리 잡은 빈민가의 그 끔찍한 광경, 광고판이 줄지어 선 고가도로를 보지 못했습니까?

'해충'을 어떻게 정의하든 간에, '살아 있고 살리는' 뜻에서 볼 때, 인간이 단연코 으뜸가는 해충일 것입니다."

동물들이나 반려동물에 대한 우리 태도를 묻는 질문을 받고 이렇게 대답했다.

"동물들은 우리 형제들입니다. 우리 곁에서 성장하는 지구상의 다른 종족입니다. 동물들은 열등하지 않으며, 형태가 다른 자아들입니다. 동물들 중 어떤 것들은 지느러미를 가지고 있고, 어떤 것들은 움직이기 위한 날개를 가지고 있으며, 어떤 것들은 두 다리를, 어떤 것들은 네 다리를 가지고 있습니다. 우리는 다리가 두 개뿐이지요. 또 어떤 것들은 엄지손가락을 가지고 있고, 어떤 것들은 발톱을 가지고 있습니다. 우리는 갈고리와 그보다 더 나쁜 것들을 만들어 왔습니다.

우리는 이 창조물들에 대해 아무런 권리가 없습니다. 하지만 우리는 약탈하고 우리에 가둡니다. 야생 그대로 지내야 하는데도 우리는 동물들을 멸종시키고 노예로 만들며 행동 방식과 삶을 바꿔 놓습니다. 어떤 동물은 그것을 좋아하고 어떤 동물들은 그렇지 않습니다. 우리는 어떤 동물들은 친구로 만들고, 다른 동물들은 노예로 만들었습니다.

스콧은 동물을 부리거나 애완용으로 삼는 데 반대해 왔습니다. '동물들을 존중하라. 동물들이 자유롭게 달리도록 내버려 두라'고 말해 왔습니다. 우리 가족은 언제나 고양이, 개, 카나리아, 앵무새, 병아리 같은 반려동물들을 길렀습니다.

버몬트 지역에는 야생동물들이 많았습니다. 메인에서는 희고 큰 고양이가 찾아왔습니다. 그 고양이는 전 주인을 따라 떠나는 것을 마다

메인의 농장에서 톱질을 하고 있는 스콧과 헬렌, 1980.

했습니다. (나는 그 고양이 때문에 땅값으로 100달러를 더 지불해도 군말하지 않았을 것입니다!) 스콧은 그 고양이가 사육되지 않고 야생으로 자유롭게 살아온 것을 존중했습니다. '화이티'는 우리가 오기 전에 여러 해 동안 혼자서 겨울을 났습니다. 그 뒤로 나는 분명히 무언가 필요해서 우리 집 문께로 온 길 잃은 고양이들 한 무리를 보게 되었습니다. 스콧은 그 고양이들을 좋아했고, 고양이들도 그이를 좋아했습니다만, 스콧은 고양이들이 흔히 그렇듯이 종속물이 되는 것은 받아들이지 않았습니다. 나는 네발 달린 동물은 어떤 것에든 애정을 가졌는데, 꼬리를 흔드는 모습, 털이 복슬복슬한 귀, 수염, 분홍빛 코, 분홍빛 나무딸기 같은 발과 특히 가르랑거리는 소리를 좋아했습니다."

우리는 기계 사용에 대해 질문을 받았다. 스콧은 기계를 싫어했으며, 기쁜 마음으로 기계 없이 지낼 수 있었다. 우리는 어쩔 수 없이 자동차와 트럭을 갖고 있었다. 트럭은 도심지에서 떨어져 자연 상태로 사는 데 필수품이었다. 모래와 자갈, 바위, 건축용 통나무, 땔감용 나무, 농장 일에 쓰는 흙, 해초, 나뭇잎들을 실어 나르는 데 쓰였다. 스콧은 기계톱과 잔디 깎는 기계를 아주 싫어했다. 그 소음과 악취가 그이를 괴롭혔다. 그이는 오히려 한 손으로 잡고 쓰는 작은 톱과 낫, 그 밖에 손으로 쓰는 연장을 가지고 소음 없이 천천히 일하는 것을 좋아했다.

여기 그 사람이 부속품, 기계, 자동차 따위에 관한 주제로 물어 온 질문자에게 1960년에 쓴 편지가 있다.

"나는 손을 써서 하는 의사소통을 좋아하기 때문에 이 편지를 손으로 쓰고 있습니다. 나는 구술 녹음기는 말할 것도 없고 타자기조차 거의 쓰지 않습니다. 나와 내가 종이 위에 쓰려고 하는 것 사이에 기계가 끼어드는 것을 나는 바라지 않습니다.

돌아다닐 일이 있으면, 나는 되도록 늘 걸어 다닙니다. 어쩔 수 없을 때만 기계 교통수단을 이용합니다. 나는 내 발을 땅에 딛고 주변을 관찰하면서 무슨 일이 일어나고 있는지 알아볼 수 있도록 천천히 움직이는 것을 좋아합니다.

나는 손으로 많은 일을 합니다. 오늘 아침 나는 괭이로 떼를 뜬 다음 쇠스랑으로 더미 위에 쌓아 올렸습니다. 그러고 나서 삽과 손수레로 밑에 있는 흙을 치웠습니다. 불도저로 하면 50분의 1 시간으로 같은 일을 했을 것입니다. 그렇게 되면 나는 서서 구경했을 테지요. 반대로 나는 오늘 아침 일을 하는 순간순간 만족감을 느꼈으며 아침 식사하라는 말을 들었을 때 즐거움을 빼앗기는 느낌이었습니다.

나는 곡괭이와 삽을 가지고 하루에 10시간을 소모하고 싶지는 않습니다만, 격렬한 육체 활동을 즐깁니다. 특히 내 자신의 노력으로 계획을 세우고 그 결과가 눈앞에 나타나는 것을 볼 수 있을 때 그렇습니다. 모든 다른 일과 마찬가지로 여기에도 우리가 할 수 없는 한계가 있습니다. 그러나 내 목적과 계획, 행위 사이에 바깥의 간섭을 최소한으로 줄이려는 것이 내 방식입니다. 인생은 단추를 누르는 것이 아니라 행위하고 건설하며, 일정한 형태로 생각을 구체화하는 데 의미가 있습니다."

━━━━ ✿ ━━━━

우리는 명상과 요가에 대해 질문을 받았다. 사람들은 내가 일단 농부가 된 이상 이런 일들을 계속해 나갈 수 있는지 궁금해했다. 나는 더 이상 의식처럼 명상이나 요가를 하지는 않았다. 우리 일상사는 끊임없는 운동, 이를테면 올리기, 구부리기, 뻗기, 들기, 걷기, 헤엄치기 같은 활동을 포함하고 있다. 이 모든 활동이 정확하게 초점을 맞추어서 이루어지면, 곧 요가나 명상이 될 것이다.

그렇다, 우리의 그릇된 생각이 더 높은 경지로 향하도록 언제나 결가부좌 자세를 한 것은 아니지만 우리는 명상을 했다. 우리는 전체와 우리의 관계를 인식하면서 하루를 시작하여 우주의 창조력 앞에 우리 자신을 열고, 마음의 항로를 넓게 유지하면서 은혜로운 힘이 들어오도록 할 수 있었다. 우리들은 특히 이때에 생명의 근원을 호흡했으며 하루 내내 이런 헌신의 느낌이 지속되도록 노력했다. 이것이 명상이었던가? 우리에게는 그랬다.

━━━━ ✿ ━━━━

우리가 왜 아이를 갖지 않았는지, 가졌다면 우리의 조화로운 삶에 영향을 미치지 않았을 것인지 질문을 받았다.

나는 보통 그 무렵(50년 전)에 결혼하지 않은 상태로 남자와 사는 것은 매우 부도덕한 일이었으며, 사생아 신분의 어린 자식들은 사랑하는 우리 부모님을 몹시 괴롭혔을 것이라고 대답했다. 부모님은 인습에 어긋나는 내 행동을 묵묵히 참아 왔다. 나는 스콧과 함께 사는 것이 너무도 충만한 삶이어서 부족함이나 완전하지 못함이 없었다. 아이가 없어도 흥미로운 생활이 계속되었다. 그것은 또한 모든 것을 더욱 완전하게 공유할 수 있게 해 주었다. 다시 사람으로 태어나면 우리는 아이를 가질지도 모른다. 나는 그렇게 하기로 스콧과 약속했다.

한편 우리는 우리가 그 삶에 도움을 줄 수 있는 젊은이들로 둘러싸였다. 청년들 수천 명이 해마다 뉴잉글랜드에 있는 농장으로 우리들을 찾아왔다. 어떤 이들은 가까운 곳에 살면서 우리와 같이 일을 했고 어떤 이들은 그냥 들러서 함께 얘기하고 주변을 둘러보았다. 수없이 많은 사람들이 나중에 편지를 보내어 자기들이 얼마나 크게 감동을 받고 또 삶이 바뀌었는지를 들려주었다. 다른 많은 사람들은 단순한 삶에 관한 우리 책을 읽고 많든 적든 영향을 받았다. 우리들은 많은 아이들을 가졌던 것이다. 이 밖에 아이를 갖지 않은 것은 아마도 우리가 사회에 할 수 있는 또 하나의 기여, 새로운 인구를 더하지 않음으로써 인구 증가의 압박을 늦추게 했을 수도 있다.

우리가 지나치게 진지하고, 지나치게 '고지식하다'는 지적들이 많았다. 스콧은 그냥 마시고 떠들 뿐인 '파티'에는 가려고 하지 않았다. 그 사람은 그런 것들을 낮게 보았으며, 거기서 누군가 도움을 필요로 하거나 할 일이 있어도 그 일을 하고서 곧 나왔다. "제가 쓸모가 있을 때만 가겠습니다" 하는 것이 그런 초대에 보통 하는 응답이었다.

놀이와 재미에 대해서는 어떤가? 흔히 받은 그 질문에 우리는 "우리가 하는 모든 일이 놀이이자 즐거움입니다. 그렇지 않으면 우리는 그 일을 하지 않습니다" 하고 대답했다. 스콧은 '재미'라는 말을 좋아하지 않았다. 윌리엄 블레이크는 한 친구에게 보낸 편지에서 이렇게 썼다.

"지나친 재미는 모든 일을 아주 메스껍게 한다. 재미보다는 유쾌함이 좋고, 유쾌함보다는 행복이 낫다."

언젠가 내 책을 쓰는 일을 하면서 "다른 사람이 좋아하든 싫어하든 나는 이 일이 아주 재미있네요" 했더니 스콧은 부드러운 말투로 이렇게 말했다. "그 일을 재미 삼아 한다니 찬성할 수 없구려. 인생을 재미로 사는 것은 아니잖소. 좀 더 진지하게 일을 했으면 하오."

그것은 도대체 진지함과는 무관한 단순한 요리책이었다.

# 황혼과 저녁별

이제 마지막으로, 부드럽게,
단단한 요새 같은 집의 벽과
꽉 물린 자물쇠의 걸쇠,
굳게 닫힌 문의 보호에서
나를 놓여나게 해 주십시오.

소리 없이 미끄러져 나가게 해 주십시오.
부드러움의 열쇠로 자물쇠를 열고
속삭임으로 영혼의 문을 열어 주십시오.

상냥하게 초조해하지 않고.
(당신의 힘으로 죽음을 거두시고,
사랑을 지키십니다.)

—

월트 휘트먼, 마지막 기도


오랫동안 스콧과 나는 죽은 뒤의 세계에 대해 관심을 가져왔다. 우리는 죽음에 대해 알고 싶은 호기심이 있었고 죽음이 어떤 것일지 큰 기대를 가져왔는데, 이제 스콧이 삶의 마지막에 점점 가까이 다가감에 따라 우리는 이 문제에 관해 많은 시간을 들여 얘기하고 책을 읽었다. 우리 집 서재에는 죽음과 죽어 가는 과정에 관한 책이 수십 권 있었는데, 거기에는 오래전에 우리 아버지가 갖고 있었던 책도 있다. (그 가운데 희귀본으로 유명한 프랑스 천문학자 카미유 클라마리옹이 쓴 세 권짜리 책,《죽기 전 Before Death》,《죽음 At Death》,《죽은 뒤 After Death》가 있다.)

우리는 어떤 형태로든 삶의 연속성과 의식이 이어짐을 믿었다. 우리 앞에 기다리고 있으리라고 믿는 더 많은 만남과 더 많은 기회를 간절히 바랐다. 우리는 죽음이란 종말이 아니라 옮겨감이라고 느꼈다. 그것은 삶의 두 영역 사이에 있는 출입구였다. 이 문제에 관해, 오랫동안 친구로 지내 온 불가지론자 로저 볼드윈에게 보낸 편지에서 스콧은 이렇게 썼다.

"많은 사람들은 죽음을 끝으로 생각하지만 우리 같은 사람들에게 죽음은 변화지. 낮에서 밤으로 바뀌는 것과 비슷하게, 언제나 다시 또 다른 날로 이어지지. 두 번 다시 같은 날이 오지 않지만 오늘이 가면 또 내일이 오네.

사람의 몸뚱이는 생명력이 빠져나가면서 먼지로 바뀌지만, 다른 모습을 띤 삶이 그 생명력을 받아 이어진다네. 우리가 죽음이라 부르는 변화는 우리 몸으로 보아서는 끝이지만, 같은 생명력이 더 높은 단계에 접어드는 시작이라고 볼 수 있지. 나는 어떤 식으로든 되살아남 또는 이어짐을 믿네. 우리 삶은 그렇게 계속되는 것이네."

스콧은 오랫동안 스스로 의도하고 목적이 있는 죽음에 대해 얘기해 왔다. 그이는 자신이 완전히 무능력자가 되어 자신과 다른 사람들에게 짐이 될 때까지 기다리지 않으려고 했다. 요양소에서 두려움에 떨며 오랜 시간에 걸쳐 죽어 가는 것을 결코 바라지 않았다. "왜 우리의 마지막 날과 죽음을 그렇게 소란스럽게 만들어야 할까?" 하는 의문을 가졌다.

쾌적하고 낯익은 환경 속에서 조용하고 조화롭게 사라지는 대신에, 우리는 비싼 돈을 들여 우리가 사랑해 온 이들을 병원이나 요양소로 보내어, 그 과정을 편안하게 돕기보다는 자연스럽지 못한 수단으로 막으려는 낯선 사람들에게 맡긴다. 우리는 불편함 속에서 울음으로 인생을 시작하지만, 떠날 때는 적어도 어느 만큼 우리의 목표를 이룬 가운데 위엄과 완전함을 지닌 채 갈 수 있다.

죽음은 언제나 우리가 지향해서 일해 온 우리 삶의 일부인 것처럼 느껴졌다. 우리가 언제 어디서 죽느냐가 중요한 것이 아니라, 우리가 죽음을 맞이한다는 사실과 어떻게 맞이하느냐가 중요한 것이다. 우리는 죽음이 오리라는 것을 알았고 기다리고 있었다. A. S. M. 허친슨이 1925년에 쓴 소설 《커 가는 목표 One Increasing Purpose》에서 묘사한 주인공처럼 스콧은 '하루 일을 마치고 집 안이 잘 정돈된 문가에 서서 그 앞에 펼쳐진 넓은 들판을 바라보며 저녁을 맞이하는 남자의 면모'를 지니고 있었다.

스콧은 자기 힘이 아주 사라지기 전에 가고 싶어 했다. 그이는 자신의 자유의지에 따라 가기를 원했고, 의식을 갖고 또 의도한 대로, 죽음을 선택하고 그 과정에 협조하면서 죽음과 조화를 이루고자 했다. 그이는 죽음의 경험을 피하려고 하지 않았으며 스스로 기꺼이 그리고 편안하게 몸을 버리는 기술을 배우고 실천하기를 기대했다. 죽음으로서 그 자신을 완성할 것이다. 그동안 어떻게 사는지 배워 왔는데 이제 어떻게 죽는지 배우고자 했다. 노자는 "생명이 열매를 맺고, 떨어지게 하라"고 말했다. 스콧의 삶은 완전한 열매를 맺게 되었으니, 이제 가도록 놓아둘 준비가 되었다.

딜런 토머스는 "이렇게 좋은 밤에 점잖을 떨 수는 없잖은가" 하고 노래했지만, 스콧은 자신의 죽음이 점잖고 목적이 있으며 아울러 평온하게 이루어지길 바랐다. 그이는 궁극적인 경험을 놓치고 싶어 하지 않았다. 몽롱하거나 의식이 없는 채로 가는 대신 죽음을 음미하고 심지어 즐기고자 했다. 그이는 특히 소로와 웰스 경우와 같은 평온한 최후를 좋아했다.

1862년 소로의 누이는 친구에게 다음과 같은 편지를 썼다.

"오빠가 오랫동안 앓고 있을 때도 거기에서 벗어나고자 하는 불평이나 우리와 같이 남아 있으려고 하는 소망을 한 번도 들어 보지 못했습니다. 오빠의 완벽한 만족감은 참으로 훌륭했으며, 생기와 기쁨으로 가득 찬 것처럼 보였습니다. …… 이윽고 숨이 점점 약해졌고, 아무런 저항 없이 오빠는 우리를 떠나갔습니다."

기자가 웰스의 마지막 날 즈음에 인터뷰를 하러 갔을 때 웰스는 지나치리만큼 기자를 소홀히 대접했다. "나를 방해하지 마시오. 내가 지금 죽느라고 바쁜 걸 보지 못하시오?" 하는 말이 기자가 들은 말 전부였다. 이 두 이야기는 스콧을 즐겁게 했으며, 의심할 바 없이 그 자신이 떠나는 데 좋은 모범이 되었다.

죽음에 맞닥뜨리고 죽음을 맞이하는 데 얼마나 많은 방법들이 있는가? 죽는 사람 수만큼이나 많다. 죽음이 실제로 어떨지는 우리 자신이 갈 때까지 모르지만, 우리는 그것을 뒤틀린 떠남 또는 꽝 닫힌 문처럼 만들 수도 있고 또는 조화로운 정점, 절정으로 만들 수도 있다. 우리가 어떤 태도, 어떤 행동으로 죽음을 맞는가 하는 열쇠는 우리 손에 달려 있다. 바람직하기로는 열린 눈과 감각을 가지고 떠나며, 옮겨감을 환영

손수 지은 메인의 돌집 옆에 서 있는 스콧, 1979.

하는 것이다. 우리가 잘 준비하면 우리는 분별 있고 평온한 마음으로 뜰을 걸어 내려가, 문을 열고 그 길의 모든 과정을 눈여겨보면서 갈 수 있다. 우리 모두는 훨씬 더 위험하고 혼돈스러운 과정인 탄생의 과정을 겪었으며 그것을 넘어 살아왔다. 이제 우리 앞에 무엇이 놓여 있는지 보아야 할 때다.

스콧이 여든이 되기 전에 그 사람을 '노인'이라 부르는 것을 듣고 나는 화가 났다. 아흔이 넘어서는 받아들이긴 했지만. 스콧은 90대 중반까지 육체와 정신, 그리고 영혼의 힘을 지니고 있었다. 그 무렵 그이는 이 힘이 조금 줄어드는 기색을 보였을 뿐이었다. 뛰어난 건강을 지닌 그이도 노년기를 피할 수는 없었다. 그이의 타고난 체질, 환경, 식사법, 습관, 감정, 삶의 방식, 이 모든 것이 그 사람의 건강을 마지막 순간까지 지켜 주었다. 그이는 아흔둘에 마지막 책《문명과 그 너머 Civilization and Beyond》를 마쳤다. 여섯 군데 출판사가 "그 책은 팔리지 않을 겁니다" 하면서 우리 앞에 놓인 상황을 그린 이 책의 출판을 거절했다. 스콧은 그 책이 서구인들과 그 약탈 문화에 뒤따르는 위험한 과정에 대한 진정한 탐구에서 나온 것이라고 믿었기 때문에 자신이 인쇄업자를 고용하여 조판을 하게 했다. 그 책은 1975년에 출판되었다. 그이는 죽기 전 해인 1982년 말 '사회의 힘 Social Forces'이라는 책을 쓰고 있었다. 우리는 (약을 먹는 대신에) '건강을 실천한다 We Practice Health', 그리고 현대 생활의 신조인 '더 많이 소유하고, 더 많이 얻기'에 대한 대안으로서 '덜 갖되, 더 충실하기 Have Less, Be More' 같은 책을 몇 권 더 함께 쓰려고 계획했다.

스콧이 아흔여섯이 되자, 나는 그이의 에너지가 얼마 남지 않았음을 느끼고 받아들이게 되었다. 그이의 건장한 체격은 마침내 쇠약해지고 육체는 다해 가고 있었다. 그 몸은 다 닳은 연장이었고, 그이는 물러서서 자기가 바라는 새롭고 더 생산적이기조차 한 경험의 세계로 갈 준비가 되었다. 프로이트는 죽기 전에 친구에게 이렇게 썼다.

"부지런히 일하며 살아온 뒤의 당연한 결과로서 나는 지쳐 있다네. 나는 이제 쉬는 것이 공평하다고 생각하네. 그렇게 오랫동안 함께 연결되어 있던 유기적 요소들이 이제 서로 떨어지려 하고 있네. 대체 누가 그 요소들을 강제로 계속 붙어 있게 하고 싶어 하겠나?"

아흔여섯이 지나자 스콧은 몽테뉴를 인용하면서 말했다. "나는 죽어서도 양배추를 심고 싶소." 그이는 전 같지는 않더라도 여전히 정원 일과 장작 더미 쌓는 일을 했다. 여전히 "날마다 집안일을 하고 밖에서 나무를 가져오리라" 하고 읊조렸지만, 통나무를 여섯 개 대신 세 개, 마침내 미안해하면서 한 번에 한두 개를 가져온 데서 보듯, 그이가 이제 더 이상 일을 할 힘이 없는 것이 분명했다.

그이는 원망스러워하며 올리버 웬델 홈스의 시 〈마지막 잎 The Last Leaf〉을 읊고 싶었을 것이다.

……

사람들은 말하네.
그이가 한창이던 시절,
시간의 날이

가지를 치듯 그이를 베어 내기 전에
그 마을을 통틀어
그만 한 사람은 보지 못했노라고.

……

오래전에 돌아가신
할머니께서 말씀하셨지요.
그이는 로마인 같은 코에
뺨은 눈 속에 핀 장미 같았다고요.

허나 이제 그이 코는 가늘어지고
긴 자루 같은 턱에 의지하며
허리도 굽고
웃음 속에도 슬픈 주름이 있습니다.

……

그리고 나무에 마지막 잎들로
내가 살아 있어야 한다면
봄날에
웃음 짓게 해 주십시오.
내가 매달려 있는
오래되고 버려진 가지 위에서.
내가 지금 그러듯이.

스콧은 즐거운 회상에 젖는 듯이 W. B. 예이츠의 시구를 인용했다. "노인이란 지팡이 짚고 누더기 옷을 걸친 볼품없는 것 …… 죽어 가는 짐승에 붙들어 매인 …… 그리고 이 불합리―오! 가슴, 가슴이 찢어 지네―이 우스꽝스러움, 개 꼬리같이 내게 매달려 있는 이 나이 먹음을 어쩌면 좋을까?"

우리가 함께 한 마지막 여행은 1980년 국제 채식주의자 회의에 참석하러 인도에 간 것이었다. 미국으로 돌아오는 길에 우리는 아이오와주에 들러 주립 대학에서 한 번, 또 메인의 보든 대학에서 한 번, 그렇게 두 번 그이의 일생에서 가장 훌륭한 강연을 했다. 한 청중이 이런 편지를 보내왔다. "스콧 씨가 나이 아흔여덟에 보여 준 힘과 내면의 정열이 놀라울 따름입니다. 저는 그이의 강연 기술이 마치 절정기에 이른 것처럼 느꼈습니다." 메인으로 돌아와 우리는 여전히 우리가 먹을거리들을 기르고 나무를 자르며, 글을 쓰고 수많은 방문객들을 맞이하는 일을 계속했다.

시몬 드 보부아르는 《노년 The Coming of Age》에서 "노인에게 건강보다 더 큰 행운은 계획을 세워 바쁘고 유용하게 살면서 권태와 쇠퇴에 사로잡히지 않는 것이다"라고 말했다. 스콧은 젊었을 때나 늙었을 때나 평생에 한 순간도 따분해하거나 흥미로운 주제를 잃어버린 일이 없었다. 보부아르는 말하기를 "노년이 전생의 부조리한 패러디가 아니라면 단 하나의 해답이 있는데, 그것은 우리 존재에 의미를 갖게 하는 목적을 추구하는 일―개인이나 단체 또는 대의를 위해, 사회 정치적이거나 지적이고 창조적인 작업에 헌신하는 일을 계속해 나가는 것이다"라고 했다. 그리고 이어서 백 세가 넘는 사람들을 대상으로 한 21년 동안의 과학적인 연구 결과를 얘기한다.

"여기에 속한 대부분의 사람들은 미래에 대한 주의 깊은 계획을 세운다. 그 사람들은 공적인 일에 관심을 가지고 있으며 젊은이와 같은 열정을 가지고 있다. 또한 나름대로의 소박한 관심거리와 재치 있는 유머 감각을 가지고 있다. 그 사람들의 욕구는 건전하며 대단한 인내심을 지니고 있다. 그리고 보통 완벽하게 건강한 정신을 가지고 있으며 낙천적이고 죽음을 두려워하지 않는다. …… 백 세를 넘긴 사람들은 거의 언제나 아주 드문 존재들이다."

빅토르 위고는 1880년에 이렇게 썼다.

"반세기 동안 나는 산문, 시, 역사소설, 희곡, 연애소설, 전설, 풍자와 서정시, 노래로 생각을 표현해 왔다. 나는 이 모두를 시도해 보았다. 그러나 나는 내 안에 있는 것들의 거의 천분의 일도 말하지 않은 것처럼 느낀다. 무덤에 가면 나는 '하루 일을 끝냈다'고 말하겠지만, '내 생애의 일을 끝냈다'고 말할 수는 없다. 나의 하루 일은 다음 날 아침 또 시작될 것이다. 무덤은 막다른 골목이 아니라 열려 있는 여행길이며 해질녘에 닫혔다가 동이 트면 다시 열린다. 내 일은 이제 시작이며 겨우 기초를 닦았을 뿐이다. 나는 기쁜 마음으로 그 일이 완성을 향해 끝없이 오르는 것을 보고 싶다. 무한에 대한 갈망이 무한을 증명한다."

젊은이 중심의 문화에서 노년은 낮게 평가되고 비웃음의 대상이 된다. 노년에 나타날 수 있는 자질은 흔히 무시되거나 경시된다. 노년에 얻어지는 직관, 지식, 지혜, 훌륭한 유머는 젊은 시절에는 결코 얻어질

수 없는 것이다. 《뜻대로 하세요 As You Like It》의 아담처럼 스콧의 나이
는 '서리가 내렸으나 온화하고 원기 있는 겨울' 같은 것이었다. 목표와
자극을 주는 일이 앞에 펼쳐지는 가운데 그이의 노년은 충만한 시간이
었다. 스콧은 마지막 수십 년 동안 원기를 잃지 않고 한결같은 자세로
살아왔다. 그이의 70대는 노령이 아니었으며, 80대는 노쇠하지 않았고,
90대는 망령이 들지 않았다. 그이의 정신은 80대 후반에도 여전히 분
별 있고, 정확하며, 예민하여 여느 때처럼 강연하고, 책을 읽고 날마다
글을 썼다. 스콧은 말했다.

"일은 사람이 늙는 것을 막는 데 도움을 준다. 일이 곧 내 삶이다. 나
는 일이 없는 삶을 생각할 수 없다. 일하는 사람은 결코 권태롭지 않
고 늙지 않는다. 희망과 계획의 자리에 후회가 들어설 때 사람은 늙는
다. 일과 가치 있는 것들에 대한 관심이 늙음을 막는 가장 훌륭한 처
방이다."

이제 그이는 그 끝에 마주 서고 있었다. 아흔여덟 살에 인터뷰를 하
면서 "아흔아홉까지 살 가능성을 보고 있습니다"라고 말하는 그이의
푸른 눈이 빛났다. "당신이 알다시피 그것은 확신할 수 없는 전망입니
다. 나이가 들면 표현력과 직관력이 떨어집니다. 시간 말고는 내게 남은
것이 거의 없습니다. 그러나 내가 무언가 도움이 될 수 있다면, 계속 살
고 싶습니다."

휘트먼은 꽤 이른 나이인 칠십 세에 이렇게 말했다.

"오래된 배는 긴 항해를 할 만한 형편은 못 되지만, 깃발은 여전히 돛
대에 달려 있고 나는 아직 키를 잡고 있다."

마크 트웨인에 관해서는 이런 말이 전해진다.

"그 사람은 세상에서 자기 몫의 일을 해냈다. 그 사람은 자기가 돌본 대부분의 사람들보다 오래 살았다. 세상이 나쁘게 되어 가자 그이는 주저 없이 그곳을 떠났다."

스콧의 친구이자 시인인 리처드 알드리지는 이렇게 썼다.

"이제 말을 걸 사람이 많이 남지 않았다. 말하고 싶어 하는 사람도 많지 않다. 그이가 여기에 있지 않을 날이 머지 않았다."

나는 스콧의 자료 모음에서 손바닥 크기의 카드 위에 손으로 정성스럽게 쓴 이런 메모를 보았다.

"사람을 삶에 연결시켜 주는 개인의 끈이 약해짐에 따라 삶의 단계도 희미해져 간다. 사회적 측면도 점점 흐릿해진다. 그에 따라 그 사람을 삶과 매어 주는 힘도 줄어든다."

저녁을 먹은 뒤에 남는 저녁 시간은 우리에게 여전히 진지한 독서 시간을 마련해 주었다. 나는 오쇼 라즈니쉬의 강연에서 두 구절을 따 스콧에게 읽어 주었다.

삶에서 가장 커다란 수수께끼는 삶 그 자체가 아니라 죽음이다. 죽음은 삶의 절정이자 마지막에 피는 가장 아름다운 꽃이다. 죽음에서 전체로서의 삶은 응축된다. 죽음에서 당신은 도달한다. 삶은 죽음을 향한 순례다. 시작 그 순간부터 죽음이 오고 있다. 탄생의 순간부터 죽음은 당신을 향한 출발을 시작했다. …… 죽음은 전 세계에 걸쳐 수백만 가지 방법으로 순간순간마다 일어나고 있다. 존재는 죽음으로 자신을 새롭게 한다. 죽음은 가장 커다란 수수께끼이다. 삶은 다만 죽음을 향한 순례이기 때문에 죽음은 삶보다 더 신비로운 것이다.

나는 또《이집트 사자의 서 The Egyptian Book of the Dead》가운데 한 구절을 읽어 주었다.

　　죽음은 병든 사람이 회복하는 것같이, 병을 앓고 난 뒤에 정원으로 나가는 것같이 오늘 내 앞에 있다.
　　죽음은 여러 해 동안 갇혀 있는 사람이 간절히 집에 돌아가고 싶어 하는 것처럼 오늘 내 앞에 있다.
　　죽음은 칼과 방패로 상처 입은 사람에게 의사가 고약을 발라 치료하듯이 오늘 내 앞에 있다.

　　나는 C. H. A 브제레가르드가 1913년에 쓴 책《위대한 어머니 The Great Mother》에서 의미심장한 구절을 만났다.

　　우리가 어느 쪽으로 방향을 틀든 자연에는 생기를 주고 지속시킬 뿐 '죽임의 원칙'은 없다. 그 전체를 통해 자연은 모든 형태와 변화물로 나타나는 생명이다. 의심할 바 없이 특별한 현상의 소멸은 있으나, 가장 약하고 작은 것에서조차 절대적이고 완전한 죽음은 없는 광대하고 무한한 생명체이다. 죽음처럼 보이는 것은, 이제 막 새로 시작하려는 생명의 상징이자 징표이다. 죽음과 삶은 더 높은 형태로 가고자 하는 생명 자체의 싸움일 뿐이다.

　　모리스 마테를링크가 1913년에 쓴 책《우리의 영원 Our Eternity》에는 이런 훌륭한 구절이 있다.

　　여기 열린 바다가 시작된다. 여기 찬란한 모험이 시작된다. 사람의 호기심과 나란히, 가장 높은 갈망처럼 높이 솟아오르는 유일한 것. 우리가 아직 이해하지 못한 삶의 형태로 죽음을 보도록 우리 자신을 맞추자. 탄생을 볼 때와 같은 눈으로 그것을 보는 법을 배우자. 그러면 곧 우리 마음은 탄생을 축하할 때 같은 기쁜 기대를 품고 죽음의 발자국을 따라갈 것이다.

탄생과 죽음은 우리 지식의 한계를 표현하려고 지은 말이다. 한 친구가 자기 어머니의 죽음에 관해 우리에게 썼다.

"죽음은 단지 지평선입니다. 지평선은 우리가 볼 수 있는 한계를 표시하는 것일 뿐입니다."

나는 스콧이 새 지평선을 찾기 위해 앞으로 나갈 뿐이라고 느꼈고, 그이가 좋아하는 우화를 떠올렸다.

나는 바닷가에 서 있다. 내 쪽에 있는 배가 산들바람에 흰 돛을 펼치고 푸른 바다로 나아간다. 그 배는 아름다움과 힘의 상징이다. 나는 서서 바다와 하늘이 서로 맞닿는 곳에서 배가 마침내 한 조각 구름이 될 때까지 바라본다. 저기다. 배가 가 버렸다. 그러나 내 쪽의 누군가가 말한다. '어디로 갔지?' 우리가 보기에는 그것이 전부이다. 배는 우리 쪽을 떠나갔을 때의 돛대, 선체, 크기 그대로이다. 목적지까지 온전하게 짐을 싣고 항해할 수 있었다. 배의 크기가 작아진 것은 우리 때문이지, 배가 그런 것이 아니다. '저기 봐! 배가 사라졌다!'라고 당신이 외치는 바로 그 순간, '저기 봐! 배가 나타났다!' 하며 다른 쪽에서는 기쁜 탄성을 올리는 것이다. 그리고 그것이 우리가 죽음이라고 부르는 것이다.

스콧과 나는 함께 우리 삶을 마무리 지어 왔고 우리는 그것을 알고 있었다. 여기에는 생각해야 할 생리적인 요소가 있었다. 그이가 어떻게, 어디에서, 누구에게 다루어지기를 바라는가. 나는 그이가 곳곳에 생명을 연장시키는 도구로 가득 찬 병원이 아닌 집에서 머무르기를 바란다는 것을 알고 있었다. 그이는 어떠한 약도 먹지 않으려 했고 의사를 피하고 싶어 했다. 그이는 점점 쇠잔해졌고 약해지는 육체를 지속시키는 데 대한 관심이 줄었다. 그이가 더 이상 자기 몸의 짐을 나를 수 없고 자신을 돌볼 수가 없을 때, 그이는 갈 준비를 했다. 나는 이 점에서 그이와 같았다. 사람이 죽는 방법은 그 사람이 살아온 삶의 방식을 반영해야 하는 것이라고 보았고, 나는 기쁜 마음으로 그이가 품위 있게 그렇게 하도록 도왔다.

다가오는 끝을 눈여겨보면서, 나는 그때까지 내 삶에 있었던 큰 사랑과 떠남을 생각했다. 두 번의 빛나는 순간이 내 마음에 새겨져 있었다. 우리 아버지가 플로리다의 병원에서 운명하고 있을 때, 어머니와 내가 같이 병실에 들어갔다. 아버지는 의식이 돌아와 문간에 서 있는 우리를 올려다보면서, "내가 가장 좋아하는 두 사람"이라며 행복하게 속삭였다. 그것은 우리 두 사람에게 두고두고 기쁨을 가져다주었다.

그리고 스콧이 메인에서 마지막 해를 보내고 있는 동안 집에서 인터뷰를 하면서 했던 한마디 말이 내게 크나큰 감동을 주었다. 그 사람이 숭배해 온 톨스토이와 간디 말고 동시대인 가운데 가장 큰 영향을 준 사람이 누구냐는 질문을 받고서 그이는 잠시 생각에 잠기더니, "헬렌입니다" 하고 대답했다. 인터뷰를 하러 온 사람은 이렇게 썼다. "헬렌은 젊은이처럼 행복한 탄성을 지르며 방을 가로질러 달려와 그 극적인 찬사에 대해 그이를 껴안고 키스했다. 스콧은 아주 흐뭇한 얼굴로 헬렌에게

잔잔한 웃음을 보냈다."

스콧의 기력이 떨어짐에 따라 강연 요청이 들어오면 내가 그이 대신
약속을 이행하고 그이는 조용히 집에서 머물렀다. 그이가 손으로 쓴 마
지막 편지 하나가 보스턴 지역 교회 앞으로 보내졌다.

사랑하는 이들에게,
일 년쯤 전부터 나는 꽤 빠르게 늙어 가고 있습니다. 어떤 날은 건강이
괜찮다고 느끼지만 다음 날은 일을 하지 못할 수도 있습니다. 상태가 이
렇기 때문에 특정한 날짜에 강연하러 나갈 수가 없습니다. 참 유감입니
다! 하지만 그게 인생이지요. 올해에 이르기까지 나는 꽤 건강에 자신이
있었습니다. 하지만 이제 나는 바로 앞의 미래에 대해서도 확신할 수가
없습니다. 이런 여건으로 나는 공식적인 강연 약속을 할 수가 없군요.
좋은 계절을 맞으시기 바랍니다.

그것은 우리 관계에서 새로운 단계였으며, 나로서는 환영할 만한 일
이 아니었지만, 위급 상황에 대비해야 했다. 내가 멀리 나갈 때면 친구
들더러 그이를 눈여겨보도록 주선해 놓았다. 여기 나날이 하는 일과 그
이의 상태를 나타내는 지침으로 남겨 놓은 일정표가 있다.

부엌 불을 지핀다.
거실에 불을 넣는다.
가능한 한 오래 스콧이 자도록 둔다.
그이가 깰 때까지 부엌 또는 거실에 앉아 있는다.

메인의 돌집 앞에서, 1982.

겉옷이나 스웨터 입는 것을 돕는다.

그이 침상에 담요를 펴고 낮 동안 그대로 둔다.

난로에서 물이 끓으면 차를 만들고, 주스 한 잔과 바나나를 준다.

팝콘을 조금 원하지 않으면 이것이 그이가 점심까지 먹는 것 모두이다.

그이는 나무를 구하러 가고 날이 좋으면 아침 내내 밖에서 일할 것이다.

점심으로는 스프와 사과 또는 바나나, 땅콩버터와 꿀을 곁들여 약간의 밀이나 죽을 정오에 먹는다.

그이는 점심 전후에 침상에서 낮잠을 자야 한다.

1시 30분쯤 우편물이 오면 읽어 본 뒤 아래층 그이 방에 있는 커다란 빈 상자에 넣는다.

날씨가 좋으면 오후 시간에 밖에 나와 있으려고 할 것이다.

4시에 부엌 불을 지핀다.

감자, 사탕무, 순무 또는 당근을 볶는다.

5시 30분에 내가 샐러드를 만들고, 보통 6시에 함께 식사를 한다.

그이는 8시 30분쯤 자러 간다. 이제 앉아서 책을 읽어도 좋다!

메인으로 이사 온 1, 2년 뒤부터 우리는 장의사에 돈을 주고서 미리 우리 자신의 화장에 대비했다. 지금 내가 할 수 있는 모든 것은 스콧이 '주위 여러분에게 드리는 말씀'이라는 제목으로 내게 남긴 지침을 따르는 것인데, 이 지침은 1963년에 처음 쓰고 1968년에 그이의 이름 머리 글자를 써 넣었으며 1982년에 다시 그렇게 했다.

이 글은 다음과 같은 요망 사항을 기록해 두기 위해 쓴다.

1. 마지막 죽을 병이 오면 나는 죽음의 과정이 다음과 같이 자연스럽게 이루어지기를 바란다.

- 나는 병원이 아니고 집에 있기를 바란다.
- 나는 어떤 의사도 곁에 없기를 바란다. 의학은 삶에 대해 거의 아는 것이 없는 것처럼 보이며, 죽음에 대해서도 무지한 것처럼 보인다.
- 그럴 수 있다면 나는 죽음이 가까이 왔을 무렵에 지붕이 없는 열린 곳에 있기를 바란다.
- 나는 단식을 하다 죽고 싶다. 그러므로 죽음이 다가오면 나는 음식을 끊고, 할 수 있으면 마찬가지로 마시는 것도 끊기를 바란다.

2. 나는 죽음의 과정을 예민하게 느끼고 싶다. 그러므로 어떤 진정제, 진통제, 마취제도 필요 없다.

3. 나는 되도록 빠르고 조용하게 가고 싶다. 따라서,
- 주사, 심장 충격, 강제 급식, 산소 주입 또는 수혈을 바라지 않는다.
- 회한에 젖거나 슬픔에 잠길 필요는 없다. 오히려 자리를 함께할지 모르는 사람들은 마음과 행동에 조용함, 위엄, 이해, 기쁨과 평화로움을 갖춰 죽음의 경험을 나누기 바란다.
- 죽음은 광대한 경험의 영역이다. 나는 힘이 닿는 한 열심히, 충만하게 살아왔으므로 기쁘고 희망에 차서 간다. 죽음은 옮겨감이거나 깨어남이다. 모든 삶의 다른 국면에서처럼 어느 경우든 환영해야 한다.

4. 장례 절차와 부수적인 일들.
- 법이 요구하지 않는 한, 어떤 장례업자나 그 밖에 직업으로 시체를 다루는 사람의 조언을 받거나 불러들여서는 안 되며, 어떤 식으로든 이들이 내 몸을 처리하는 데 관여해서는 안 된다.
- 내가 죽은 뒤 되도록 빨리 내 친구들이 내 몸에 작업복을 입혀 침낭 속에 넣은 다음, 가문비나무나 소나무 판자로 만든 보통의 나무 상자에 뉘기를 바란다. 상자 안이나 위에 어떤 장식도 치장도 해서는 안 된다.
- 그렇게 옷을 입힌 몸은 내가 요금을 내고 회원이 된 메인주 오번의 화

장터로 보내어 조용히 화장되기를 바란다.

· 어떤 장례식도 열려서는 안 된다. 어떤 상황에서든 죽음과 재의 처분 사이에 언제, 어떤 식으로든 설교사나 목사, 그 밖에 직업 종교인이 주관해서는 안 된다.

· 화장이 끝난 뒤 되도록 빨리 나의 아내 헬렌 니어링이, 만약 헬렌이 나보다 먼저 가거나 그렇게 할 수 없을 때는 누군가 다른 친구가 재를 거두어 스피릿만을 바라보는 우리 땅의 나무 아래 뿌려 주기 바란다.

5. 나는 맑은 의식으로 이 모든 요청을 하는 바이며, 이러한 요청들이 내 뒤에 계속 살아가는 가장 가까운 사람들에게 존중되기를 바란다.


나는 죽음에 관해 말한 30개쯤 되는 인용구를 담은 쪽지를 만들어, 그이가 죽는 마지막 날의 부고용으로 친구들에게 보낼 준비를 했다. 그 쪽지는 그이가 가기 전 해에 보여 주고 허락을 받았다. 여기 그 몇 편을 옮긴다.


당신은 배에 탔습니다,
당신은 항해를 했습니다,
당신은 해변에 도착했습니다.
이제 내리십시오.

마르쿠스 아우렐리우스, 명상록, 160


씨앗이 터질 때가 되면, 식물은 갑자기 낱낱으로 흩어진다. 그 순간 씨앗은 껍질 속에 갇혀 그렇게 오랫동안 좁게 누워 있던 상태가 파괴되는 것처럼 느낀다. 그러나 사실은 새 세상을 얻는다. …… 새로 태어나는 아이와 탄생의 관계는 우리와 죽음의 관계와 같은 것처럼 보인다. 어머니의

자궁 속에서 지금까지 삶을 가능하게 했던 모든 조건들이 사라짐은 더 넓은 세계로 나아감이었던 것이다.

구스타브 페히너, 죽은 뒤의 삶, 1836

죽음이 개인의 발전을 지속시킨다는 것을 아무도 모른다. 멀리 떨어져 있을 때나, 자리에 없을 때나, 잠잘 때와 마찬가지로 죽음은 우리의 지각을 보존한다. 탄생은 우리에게 많은 것을 가져다주었다. 죽음은 감각을 더 예민하게 함으로써 우리가 여기서 볼 수 없는 색깔을 보게 하고, 지금 들을 수 없는 소리를 듣게 하며, 우리 눈앞에 있어도 만져 볼 수 없는 신체와 대상물들을 알 수 있게 함으로써 더 많은 것을 줄 수 있다.

에드윈 아널드 경, 죽음과 그 너머, 1901

죽음을 슬퍼하고 그럴듯한 위로의 말을 던지는 사람이 불멸이라는 생생한 사실에 눈을 돌릴 수 있겠는가? 육체가 영혼을 가졌는가? 아니다. 영혼이 육체를 가진 것이다. 영혼은 육체가 제 할 일을 다했음을 잘 알고, 아주 엄격하게 그것을 한쪽으로 비껴 놓은 뒤 얼룩이 묻은 옷처럼 벗어 버린다.

루시언 프라이스, 영혼의 기도, 1924

우리는 죽음이 육체의 끝이라는 것 말고 모든 모험의 종말이라고 상상할 수 없다. …… 아직 해야 할 일이 있는데, 너무나 익숙하고 여전히 수수께끼이며 흥분을 가져다주는 우리 자신들이 바로 우리가 일하는 일감이다.

메리 오스틴, 죽음의 체험, 1931

침상에 평온하게 누워 지내던 생애의 마지막 몇 달 동안 스콧은 자기 자신이나 보이지 않는 어떤 사람에게 말하듯이 큰 소리로 말하려고 했으며, 잠을 자면서도 마치 다른 사람과 대화하듯이 말하려고 했다. 나는 할 수 있는 한 그것을 받아 적었다.

"잘 잤다. 이제 거의 다 왔다. 내가 원하기만 하면 해방될 가능성이 있다는 말을 들었다. 나는 어디든 자유롭게 오고 갈 수 있다. 그 결정은 부분적으로 내게 달려 있다. 나는 필요한 만큼 머물고 싶다."

"나는 불을 지펴야 한다. 집 주위에 눈이 있는가? 책을 좀 더 가져와야 하나?"

"당신과 함께 있어서 좋았소. 여보, 당신은 매우 훌륭한 동료였소. 매우 사랑스러운. 정말 만족스러운 삶이었소. 이보다 더 나을 수는 없을 거요. 좋고, 또 좋았소……. 당신과 함께 있어서 좋았소. 사랑과 결혼. 그렇소, 결혼은……."

"당신은 집안일 마무리를 잘했소. 유지비가 많이 들지 않았소. 매우 잘 관리되었소. '조화로운 삶터'라고 이름을 붙이면 좋을 거요. 그것은 내가 그리는 것보다 더 좋을 것이오."

어느 날 밤 잠결에 스콧은 골똘히 생각하는 것처럼 말을 했다.

"인류는 시험대 위에 있다. 기회, 많은 기회가 주어졌지만 이류의 일밖에 하지 못했다. 오늘날 많은 사람들이 있으나, 쓸모가 없다. 저울에 달아 보니 부족하다. 뉘우침과 갱생이 안으로부터 나와야 하는데, 어디에서 시작하나? 아마도 가장 고통이 적고 말썽 없이 제거되어야 하리라."

다른 날 밤 스콧은 자신이 인간 진화의 다음 단계를 위해 준비해야 할 세계 헌법을 기초하는 그룹의 하나가 된 꿈을 꾸었다.

"우리는 이다음 단계를 위해 필요한 훈련을 받아들여야 한다. 다음 단계를 위한 훈련을 제대로 하기 위해 필요한 규율을 기꺼이 받아들임으로써 우리에게 맡겨진 과제를 더 잘해 낼 수 있을 것이다. 모든 사람에게 필요한 동기가 갖추어져 있고, 자기 규율이 갖추어져 있는 것은 아니다. 이것은 마음먹은 대로 할 수 있는 것이 아니고 연대 활동에 참여해야 하며, 저마다 하고 싶은 대로가 아니라 공동 목표를 따라야 한다. 저마다 하고 싶은 대로 하는 것은 우주의 본질적인 일을 하지 못하게 만든다."

어느 날 밤에는 잠결에 이런 물음을 중얼거렸다.

"인류는 창조적으로 또 서로서로 도우면서 일을 할 수 있을까……."

그이는 답변을 듣고 있는 것처럼 보였다.

그이는 어느 날 저녁 자기가 본 환영을 내게 말해 주었다.

"나는 처음 보는 계곡에 있었소. 전에는 그런 느낌을 받은 적이 없었소. 그렇게 장대한 것을 보리라고는 기대하지 않았지요. 그것을 어떻게 묘사해야 할지 모르겠구려. 그것은 공기와 물 사이의 차이 같은 것이었소. (환하게 웃으면서) 빛과 아름다움의 환호였소. (자기 이름을 말하면서) 니어링. 그렇소, 그 사람이 주의 깊게 기록을 했지요. 모든 면에서 과학적인 사람이었소. 그가 어떤 사람이어야 할 거라 생각하오? (웃음을 지으면서) 그래요, 나는 모두 들었소. 다른 삶을 말이요. 그것은 오래전에 시작되었던 거요…… 곧 돌아올 것이오, 더 잘 준비해서."

친구이자 이웃인 한 사람이 마지막 무렵 스콧에게 "요즈음 무슨 생각을 하십니까?" 하고 물었다. 잠시 생각한 뒤에 그이는 대답했다.

"이렇게 오래 살고 많은 일을 경험하면서 운 좋게 무언가를 말할 수 있었던 것은 드문 기회였습니다. 우리, 헬렌과 나는 반세기 동안 같이 지내 왔습니다. 우리는 함께 한 팀으로서 일하는 독특한 방식으로 일해 왔습니다.

나는 특히 사회에 관심이 있습니다. 우리가 서구 문명이라고 부르는 특별한 사회 양식은 점점 파괴되어 가고 있습니다. 거기에 미래가 있습니까? 백 년은 걸릴 거라고 나는 어느 정도 권위를 가지고 말할 수 있습니다. 그렇게 되기까지는 인류가 철저하고 끈기 있게 그 일을 해야 한다고 깊이 느끼고 있습니다.

인류가 어떤 일을 해야 할까요? 지구는 어마어마한 생명체를 안고 있는 먼지 알갱이이자, 전체로 하나인 의식체입니다. 이 드라마에서 인류의 역할은 많든 적든 완전히 그르쳐졌습니다. 우리는 공을 놓치고 있어요. 시간을 찔끔찔끔 낭비하고 있습니다. 우리가 함께 뭔가 더 가치 있는 일을 다시 만들고 건설할 수 있을까요? 나는 더 나은 세상을 만들고 창조하는 데 기여하고 싶습니다. 이것이 우리가 여기서 해야 할 일입니다.

이런 것이 삶의 마지막 날에 이르러 내 마음을 지배하고 있는 생각입니다."

그이가 죽기 두 달 전에 다음과 같은 대화 내용을 녹음했다.

"내 목표? 내 목표는 당신과 나 그리고 우리를 둘러싸고 있는 바로 이 세계, 우리 주위에서 우리가 보고 있는 것 너머 얼마 떨어지지 않은 곳에 있는 세계의 한 부분에 중요한 의미가 있는 그런 삶을 사는 거요. 바꿔 말하면, 나는 적어도 다른 형태의 삶, 다른 형태의 존재, 다른 형태의 경험을 바라보고 있는 문의 입구에 있는지 모르오."

"당신, 그것을 환영해요?" 하고 내가 묻자 그이는 말했다.

"다른 선택이 없소. 그것은 해가 내일도 솟아오르기를 기대하느냐고 묻는 것과 같소. 사람들이 살아온 삶은 진정한 목표와 너무 떨어져 있소. 우리는 어리석게 구는 것을 멈추고 새로운 삶의 방식으로 나아가야 하오.

당신이 믿는 대로 행동하시오. 당신이 있는 곳에서 최선을 다하고 친절하도록 해요. 나는 사람들이 몸으로나 정신으로나 그렇게 살도록 돕고 싶은데, 그렇게만 되면 지구는 지난날보다 더 살기에 좋은 곳이 될 거요.

돌아앉아서 편안히 있으라고? 그럴 순 없소. 일어나야 하오. 앞으로 움직여야 하오. 계속 가야 하오. 나는 일어나서 감자를 심고, 나무를 자르며, 무언가 건설적인 일을 하고 싶소.

나는 내가 쓸모가 있는 만큼 오래 살고 싶소. 내가 쓸모 있는 존재일 수 있는 한 계속 살고 싶소. 내가 당신을 위해 나무를 운반할 수조차 없다면, 나는 가는 게 나을 거요."

그이는 《끝이 좋으면 다 좋다 All's Well That Ends Well》에서 병든 프랑스 왕의 말을 인용하고 싶었을지 모른다.

"'나를 살게 하지 마오' / '내 불꽃에 기름이 떨어진 뒤에' …… 나는 당밀도 꿀도 집에 가져가지 못하므로 / 나는 벌집에서 빠르게 떨어져 나왔다네 / 다른 일벌에게 자리를 내어 주도록."

스콧이 가기 한 달 반 전인, 그이의 백 세 생일 한 달 전 어느 날 테이블에 여러 사람과 앉아 있을 때 그이가 말했다. "나는 더 이상 먹지 않으려고 합니다." 그리고 다시는 딱딱한 음식을 먹지 않았다. 그이는 신중하게 목적을 갖고 떠날 시간과 방법을 선택했다. 정연하고 의식이 있는 가운데 가기 위함이었다. 그이는 단식으로 자기 몸을 벗고자 했다. 단식에 의한 죽음은 자살과 같은 난폭한 형식이 아니다. 그 죽음은 느리고 품위 있는 에너지의 고갈이고, 평화롭게 떠나는 방법이자, 스스로 원한 것이었다. 안팎으로 그이는 준비를 했다. 그이는 언제나 '기쁘게 살았고, 기쁘게 죽으리. 나는 내 의지로 나를 버리네'라는 로버트 루이스 스티븐슨의 말을 좋아했다. 이제 이것을 실천에 옮길 수 있었다. 그이는 스스로 육체가 그 생명을 포기하도록 하는 자신의 방법으로 죽음을 준비했다.

나는 동물들이 흔히 택하는 죽음의 방식, 보이지 않는 곳까지 기어 나와 스스로 먹이를 거부함으로써 죽는 것을 알고 있었기 때문에 그것을 조용히 받아들였다. 한 달 동안 그이가 뭔가 마실 것을 원할 때 사과, 오렌지, 바나나, 포도 같이 그이가 삼킬 수 있는 것이면 어떤 것이든 주스를 만들어 먹여 주었다. 그러자 그이는 "이제 물만 마시고 싶다"고 했다. 하지만 그이는 병이 나지 않았다. 여전히 정신이 말짱했고, 나하고 대화를 나누기도 했지만, 몸은 수분이 빠져나가 이제 시들어가고 있었고, 평온하고 조용하게 삶에서 떨어져 나갈 수 있었다.

1983년 8월 24일 아침 나는 그이의 침상에 같이 있으면서 조용히 그이가 가는 것을 지켜보았다. 반쯤 소리 내어 나는 옛 아메리카 토착민들의 노래를 읊조렸다.

"나무처럼 높이 걸어라. 산처럼 강하게 살아라. 봄바람처럼 부드러워

라. 네 심장에 여름날의 온기를 간직해라. 그러면 위대한 혼이 언제나 너와 함께 있으리라."

나는 그이에게 중얼거렸다. "여보, 이제 무엇이든 붙잡고 있을 필요가 없어요. 몸이 가도록 두어요. 썰물처럼 가세요. 같이 흐르세요. 당신은 훌륭한 삶을 살았어요. 당신 몫을 다했구요. 새로운 삶으로 들어가세요. 빛으로 나아가세요. 사랑이 당신과 함께 가요. 여기 있는 것은 모두 잘 있어요."

천천히 천천히 그이는 자신에게서 떨어져 나가 점점 약하게 숨을 쉬더니, 나무의 마른 잎이 떨어지듯이 숨을 멈추고 자유로운 상태가 되었다. 그이는 마치 모든 것이 제대로 되어 있는지 시험하는 듯이 "좋 - 아" 하며 숨을 쉬고 나서 갔다. 나는 보이는 것이 보이지 않는 곳으로 옮겨 갔음을 느꼈다.

우리의 사랑은 반세기 동안 지속되었고, 그이가 백 세로 죽은 지 8년이 지난 지금 여전히 계속되고 있다. 내 쪽의 사랑이 계속되고 있고, 그이 쪽도 그렇다고 믿는다. 아침마다 저녁마다, 순간순간, 밖으로 나가든 안으로 들어오든, 어디에서나 기쁜 확실성을 가지고 내가 사랑 속에 살고 있으며 사랑으로 충만되어 있음을 느낀다. 스콧이 죽은 이래 나는 그이의 존재가 계속되는 느낌을 가져왔다. 쇼쇼니족의 의사가 말했다. "죽은 사람이 정말로 죽은 것이라면, 왜 그 사람이 지금도 내 마음 속에서 걸어 다니겠는가?" 스콧은 내 삶의 큰 부분 속에, 영원히 현재 상태로 남아 있다.

크리슈나무르티는 뒷날에 쓴 책에서 "관계에는 지속적인 행복이 없습니다"라고 썼다. 나는 스콧이 죽은 뒤에도 그이와의 관계에서 지속적인 행복을 발견했다. 나는 죽은 뒤의 삶과 마찬가지로 죽은 뒤의 사랑을 믿는다.

〔여기서 잠시 3인칭으로 말하겠다.〕

스콧은 훌륭한 일생을 살았으며 훌륭한 죽음을 맞았다. 그이는 순간순간 최선을 다해 살았으며, 평온하게 죽었다. 그이는 바라던 대로 집에서, 약물이나 의사 없이, 병원에서처럼 제한을 받지 않고 헬렌이 자리를 함께한 가운데 갔다. 헬렌은 그이가 잘해 온 것에 기쁜 느낌을 가졌다. 레오나르도 다빈치는 1500년에 "잘 보낸 하루가 행복한 잠을 가져오듯이, 잘 보낸 삶은 행복한 죽음을 가져온다"고 말했다.

어떠한 장애도 없었다. 그이는 헐떡이지 않았고, 경련을 일으키거나 떨지도 않았다. 더 이상 숨이 남아 있지 않고 더 이상 육체에 매여 있지 않을 때까지 단지 부드럽게 숨을 쉬었다. 그럴 수 없을 만치 순조로웠다. 아름답고 편안한 임종이었으며, 다만 생명의 숨을 멀리 보냈을 뿐이었다.

계획했던 떠남을 곁에서 도우면서, 헬렌은 슬픔 없이 그이의 마지막을 지켜보았다. 헬렌은 손실이 아니라 그이가 해방됨을 느꼈다. 헬렌은 그이가 그렇게 가서 행복하게 느꼈으며, 자기 차례가 되면 자기 또한 그렇게 하기로 작정했다. 헬렌은 삶을 마무리하고 자신의 출발을 시작하기에 앞서 자기가 기여할 수 있는 시간이 몇 해 더 남아 있었다. 스콧의 죽음은 자신의 시간이 다가왔을 때 어떻게 맞이해야 할지를 보여 주었다. 중요한 것은 사라지는 인격체가 아니라 사랑이라고 느꼈다. 그이라는 존재의 정수, 실재는 죽지 않고 남아 있다. 덮개와 껍질은 어쩔 수 없이 단명할 수밖에 없다.

그때나 지금이나 두 편의 글이 헬렌을 고무시켜 주었다. 하나는 《슬픈 이야기 The Sorry Tale》 속의 〈참을 만한 것 Patience Worth〉에서 인용한 구절이다.

> 눈을 가리고서 당신은 무엇에 마음을 쓰는가?
> 일손도 없이 당신은 무엇에 마음을 쓰는가?
> 사랑이 땅으로부터 나아갔다.
> 사랑을 잃어버릴 거라고 생각하는가?
> 심장이 뛰기를 멈추어도
> 사랑은 결코 멈추게 할 수 없네.

그리고 하나는 토머스 하디의 《숲속에 사는 사람들 The Wood Landers》에서 여주인공이 한 말이다.

> 내가 일어날 때면 언제나 당신을 생각하고, 누울 때도 언제나 당신을 생각하겠습니다. 어린 낙엽송을 심을 때마다 당신처럼 그렇게 심을 수 있는 사람은 아무도 없을 것을 생각하고, 장작을 쪼개고 사과즙 농축기를 돌릴 때마다 누구도 당신처럼 하지는 못할 거라고 말하겠어요. 내가 당신 이름을 잊는다면, 집과 하늘도 잊게 해 주세요. 아니요, 내 사랑, 나는 결코 당신을 잊을 수가 없습니다. 당신은 훌륭한 사람이었고, 훌륭한 일을 했으니까요.

스콧은 자신의 죽음과 관련하여 장례식이나 추모식이 열리지 않기를 바랐지만, 이웃 마을의 많은 사람들은 그이를 기념하기 위한 어떤 모임이 있기를 바랐다. 그래서 스콧이 죽은 지 2주일째 되는 날에 하버사이드에서 20마일쯤 떨어진 블루힐의 마을 회관에서 그이의 생애를 기념하는 추모식이 열렸다. 플루트 연주가 있었고 레코드로 캐슬린 페리어가 부르는 브람스의 노래를 들었다. 헬렌은 스콧이 좋아했던 올리브 슈라이너가 쓴《꿈 Dreams》속의 〈사냥꾼 The Hunter〉을 읽었다. 이웃 사람들이 퀘이커 교도들의 모임에서처럼 서서, 스콧이 자기들의 삶에 미친 영향을 증언했다. 헬렌이 바라던 대로 행복한 추모식이었다.

〔 '나'와 '우리'로 돌아간다. 〕

이것이 내 삶에서 중요한 장의 끝남일지라도, 나는 스콧이 떠나는 순간까지 나를 가르쳤다고 느꼈다. 나는 은총에 가득 찬 그이의 떠남에서 한 생명체가 자기 힘을 다 쓰고 자연스럽게 죽는 것을 목격했다. 스콧은 자신의 시간을 가졌고, 바라던 때에 갔다. 죽음은 그이의 삶을 밝게 비추었다.

나는 어떤 큰 기쁨을 갖고서, 몸의 죽음이 몸에 매인 삶의 해방임을 인식하면서 내 죽음을 기다리고 있다. 나는 몸에서 떨어져서 정박의 밧줄을 느슨하게 하고, 미지의 세계로 건너가 더 이상 분리되지 않는 필연적 존재인 '전체'와 하나가 되고 싶다. 나는 감각적인 육체의 끝을 갈망한다. 죽음은 위대하고, 끝이 없는 명상일지 모른다. 나는 죽음이 어떨 거라는 관념을 버렸으며 어떤 일이 일어나든 또는 안 일어나든 준비가 되어 있다.

영국의 작가 맬컴 머거리지는 〈내가 믿는 것 What I Believe〉에서 이렇게 말했다.

"죽음에 대해 말할 때, 그 너머에 아무것도 없다면, 그 없음에 나는 고마움을 보낸다. 만일 이 오래되고 낡은 육체의 껍데기 뒤에 남는 무엇이, 다른 형태의 존재로서 이 허둥대고 뒤죽박죽인 정신에 더 큰 폭과 새로운 정밀성을 부여해 준다면, 나는 그것에 고마움을 보내겠다."

나 또한 삶에 큰 고마움을 느끼며 또 죽음이 삶을 아름답게 마무리할 수 있는 데 큰 고마움을 느낀다. 우리는 누워서 병을 앓으며 무력한 삶을 계속 살아갈 필요가 없다. 요양원에서 이루어지는 긴 사멸의 공포를 느낄 필요도 없다. 우리가 집에 있고 우리 희망을 알릴 수 있으면, 우리는 먹는 것을 멈출 수 있다. 그것은 간단한 일이다. 병구완을 않고 먹는 것을 멈추면, 죽음은 우리 앞에서 두 손을 활짝 벌리고 서 있는 것이다.

스콧의 죽음은 내게 훌륭한 길, 훌륭한 죽음을 보여 주었다. 고통과 억압이 없는 죽음, 여전히 생명의 흐름이 이어지는 것을. 그렇기 때문에 슬픔이 없다. 어떤 것을 잃으면, 어떤 것을 얻기 마련이다. 이 평온하고 목적이 있는 마무리에는 희망이 엿보인다.

우리의 삶과 죽음 사이에는 장막이 있다. 그것을 걷어야 하나? 그 세계를 동시에 붙잡아서는 안 되는 걸까? 나는 강신술에 어느 정도 지식이 있다. 강신술 모임에서 의사소통을 시도하기도 했고, 오늘날 그런 것을 하는 셜리 맥클레인이나 다른 수백 명의 사람이 태어나기 오래전에 영매 노릇을 했다. 무의식 상태에서 글쓰기를 해 보였고, 심령술에 쓰이는 점판(위저 보드)을 써서 해 보이기도 했다. 나는 가치가 있는 한 이런 일들 모두를 시도해 보았으며, 심지어 어떤 암시들을 자극하거나 '저 너머'에서 오는 메시지를 받기도 했다.

그런데 신기하게도 나는 스콧이 죽은 뒤에는 이러한 의사소통을 시도하지 않았다. 나는 진리를 향해 앞으로 나아가는 그이를 붙들고 싶지 않았다. 그이는 이 지구 위에서의 일을 마쳤다. 그이로 하여금 자신이 떠난 삶에는 관심을 갖지 않도록 하자. 그이는 다른 차원, 다른 주파수의 세계로 들어갔다. 그이가 자기 세계를 내 쪽으로 낮추도록 기대해서는 안 된다. 나는 아직 내 세계를 그이의 세계에 맞추어 올릴 만큼 일을 마치지 못했다. 우리는 당분간 다른 장소에서 활동할 것이다.

나는 그이가 죽은 뒤에 영적인 교섭을 시도하지는 않았지만, 그이를 생각할 때마다, 그이가 살다 간 세월 동안 내가 느낀 그이에 대한 사랑이 샘처럼 솟아 나온다.

윌리엄 제임스는 〈영혼 탐구자의 믿음 The Confidences of a Psychical Researcher〉에서 이렇게 썼다.

"나는 창조주가 일부러 이 자연을 영원히 불가사의한 것으로 남겨 놓음으로써, 모든 방면에서 우리의 호기심과 소망, 의심을 충동질하여, 귀신과 천리안, 똑똑똑 유령이 두드리는 소리, 영적인 메시지가 언제나 존재하는 것처럼 보이게 하지만, 사실은 결코 완전히 설명되거나 확실하게 포착할 수 없게 해 놓았다고 믿게 된 점을 고백한다."

스콧의 백 세 생일인 8월 6일과 그이가 죽은 8월 24일은 간격이 3주일이 채 안 되었다. 그동안 카드, 편지, 전신으로 그이에 대한 찬사가 우리에게 쏟아졌다. 끝내 천 통이 넘는, 축하에 이은 조사가 도착했다. 그 절반은 그이가 생전에 만나지 못했지만 그이의 책과 강연 또는 명성에 영향을 받은 사람들에게서 왔다. 공적으로 인쇄된 찬사의 편지도 있었고, "당신은 진리를 위해 봉사했고, 거부당했을 때조차 정의를 위해 봉사했습니다. 무엇보다도 당신은 내가 아는 그 누구보다도 노동의 고귀함을 일깨워 주었습니다" 같이 손으로 서투르게 쓴 찬사와 감사의 편지들도 있었다.

모두가 자신들의 삶과 생각에 미친 스콧의 영향에 대해 고마워했다. 다 귀중하고 감동스러웠지만, 그 가운데서도 나뭇단 위에 도끼를 들고 서 있는 모습을 그리고는 한마디 "잘 가요, 스콧"이라고 쓴 모르는 사람에게서 온 엽서 한 장과, 우리 구역을 담당하는 우편배달부가 건네준 시적인 엽서 한 장이 특별한 감동을 주었다. 그 엽서에는 "스콧은 지식과 사는 법, 새로운 사고법을 가져다준 사람으로 기억될 것입니다. 자연이 또 다른 것을 요구할 때, 우리는 귀 기울여 멈춰 섰다가 여기 많은 사람들의 방향을 바꾸고 발전시킨 사람이 있었음을 잘 기억하면서 우리가 갈 길을 계속 갈 것입니다"라고 손으로 쓰여 있었다. 그 밖에 도축업 노조에서 (채식주의자에게!) 보낸 편지들이 있었고, 그이의 모임에서 감명을 받은 이름 모르는 교수, (그이를 내쫓은 모교인) 펜실베이니아 대학 총장과 수백 명의 친구들 그리고 그이를 아는 사람들에게서 편지가 왔다.

한 사람은 이렇게 썼다.

"와튼 학파로 대변되는 무리에서 당신이 등을 돌려 자연으로 들어간 날은 위대한 날이었습니다. 알베르트 슈바이처도 1913년에 같은 일을 했습니다. 당시 그 사람은 유럽 지식층의 총아였습니다. 그렇게 되자 인도주의 봉사자로서의 슈바이처의 명성은 전쟁 중인 대륙이 쏘아 올릴 수 있는 포탄보다 더 높이 올라갔습니다. 당신은 이제 당신의 전환이 꼭 같은 길로 나아갔음을 알아야 합니다.”

스콧이 더 이상 무대에 없는 첫 번째 겨울, 나는 천 통이 넘는 편지와 카드의 답장을 손으로 쓰면서 보냈다. 나는 이것들을 12권의 스크랩북에 모아 두었는데, 그이의 다른 서류와 함께 보스턴 대학의 무거 기념 도서관과 펜실베이니아 스워스모어 대학에 있는 평화 박물관에 보낼 것이다. 그동안에는 우리 모두가 볼 수 있도록 숲속의 농장에 보존할 것이다.

나에게 얼마간 생산적인 나날들이 더 이어졌다. 나는 어머니의 고향이자 내가 젊은 시절을 보낸 네덜란드에 정착하고 싶은 생각이 있었으나, ‘조화로운 삶터’에 대한 책임이 집에 머물게 했다. 나는 다른 책, 주로 스콧에 관한 이 책을 쓰고 싶었다. 나는 있는 그대로의 그이를 세상에 알리고 싶었으며, 그이가 스스로 택한, 평화롭고 미리 결정된 마지막을 나누고 싶었다. 그이의 삶은 훌륭하게 살아온 삶이어서, 그레이엄 벨푸어가 로버트 루이스 스티븐슨을 두고 “죽은 친구의 과거를 파 보면, 한 삽마다 밝게 빛나는 그이를 발견한다”고 쓴 것처럼, 어느 곳을 팔 때마다 빛을 건져옴을 알고 있다.

스콧이 죽은 지 6년이 지나 내가 여든다섯이 되었을 때, 나는 갑자기 내가 나이 먹었음을 알았다. 레온 트로츠키는 《망명 일기 Diary in Exile》에서 “노년은 사람에게 일어날 수 있는 일 가운데 가장 예상치 못하는 일 가운데 하나다”라고 썼듯이. 그 전해 봄 나는 나이 든 사람들

한 무리와 북네덜란드 지방을 힘들이지 않고 자전거를 타고 지나갈 수 있었다. 또 그리스로 가 거기에서 진행되는 수련회 지도를 돕기도 했고, 모스크바에서 열린 여성회의에 초청을 받기도 했다. 얼마나 오랫동안 그런 상태를 유지할 수 있을 것인가? 정열은 있었지만, 예전같이 몸에 대한 자신감은 없었다. 더 이상 바위에서 바위로 건너뛸 수 없었다. 나는 비로소 스콧이 90대에 겪었음 직한 맞닥뜨리고 싶지 않은 일들, 넘어질까 하는 걱정, 서류 일, 재정, 숫자 일에서 생기는 기억의 혼란을 어떻게 느꼈는지 이제 알고 있다.

나는 오랫동안 빠르게 페달을 밟아 왔다. 나는 이제 분명히 비탈길을 내려가고 있으며, 더 이상 예전에 쉽게 그랬듯이 힘 있게 오를 수 없음을 깨달았다. 이제 가야 할 때, 천천히 내릴 때가 왔음을 느끼고 있다. 그동안 해 왔던 일은 거의 마무리되었다. 나는 걱정 없는 행복한 여행객이었으며, 이제 출발점으로 되돌아가는 중이다. 모퉁이를 돌면 끝이다.

죽음 없는 삶은 견딜 수 없을 것이다. 영원한 육체적 삶? 죽음과 소멸은 모두 하나로 만든다. 관계들은 뒤얽힌다. 저마다의 아들의 아들의 아들들과 할아버지의 할아버지의 할아버지의 할아버지들은 모두 영속하는 것이며, 할아버지의 할아버지들과 할아버지의 할아버지의 할아버지들과 섞이는 것이다!

죽음은 몇십 년의 적당한 간격을 두고 우리를 느슨하게 한다. 죽음은 삶의 마감이다. 삶이라는 학교를 떠나 이제 그만 일하라는 통지를 건네주며 쉬라고 말한다. 이제 그만 끝이다. 죽음은 육체를 갖고 사는 삶의 휴가이자 새로운 전환점이다. 우리는 그것을 환영해야 한다. 하루 일이 끝나면 밤이 잠의 축복을 가져다주듯이, 죽음은 더 큰 날의 시작일 수 있다.

아직 앞에 남아 있는 가능성 있는 날들을 내다보면서 일정표를 만드는 것이 내게 흥미로운 일이 되었다. 나는 마침내 노년을 경험하고 있으며 보상이 없지 않음을 발견하고 있다. 사람이 실제로 나이를 먹으면 더 깊이 보고 들을 수 있다. 당신이 저녁노을, 나무, 눈 또는 겨울을 아는 것은 마지막 순간에 이르렀을 때일지 모른다. 바다, 호수, 모든 것이 어린 시절처럼 마법이 되고 놀라움이 된다. 그러고 나서 처음으로, 그리고 아마도 마지막으로 본다. 더 깊은 열락과 이해를 가지고 음악, 새의 노래, 바람과 파도 소리에 귀를 기울인다. 셰익스피어의 소네트 73번 한 구절을 빌려 말하자면, '내가 머지않아 떠날 것을 더할 나위 없이 사랑하게' 된다.

모든 것은 덧없으며, 사라진다. 내일도 그 자리에서 언덕 뒤로 지는 해를 보고, 이른 아침 새소리를 들으며, 깊은 밤하늘의 깊은 침묵을 느낄 수 있을 것인가? 그럴 수 없다면, 지금 그것을 깊이 맛보도록 하자. 그것을 우리의 존재 안으로 끌어들여 잘 맛보고 소화하도록 하자.

내가 해야 할 책임, 곧 날을 잡고 일정표에 따라 사람을 만나야 할 일이 있다. 내가 그런 식으로 떨어져 나감을 느끼는 것—내가 가장 좋아하는 작가인 로버트 루이스 스티븐슨과 리처드 바크가 이의를 제기할지 모르지만—내가 세상을 필요로 하거나 세상이 나를 필요로 하지 않는다는 것은 내게는 새로운 어떤 것이었다. 그 사람들은 지구의 무대를 떠나기 전에 더 노력을 해야 한다고 지적했다. 스티븐슨은 《흔들리는 나이와 젊음 Crabbed Age and Youth》에서 나무를 올라가기에는 확실하게 더 힘들어졌지만 아직 주저앉을 정도는 아닌 때, "우리가 정말로 여기서 우리 자신의 본성을 온전하게 함으로써 미래의 어떤 고귀한 생애보다 더 크고 더 강해진다면, 우리는 우리가 가진 시간 동안에 최선을 다해 분발한 것이다"라고 썼다. 그리고 리처드 바크는《환상: 어느 마지못한 메시아의 모험 Illusions: The Adventures of a Reluctant Messiah》에서 "당신의 지구상의 임무가 끝났는지 알아볼 것—당신이 아직 살아 있으면, 끝나지 않은 것이다"라는 시금석을 주고 있다. 다시 생각해 볼 때, 나는 그 말에 동의한다.

이제까지 나는 스콧이 내게 어떤 의미가 있었는지를 얘기하는 개인적인 수상록을 썼다.

나는 몇 사람의 위인 옆에서 살아왔지만, 스콧 니어링만큼 사랑하거나 숭배한 사람은 없었다. 그이는 나와 함께한 삶의 모든 세세한 점에서 스스로 말했던 높은 이상과 조화를 이루었으며 자신의 우주와 운율을 맞추었다. 그이는 자기가 믿는 대로 살려고 노력했으며, 스스로 말한 것을 실천한 사람이었다. 나는 스스로 옳다고 믿는 것과 자기 자신에 대해서 그렇게 진실하고, 자신이 말한 것에 따라 사는 데 따르는 대가를 치르는 일에서도 그렇게 진실한 사람을 알지 못한다. 그이는 여러 면을 지니고 있었으며, 상반되는 자질로 가득찼다. 그이는 이상주의자였으나, 강인하고 실천하는 일꾼, 곧 실천하는 이상주의자였다. 또 타고난 종교인이었으나, 어떤 교회의 구성원도 아니었고 어떤 종교 집단에도 소속되지 않았다. 학식 있는 사람이었으나 땅벌레 같은 농사꾼이었고, 공적인 인물이었으나 은둔자로서 행복해했고, 명망 있고 우렁찬 웅변가였으나 보통 대화에서는 말수가 적었다. 그이는 음악을 이해하거나 느끼는 데는 무디었지만 언제나 바이올린을 연습하고 연주하는 내 뒤에 있었다. 학문적인 주제에 관해 간결하고 사실에 바탕을 둔 글을 썼으나, 일상생활에서는 웃음을 머금게 하는 유머 감각을 가지고 있었다.

그이는 위대하고 포용력이 있는 영혼이었다. 그런 사람과 반세기 동안 함께 산 것은 참으로 좋은 삶이었다. 우리는 경험과 느낌의 풍요로움을 공유했으며, 그것은 우리 스스로 선택한 단순한 삶 속에서 그 깊이를 더해 갔다.

나는 하늘에 있는 우체통에 부치게 될, 그이에게 보내는 마지막 편지를 그이가 죽은 뒤에 썼다.

사랑하는 스콧.
우리는 50년 동안 사랑과 동지애 속에서 같이 살아왔습니다. 결혼 생활은 결코 그 사랑의 본질이 아닌 듯합니다. 우리는 관심과 목표와 행동이 일치하는 두 사람으로서 함께 연결되어 있었습니다. 우리는 서로를 좋아하면서 또한 함께해 온 많은 것들을 좋아했습니다.
지적이고 훈련된 당신의 소양은 나보다 훨씬 위였고, 기술은 더 뛰어났으며, 경험도 더 넓었지만, 우리는 만나서 당신이 나의 부족한 능력을 뛰어넘도록 이끌어 준 이해와 협력의 바탕 위에서 같이 일했습니다. 우리는 어떤 신비로운 작용으로 평등하게 되었고, 하나로 우리의 삶을 살았습니다.
감사드려요, 그리고 영원히 당신에게 최상의 찬사를 보냅니다.
헬렌

모든 것이 끊임없이 변화하지만, 어떤 것도 이 우주에서 사라지는 것이 없다. 모든 것은 인과율의 흔들리지 않는 법칙 속에서 다른 모든 것과 이어진다. 아마도 한 가지 죄악이 있다면 모든 것을 이루는 사랑의 축복에서 떨어져 나가는 것이다. 나는 삶이 하나의 통일체로서, 일단 한 번 생겨난 사랑은 여전히 존재한다고 느낀다. 거기에 기록으로 남아 있다. 한 번 생겨난 사랑은 그 자리를 가지고 있다.

내가 스콧에게 주고, 또 그이에게서 받은 사랑, 그리고 내가 아는 수많은 여성, 남성들과 주고받은 사랑은 이 세상에서 여전히 진동을 멈추지 않고 있다. '나는 사랑한다'고 느끼는 모든 사람은 하늘의 영광을 더하는 것이다. 모든 나이, 장소, 시간에서 느껴 온 사랑이 빛나고 있지 않은가! 영원히 진행되고 존재하고 있지 않은가! 사랑은 원천이자 목표이고, 완성의 도구이다.

사랑의 그물이 지구를 가로지른다. 미묘하게 빛나는 선들이 세상의 한쪽 끝에서 다른 쪽 끝까지 가는 망을 만든다. 세상에는 너무나 많은 사랑의 끈들이 있고, 너무나 많은 사람들 사이에 사랑이 진행되고 있다. 사랑에 참여하고 사랑을 주는 것은 인생의 가장 위대한 보답이다. 사랑에는 끝이 없으며 영원히 언제까지나 계속되는 것처럼 보인다.

사랑과 떠남은 삶의 일부이다.

# 헬렌과 스콧이 엮어 간 삶의 발자취

《아름다운 삶, 사랑 그리고 마무리》가 출간된 지 25년이 넘었다. 돌이켜 보면 평소 '인생의 의미는 어디에 있으며 어떻게 사는 것이 조화로운 삶일까' 같은 누구나 생각해 볼 만한 일에 관심을 가져오긴 했지만, 그와 연관되어 책을 번역하리라곤 상상하지 못했다. 다만 이 책을 처음 읽으면서, 바이올린을 좋아하였으나 연주가 직업은 아니었고 대학을 가 보지 못한 저자가 스물한 살이나 많은 대학교수 출신의 박학다식하고 억센 남자를 만나 내내 평등한 관계 속에 채식을 비롯해 자연에 기반을 둔 생활을 꾸려 나간 삶에 공감이 갔다. 업무를 마친 뒤 틈틈이 읽던 원서를 마침내 다 읽고 나니 큰 감동이 다가왔고, 동시에 불현듯 서투른 번역이라도 해서 가까운 지인들과 책을 공유하고 싶었다. 그렇게 하는 것이 이토록 좋은 책을 쓴 저자의 보이지 않는 선의에 보답하는 길이 아닐까 생각했다.

이 책은 저자의 일생을 바탕으로 한 수상록으로 읽는 데 어려움이 없다. 책의 많은 부분은 책 쓸 당시에 이미 작고한 스콧 니어링과의 견고한 동반자적 삶을 서술한 것으로 스콧에 대한 애정 깊은 헌사이기도 하다. 두고두고 새겨볼 만한 좋은 문장이 가득한 이 책은 한마디로 오늘날 귀농해 농촌 지역에서 뿌리박고 사는 사람들을 위한 교과서라 할 만하다. 또 비록 도시에 살고 있더라도 덜 소비하고 소박한 삶을 바라는 이들을 위한 좋은 지침이 가득한 책이다.

원래 부유한 집안 출신이면서도 사회 개혁에 관심이 많았던 경제학자 스콧 니어링은 결국 대학 이사진의 환영을 받지 못하고 교수직에서 해임되었다. 이 과정은 내가 사회적으로 주목 받은 몇몇 사건들의 변론 과정에서 종종 맞닥뜨린 불편한 체험을 떠올리게 했다. 지속적으로 민주주의를 발전시켜 온 한국 사회에서, 지금은 꼭 그렇다고 말하기 어렵지만, 해고 노동자 사건, 국가보안법 사건, 집시법 위반 사건이나 철거민 이주 관련 소송 들은 변호하기에 꽤 공이 들었던 반면, 상대적으로 법조계 전반에서는 관심이 덜했다. 힘든 변론을 겨우 마치고 법원 문을 나서던 어느 날, '다시 여기 오지 않는 때가 내가 해방되는 날이다'라고 다소 자조적인 생각까지 했던 것이 머리에 스친다. 이제는 다 과거 일이 되었지만 이런 내 경험이, 비록 원치 않게 교직을 떠났으나 그 뒤에도 한결같이 미국 경제의 어두운 면을 지적하고 약자와 소외된 사람들에 대한 관심을 놓치지 않으면서 거의 모든 면에서 초지일관 자신의 원칙을 지켜 간 스콧의 일생에 깊이 공감하게 했다. 그리고 책 번역을 통해 그를 알리고 싶었다.

헬렌과 스콧은 소란스럽고 낭비적인 도시에서 버몬트와 메인으로 옮겨 가 자신들의 손으로 집을 짓고 땅을 일구며 자급자족하는 생활을 했다. 디지털이 대세가 된, 극히 물질주의적이고 기후 위기가 일반화된 오늘날 헬렌과 스콧이 살아온 삶의 방식은 보통 사람들이 따라 하기에 쉽지 않지만 그들이 추구한 정신은 여전히 되새겨 볼 만하다. 이 책을 처음 번역한 때로부터 이미 상당한 시간이 흐르고 많은 변화가 생긴 지금, 세상은 그들이 일구어 나갔던 조화로운 삶과 행복을 찾기는 사뭇 어려울 수 있지만 이 책의 저자는 아직은 그래도 희망을 놓지 말라고 말하는 것 같다. 그러나 앞으로 비슷한 시간이 지난 뒤 세상 모습이 과연 어떻게 바뀔지는 그려 보기가 쉽지 않다. 그때를 대비하기 위한 마음의 준비라고나 할까, 이 책을 다시 펼쳐 헬렌과 스콧이 엮어 간 삶의 발자취를 조심스럽게 되짚어 보며 앞날을 가늠해 본다.

2022년 11월 9일
이석태

# 이 책을 옮기고 나서

두 달마다 기대감 속에 받아 보는 《녹색평론》 1995년 3~4월 호에 '아흔 살의 관점: 헬렌 니어링과의 대담'이라는 글이 실렸다. 막 아흔 살이 된 헬렌이 한 저널리스트와 나눈 대담의 일부를 옮긴 것인데, 삶과 세상을 보는 헬렌의 눈이 깊은 감동을 주었다. 짤막한 회견 기록이었기에 글을 다 읽고도 아쉬운 마음이 남아 있었는데, 마침 이 책이 간단히 소개되어 있어 김종철 선생님께 부탁해서 빌려 읽게 되었다.

이 책에서 헬렌은, 젊은 시절 크리슈나무르티와의 깊은 교류를 포함하여, 처음 스콧을 만나게 된 무렵부터 53년 동안 같이 산 생활을 섬세하고 따뜻한 필치로 그리고 있다. 바쁜 일과 틈틈이 이 책을 읽는 것은 곧 큰 낙이 되었고, 혼자 맛보는 이런 기쁨을 되도록 여러 사람들과 나누고 싶어서 감히 번역을 하게 되었다.

헬렌이 이 책을 쓴 것은 스콧이 세상을 떠난 지 8년이 지난 87세 때였다. 그 몇 년 뒤 1995년에 헬렌도 스콧의 뒤를 이어 조용히 세상을 떠났다고 한다. 두 사람 모두 아주 검소한 생활을 하며 병원과 약을 멀리했는데도 드물게 오래 살았다는 사실은, 새삼 건강의 비결이 따로 있는 것이 아니라 올바른 삶의 태도에서 나온다는 교훈을 확인시켜 준다.

이 책에 잘 드러나 있듯이 스콧 니어링은 그가 삶의 모범으로 삼았던 톨스토이나 간디와 마찬가지로 지나치리 만큼 원칙에 철저하며 금욕적이다. 50권이 넘는 책을 쓴 박학다식한 저술가이자 억센 농부로서 검소하고 소박한 삶을 살았던 스콧과 헬렌의 삶은 대량 소비와 환경오염으로 전 지구에 걸쳐 위기가 눈앞에 닥쳐 있는 오늘날 시사하는 바가 크다. 스콧이 백 번째 생일을 맞던 날 이웃 사람들이 깃발을 들고서 왔는데 그 깃발 하나에 이렇게 쓰여 있었다고 한다. '스콧 니어링이 백 년 동안 살아서 이 세상이 더 좋은 곳이 되었다.'

스콧의 삶에서 더욱 완성된 아름다움을 보여 주는 것은 스스로 음식을 끊음으로써 평화롭게 맞이한 '죽음'이다. 쉽게 모방할 수 없는, 달관한 선사의 임종을 연상시키는 그의 마지막은 죽음을 끝이 아니라 새로운 시작으로 보는 데서 비롯된다. 이 책에서 헬렌은 스콧과 반세기 동안 함께한 '땅에 뿌리박은 삶'과 평온하고도 위엄을 간직한 그의 죽음을 통해 사랑과 삶, 죽음이 하나임을 보여 준다. 조화로운 삶, 참으로 이 세상에 보탬이 되는 삶이 어떤 삶인지 온몸으로 보여 준 두 사람의 사랑은 지금도 끝나지 않았다.

이 책으로, 읽는 기쁨뿐만 아니라 새삼 자신의 생활을 여러모로 되돌아보게 된 성찰의 시간을 가진 것은 이 책이 주는 또 하나의 값진 선물이었다. 그 결과 당연하게 여겨 오던 많은 잘못을 발견할 수 있었다. 그것을 어떻게 바로잡아 갈지가 번역을 마친 이제 남은 숙제이다. 이 자리를 빌려《녹색평론》을 내는 김종철 선생님과 보리출판사 여러분께 다시 한번 감사의 말씀을 드리며, 번역 초고를 검토해 준 아내 이은주와 원고를 타자해 준 조명희 씨에게 고마움을 전한다.

1997년 9월 25일
이석태

# 헬렌과 스콧이 쓴 책들

## 헬렌 니어링의 책

1974    *The Good Life Album of Helen and Scott Nearing*. New York:E. P. Dutton.

1980    *Simple Food for the Good Life*. New York:Delta/Eleanor Friede.

1980    *Wise Words on the Good Life*. New York:Schocken.

1983    *Our Home Made of Stone*. Camden, Maine:Down East Books.

## 스콧 니어링과 함께 쓴 책

1950    *The Maple Sugar Book*. New York:John Day.

1954    *Living the Good Life*. New York:Schocken.

1954    *USA Today*. Harborside, Maine:Social Science Institute (hereafter:SSI).

1958    *Socialists around the World*. Harborside, Maine:SSI.

1958    *The Brave New World*. Harborside, Maine:SSI.

1959    *Our Right to Travel*. Harborside, Maine:SSI

1977    *Building and Using Our Sun-heated Greenhouse*. Charlotte, Vt.: Garden Way.

1979    *Continuing the Good Life*. New York:Schocken.

# 스콧 니어링의 책

1908    *Economics.* (with Frank D. Watson) New York:Macmillan.

1911    *Social Adjustment.* New York:Macmillan.

       *The Solution of the Child Labor Problem.* New York:Row Peterson.

1912    *The Super Race.* New York:Huebsch.

       *Women and Social Progress.* (with Nellie Seeds) New York: Macmillan.

1913    *Social Sanity.* New York:Row Peterson.

       *Financing the Wage Earner's Family.* New York:Row Peterson.

1914    *Wages in the United States.* New York:Macmillan.

       *Reducing the Cost of Living.* Philadelphia:Jacob.

1915    *Income.* New York:Macmillan.

       *Anthracite.* Philadelphia:Winston.

1916    *Social Religion.* New York:Macmillan.

       *Poverty and Riches.* Philadelphia:Winston Community.

       *Community Civics.* (with Jessie Field) Philadelphia:Winston.

       *The Germs of War.* St. Louis:National Rip-Saw.

1917    *The Great Madness.* New York:Rand School.

1918    *The Elements of Economics and the American Socialist Society.*
New York:Rand School.

1919    *The Trial of Scott Nearing.* New York:Rand School.

1921    *The America Empire.* New York:Rand School.

1922    *The Next Step.* New York:Social Science Publication.

1923    *Oil and the Germs of War.* Ridgewood, N.J the author.

1925    *Educational Frontiers.* New York Seltzer.
*Dollar Diplomacy.* (with Joseph Freeman) Philadelphia:Huebsch.

1926    *Education in Soviet Russia.* New York:International.
*The British General Strike.* New York:International.

1927    *Whither China?* New York:International.
*The Economic Organization of the Soviet Union.* New York: Vanguard.
*Where is Civilization Going?* New York:Vanguard.

1929    *Black America.* New York:Vanguard. Republished 1969, New York
Schockon.

1930    *The Twilight of Empire.* New York:Vanguard.

1931    *War.* New York:Vanguard.

1932    *Must We Starve?* New York:Vanguard.
*Free Born: An Unpublishable Novel.* New York:Urquhart.

1933    *Fascism*. Jamaica, Vt:the author

1945    *United World*. New York:Island Press.

       *The Soviet Union as a World Power*. New York:Island Press.

       *Democracy Is not Enough*. New York:Island Press.

       *The Tragedy of Empire*. New York:Island Press.

1946    *War or Peace?* New York:Island Press.

1947    *The Revolution of our Time*. New York:Island Press.

1952    *Economics for Power Age*. New York:John Day.

1954    *Man's Search for the Good Life*. Harborside, Maine:SSI.

1956    *To Promote the General Welfare*. Harborside, Maine:SSI.

1958    *Soviet Education*. Harborside, Maine:SSI

1961    *Freedom : Promise and Menace*. Harborside, Maine:SSI.

1962    *Economic Crisis in the United States*. Harborside, Maine:SSI.

       *Socialism in Practice*. New York:New Century.

1963    *Cuba and Latin America*. Harborside, Maine:SSI.

1965    *The Conscience of a Radical*. Harborside, Maine:SSI.

1972    *The Making of a Radical*. New York:Harper/Colophon.

1975    *Civilization and Beyond*. Harborside, Maine:SSI.

# 아름다운 삶, 사랑 그리고 마무리
### 자유로운 영혼 헬렌 니어링, 그 감동의 기록

1997년 10월 15일 1판 1쇄 펴냄
2022년 11월 30일 고침판 1쇄 펴냄 | 2024년 8월 9일 고침판 3쇄 펴냄

글쓴이 _ 헬렌 니어링
옮긴이 _ 이석태
편집 _ 김로미, 박은아, 이경희, 임헌
디자인 _ 이안디자인 | 제작 _ 심준엽
영업마케팅 _ 김현정, 심규완, 양병희 | 영업관리 _ 안명선
새사업부 _ 조서연 | 경영지원실 _ 노명아, 신종호, 차수민
인쇄와 제본 _ ㈜상지사 P&B

펴낸이 _ 유문숙 | 펴낸 곳 _ ㈜도서출판 보리
출판등록 _ 1991년 8월 6일 제9-279호
주소 _ (10881) 경기도 파주시 직지길 492
전화 _ 031-955-3535 | 전송 _ 031-950-9501
누리집 _ www.boribook.com | 전자우편 _ bori@boribook.com

값 16,000원

보리는 나무 한 그루를 베어 낼 가치가 있는지 생각하며 책을 만듭니다.
ISBN 979-11-6314-272-0 03840